KB206671

그래도 넌 열심히 살았어

그래도 넌 열심히 살았어

조옥순 수필집

지혜

작가의 말

수필을 쓰기 시작한 지 37년 만에 처음 내는 작품집이다.

먼저 그동안 무얼 했나하는 생각에 만감이 교차한다.

책을 내기 위해 그동안 써 온 작품 교정을 보며 부끄러움이 먼저 앞섰다.

표제를 '그래도 넌 열심히 살았어'라고 정한 것은, 긴 세월 동안 내 삶을 스스로 평가해보니 정말 열심히 살아온 것 하나는 말할 수 있을 것 같아서였다.

나는 이십 년 동안 다양한 일을 하며 살았고, 지금도 하고 있다.

역사 해설과 강의, 결혼이주민 여성들과 어르신의 한글 교육, 어린이 문화유산 안전 교육 등. 이 모두를 잘하기 위해 쉼표 없이 달려온 삶이었고, 그 경험 이야기들을 글로 썼다. 세월이 삼십 년 넘게 흐르는 동안 쓴 글이라 시점이 맞지 않는 면도 있다. 비록 졸작이지만, 누군가에게 작은 위로가 되는 글이었으면 하는 바람을 해본다.

그리고 공주 문학에서 대들보 역할을 하고 계신 나태주 시인님과 조동길 공주대 명예교수님, 그리고 이일주 공주문화원장님께 늘 감사한 마음이다.

나 시인님은 35년이라는 긴 세월 동안 내가 속한 금강여성문학 동인들을 위해 조언을 아끼지 않고, 문학에 정진할 수 있도록 한결같이 지금도 도와주고 계신데 깊이 감사드린다. 시인님은 내게 작품집을 꼭 내라고 항상 권고하신 분이기도 하다.

조동길 교수님은 나의 대학원 논문 지도교수님으로 어려운 스승님인데 이번에 졸작 평을 부탁드렸더니 흔쾌히 응해주셔서 얼마나 감사한지 모른다.

이일주 문화원장님은 함께 공주문화원 일을 하는데 잘하도록 늘 격려해주시는 참으로 고마운 분이다.

그리고 이번에 작품집을 낼 수 있도록 선정해주신 심사위원분들과 공주관광문화재단 이사장님, 도와주신 직원분들, 지혜 출판사 분들에게도 감사드린다.

마지막으로 평생을 함께하며 항상 격려해주는 남편과 딸 수현, 아들 석현이에게 고맙고, 사랑한다는 말을 전하고 싶다.

2024년 9월
조옥순

차례

1부   내가 만난 두 사람

2부 영화「기생충」이 현실이 된 날

3부 소설『상록수』처럼 살아가는 이야기

4부 백세 생신, 육전 세 점

5부   정으로 사는 공주

1부
내가 만난 두 사람

내가 만난 두 사람

"인생에서 우리에겐 언제나 기회가 찾아오지. 보통은 일생에서 세 번이라고 말하지만, 그것은 아니야. 기회는 늘 있어. 다만 미리 준비하고 있다가 자신에게 찾아온 그 기회를 놓치지 않는 것이 매우 중요해. 그리고 성공을 위해서 수많은 노력을 하는 것. 나는 대박이란 말은 안 믿어. 성공한 사람은 그만큼의 노력이 있었다고 생각해."

이제는 사회에서 큰 나무가 된 초등학교 친구 용화가 우리 동기생들에게 한 말이다. 그 친구는 나이 서른에 가진 것 없이 미국에 건너가 롱아일랜드 대학에서 MBA를 마치고, 보험회사에 들어간 이후 수많은 노력을 해서 솔로몬 보험회사 사장이 되어 성공했다. 친구는 사업에만 그치지 않고, 봉사활동에도 적극적이었는데 특히 청소년 관련 일에 열심히 봉사했고, 2009년에는 뉴욕한인회장이 되었다. 나는 그 소식을 들었을 때 참으로 대단하다는 생각이 들었다. 서울 출신도 아니고, 충청도의 한 작은 면에서 태어난 친구가 세계 최고의 도시 뉴욕에서 치열한 선거전 끝에 이룬 성과라 더 대단하다고 느껴졌다. 그는 한인회장이 된 후 더 왕성하게 사회 활동을 많이 해서 세계한인무역협회 회장까지 지내며 한국 대학생들의 해외 취업을 적극적으로 도와주었다.

용화는 투자의 귀재 워렌버핏과 한 테이블에서 식사하는 영광을 누리기도 했고, 전·현직 대통령과도 여러 번 만났다고 했다. 2013년에는 결혼이민자로서 미국 사회 발전에 이바지한 지도자에게 수여하는 '엘리스 아일랜드' 상을 받았다. 이 상은 미국의 역대 대통령 몇 분을 비롯해 힐러리 클린턴 등이 받은 대단한 상이다.

"미국에서도 시골에서 태어난 소위 촌놈이라는 것이 결코 불리할 게 없더라. 오히려 잘난 출신이 아니어서 그런지 상대방이 편안하게 느끼고 쉽게 다가오더군. 그리고 이 세상에서 잘났다는 인간들을 많이 만나봤지만 내가 느낀 것은 인간은 다 비슷하다는 거야. 재산이 엄청나게 많은 사람이나 권력을 많이 가진 사람들도 겉으로는 화려하지만 나름대로 다 상처와 더 큰 고민을 안고 있어. 나는 고향에 오면 마음이 편해져. 그리고 어릴 적 친구들을 만나 이렇게 술 한 잔하는 게 좋아."

남들이 보기에 화려한 삶을 사는 것 같은 친구도 오히려 작은 소박함에서 안식의 기쁨을 찾는 것 같았다. 나는 이날 친구가 말한 내용 중 도입부에 쓴 말을 가슴에 간직하고 있다.

내가 만난 다른 분은 울산대학교 오연천 총장님이다. 나는 공주

문화원에서 발행하는『공주문화』편집장으로 이 책의 명사 인터뷰 코너를 맡고 있다. 이 코너는 주로 공주와 관련된 명사분들을 모시고 인터뷰를 하고 있는데 작년 9월에 이분을 만나러 울산을 직접 찾아갔다. 오 총장님은 서울대 총장도 역임하신 분이다. 처음 만나는 분이라 어떤 분일까 무척 궁금했다.

　총장님은 우리를 매우 반갑게 맞아 주셨는데 얼굴에도 인자함이 가득했다. 나는 이날 인터뷰를 하면서 '이분이 그냥 서울대 총장에 뽑힌 것이 아니구나!' 생각했다. 나도 인생의 반환점을 돈 지 오래 되었는데도 참으로 배울 점이 많은 분이었다. 총장님께서는 우리에게 이렇게 말했다.

　"현실이라고 하는 제약 속에서 얽히지만 말고, 현실을 벗어난 다른 가능성도 존재한다는 발상의 전환을 해야 합니다. 발상의 전환을 함으로써 희망을 품고 살 수 있고요. 희망을 품고 산다는 것은 절대 긍정의 마음이지요. 그리고 나는 실패한 것이 내게는 선물이라고 생각합니다. 내가 부족하다는 것을 깨닫게 해준 것이잖아요. 내가 계속 성공했더라면 미친놈처럼 잘난 줄 알 거 아닙니까. 진짜로 자신을 깨닫게 해주는 거죠. 그리고 그것을 보충하기 위해 노력하는 거지요. 나도 실패를 수없이 했어요. 그러면서 실패를 깨닫고 보충하기 위해서 노력을 했고, 그러다 보니 역량이 축적되어 갔습니다. 어쩌다 실패를 하지 않고 성공을 했다고 해도 또 다른 목표가 생기면 실패가 기다리고 있는 것이죠. 이렇게 서너 번 지나가면 인생의 종말이 오는 거 아닙니까? 제가 서울대 교수 될 때도 세 번 만에 성공했고, 경기 중학 갈 때도 재수해서 들어갔어요. 그때 재수했기 때문에 제가 철이 일찍 들었고, 그 실패로 인해 오늘의 제가 있다고 생각해요. 총장이라는 직함도 내가 쓰고 있는 모자에 불과하다고 생각합니다."

이날 내가 인터뷰한 분량은 A4 용지로 7장이나 되었는데 어느 것 하나 버릴 것이 없는 주옥같은 말씀이었다. 두 시간이 넘게 이분의 살아온 인생 이야기와 철학을 들으며 총장님이 열악한 환경을 딛고 성공을 위해 얼마나 피나는 노력을 했는지 가슴으로 느껴졌다.

나는 하루에도 많은 사람을 만나는 일을 18년째 하고 있다. 보통은 짧게 만나고 그냥 스치는 것이 일상이지만, 가끔 특별한 인연을 맺은 오래된 사람들도 있다. 사람은 세 명만 있어도 스승이 있다는 데 각기 다른 분야인 이분들과 교류하며 내가 못 가진 것들에 대해 배우는 면도 많이 있다.

내가 친구 용화를 만나고 나서 그가 한 멋진 말을 잊지 못하듯이 총장님의 말씀 중에도 가슴에 간직된 내용이 많이 있다. 앞으로 인생을 얼마나 살지는 모르겠지만 살아가면서 이 두 사람이 가지고 있는 삶의 철학을 늘 생각하며 내게 남아 있는 길을 걷고 싶다.

한 소년과 나의 선생님

"선생님, 이거 받으세요."

"웬 음료수니? 괜찮아 너나 먹어."

"아니에요. 꼭 드리고 싶어요."

내가 여러 번 거절했는데도 아이는 한사코 스포츠음료 캔을 내민다.

"그래, 고마워."

내가 웃으며 받아주자 그제야 안도하는 표정으로 자기 엄마가 있는 바깥으로 뛰어간다. 그 애가 뛰어가는 모습을 보며, 가슴 한 구석이 찡해왔다. 원래 음료수를 먹지 않는 나이기에 평소처럼 다른 사람을 줄까 하다가 그 음료수만은 가방에 소중히 넣었다.

그 애를 만난 것은 불과 한 시간 전이다.

석장리 박물관에서 역사 해설을 해주고 있는 나는 그날도 서울에서 왔다는 어느 가족의 요청으로 해설을 해주게 되었다. 내게 해설을 요청한 사람들은 한눈에 보기에도 옷차림이나 얼굴에서 환경의 넉넉함이 묻어나고 있는 단란한 가족이었다. 아이는 초등학교

4학년과 2학년이라고 했다. 그 가족에게 지구의 탄생부터 인류의 탄생 이야기 등을 차례차례 설명해주자 천진한 모습의 아이들도 엄마의 기대대로 열심히 잘 들었다. 처음에는 한 가족으로 출발했으나 시간이 감에 따라 해설을 듣는 가족이 포도송이처럼 점점 늘어났다.

내부 중간쯤 갔을 때였다. 한 아주머니가 아이들 셋을 데리고 내 해설을 듣고 있는 모습이 눈에 들어왔다. 얼핏 보아도 눈에 띄리만치 남루한 옷차림이다. 아이들의 모습도 궁색함을 면하지 못하고 있었다. 그런데 어찌 된 일인지 열심히 듣고 있는 다른 아이들과 달리 내 곁에 가까이 오지를 못하고 약간 떨어져서 주위를 맴돌고 있었다. 난 그것이 안타까웠다. 그중에 가장 큰 아이는 동생들과는 달리 매우 열심히 들었다. 질문을 하면 대답도 잘했다. 기가 죽어있는 듯한 동생들의 표정과는 다르게 그 애는 눈빛이 살아 있었다. 그러나 내 턱밑에서 듣고 있는 일반 어린이들과 달리 그 애 역시 내 곁에 가까이 오지 못하고 있었다. 나는 해설을 하는 중에도 그 애에게 자꾸만 눈길이 갔다.

해설하다 보면 여러 계층의 다양한 사람들을 만나게 된다. 유치원 어린이부터 우리나라 최고 수준의 어른들까지 모두 만날 수 있는 곳이 바로 내가 하는 일이다. 사람들을 워낙 많이 만나다 보니 척 보면 대략 그 사람들의 수준을 알 수 있다.

해설이 다 끝나고 사람들이 흩어져 갔다. 그 아이도 엄마를 따라 문을 나서려고 했다. 난 그 애를 불러 세웠다. 아이가 웬일일까? 하고 의아한 얼굴로 내게 다가온다.

"너 몇 학년이니?"

"5학년이에요."

"오늘 넌 내 설명을 아주 잘 듣더구나. 대답도 잘하고. 난 너를 아주 관심 있게 봤단다. 내가 보기에 넌 정말 똑똑한 아이야. 무엇을 해도 잘 할 수 있을 것 같아."

아이는 내 칭찬을 듣는 순간 얼굴에 미세한 경련이 일어날 정도로 감격하고 있었다. 내가 그 아이의 손을 꼭 잡으며

"다른 곳에 가서도 꼭 해설을 들어라. 듣는 것과 안 듣는 것에는 정말 차이가 크게 난단다. 오늘 내가 너를 보니까 대답은 잘하는데 가까이 오지 못하고 빙빙 돌고 있어. 이 다음에 다른 곳에서 해설을 들을 때는 꼭 가까이 가서 들어. 그래야 더 잘 들을 수 있지. 앞으로 더 열심히 노력해서 훌륭한 사람이 되었으면 좋겠구나. 넌 꼭 잘 될 거야."

"고맙습니다."

아이는 내게 고개를 깊이 숙이며 인사를 했다. 나는 아이를 꼭 안아주었다. 그 애의 어머니도 기쁜 표정을 짓고 있었다. 환경이 좋은 아이야 내 칭찬이 그저 의례적으로 들렸겠지만, 그 애는 어쩌

면 인생을 바꿀 수 있는 한마디 말이 될지도 모른다고 생각했다. 내가 초등학교 시절 그런 경험을 했기 때문이다.

내게는 평생 가슴에 담고 있는 선생님 한 분이 있다. 초등학교 5학년 때 담임이었던 남기옥 선생님이다. 내가 초등학교에 다니던 60년대는 중학교에 들어가기 위해 유료로 하는 보충 수업이 있었다. 그때 당시 보충수업비가 200원이었는데 나는 그 돈을 낼 수가 없는 형편이었다. 성적은 우리 반에서 1위를 했는데 보충 수업을 받을 수 없어 쓸쓸히 일찍 집에 가야 했다.

엄마는 교육열이 매우 높았지만, 형편상 위의 형제들 학비를 대야 하니까 어쩔 수 없는 것 같았다. 당신이 판단하기에는 딸이 보충 수업을 안 해도 원하는 중학교 정도는 무난히 갈 수 있다고 생각하신 것 같았다. 그렇게 생각은 했어도 다른 애들이 다 받는 보충 수업조차 못 받는 나를 보며 매우 마음 아파하셨다. 이렇게 두 달 정도 지나자 선생님이 나보고 엄마를 학교에 모시고 오라고 하셨다. 선생님은 어머니께

"옥순 어머니, 애가 지금은 우리 반 일 등을 하고 있지만 뒤떨어질 수도 있습니다. 시험지 값 50원만 내고 보충 수업을 받게 하세요. 돈 못 내는 것을 절대 부끄럽게 생각하지 마시고요."

선생님의 말씀에 엄마는 너무나 감격했는지 눈에 눈물이 그렁그

렁했는데 그 모습이 지금도 생생하다. 이후 나는 선생님의 배려로 50원만 내고 보충 수업을 받았다. 선생님은 항상 '너는 뛰어난 아이니, 무엇이든 잘할 수 있다.'고 격려하셨다. 혹시라도 내가 의기소침해질까 봐 염려하신 것이다. 6학년이 되었을 때는 새로 바뀐 담임 선생님께도 부탁하셔서 계속 공부를 할 수 있게 해 주셨다. 그런데 불행히도 선생님은 교통사고로 일찍 돌아가시고 말았다. 선생님은 더 이상 뵐 수 없게 되었지만, 나는 살아가면서 남선생님의 고마움을 잊어 본 적이 없다. 이제는 그분의 가족들 애경사를 통해 조금이라도 갚으려고 노력하고 있다. 이처럼 내가 어려운 시절을 겪어 봤기에 지금도 형편이 넉넉지 못한 아이들을 보면 유심히 눈길이 간다.

우리는 살아가면서 누군가의 한마디 말로 인해 용기 백 배 할 수도 있고, 가슴에 큰 상처를 입을 수도 있다. 오늘 그 애에게 내가 한 말은 진심을 담아 한 말이다. 내 진심이 그 애에게 통했는지는 모르겠다.

음료수를 건네주고 힘차게 뛰어가는 소년의 뒷모습을 바라보면서 내가 한 말이 용기가 되어 훌륭한 사람이 되었으면 좋겠다는 바람을 다시 한번 해 보았다. 싱그러운 풀밭 속으로 뛰어가는 그 애 앞에 아름다운 비단 강도 팔을 벌려 맞아 주고 있었다.

14년 만의 작은 보은

작년 11월의 일이다. 나는 한국관광공사에 전화를 걸어 한 사람을 찾았다.

"여보세요, 직원 중에 윤** 선생님 계십니까?"

"예, 계십니다. 윤 차장님한테 용건이 있으신가요?"

직원에게 그녀를 찾는 이유를 말했더니 윤 차장이 속한 부서의 전화번호를 알려주었다. 직원이 알려준 번호로 전화를 하니 그녀가 받는다.

"혹시 14년 전에 관광공사 교육원에 근무한 적 있으세요?"

"네, 그런데 무슨 일이세요?"

나는 2008년에 교육원에서 있었던 일을 이야기 했다. 윤 차장은 내가 지금까지 자기를 기억하고 있다는 것에 깜짝 놀라고 있었다.

내가 14년 동안 가슴속에 간직했던 사연은 다음과 같다.

나는 2006년에 충남문화관광해설사가 되었다. 그로부터 3년 뒤 한국관광공사에서 열린 충청권 문화관광해설사 스토리텔링 대회에 나갔었는데 운이 좋았는지 1위를 했다. 당시 해설사 경력도 얼마 되지 않았을 때였는데 무척 기뻤다.

그런데 얼마 후 담당자였던 윤 과장이 이메일을 보내왔다. 메일의 요지는 '이번에 참 잘했다는 것과 얼마 안 있으면 경남 합천에서 문화재청과 한국관광공사 주관으로 대회가 열리는데, 참가해서 장관상도 타고, 전문 스토리텔링 강사로 활동하라며 자신이 스토리텔링 책을 보내주겠다.'라고 하는 것이었다.

그 뒤로 그녀는 3권의 책을 보내주며, 자신이 말한 약속을 지켰다. 나는 합천 대회에 출전하고 싶었지만, 그 당시 내 형편이 그곳까지 갈 수가 없어 기회를 잃어버렸다. 그 뒤에 대회가 거의 열리지 않았고, 내게 출전 자격이 주어지지도 않았다. 나는 그 대회에 나가지 않은 것에 대해 두고두고 후회했다.

그 당시 그녀가 내게 베푼 것이 작은 선행일 수도 있겠지만, 그렇게 실천하기는 쉽지 않다고 생각했고, 너무나 고마웠다. 그래서 언젠가 내가 전국대회에 나가서 우승한다면 꼭 윤 과장을 찾아 감사 인사를 해야겠다는 마음을 가슴에 간직해왔다.

그리고 마침내 기회가 왔다. 문화관광해설사 제도가 생긴 이래 처음으로 전국의 문화관광해설사들이 모두 참여하는 제1회 스토리텔링 대회가 열린 것이다. 전국의 16개 시도 대표들이 나와서 진검승부를 겨루는 최초이자 최대의 대회였다. 각 지역에서 예선이 열렸는데, 나도 출전해서 충남 대표 자격을 얻었다.

나는 무령왕릉 묘지석 내용을 가지고 출전했는데, 우승하기 위해 정말 열심히 노력했다. 수상 여부와 관계없이 앞으로 이런 기회는 내게 다시 오지 않기 때문이다. 그리고 마침내 노력한 덕분인지 아니면 운이 따라주었는지 1위 대상을 받았다. 그날 내 마음도 너무나 기쁜 나머지 만감이 교차했다. 해설사로서는 최고 영광의 순간이기 때문이다.

며칠 뒤 나는 윤 차장을 다시 찾았고, 그때의 일을 기억하지 못하는 그녀에게 다시 한번 감사의 인사를 했다. 그리고 작은 선물과 함께 관광공사 게시판에 칭찬하는 글을 올리고 나니 마음이 더없이 흐뭇했다.

우리는 살아가면서 아무리 잘난 사람도 혼자의 힘으로 살 수는 없다. 누군가의 도움을 받기도 하고, 자신이 주기도 하는데 그래도 사람들은 일보다는 인간관계가 어렵다는 말을 많이 한다. 나 역시도 쉽지 않게 느낄 때가 종종 있다. 그러나 이 사회는 좋은 사람이 더 많다고 생각한다.

며칠 뒤 그녀가 전화로 선물을 잘 받았다고 하면서, 자신은 기억도 안 나는 일을 14년이나 내가 간직해 왔다는 것에 대해 정말 고맙다는 인사를 했다.

통화를 끝내고, 창밖을 보니 아름다운 늦가을 단풍이 햇빛에 반

짝이고 있었다. 나도 능력이 있을 때까지 도움을 주는 사람이 되어
누군가의 가슴을 아름답게 물들이고 싶다.

어느 특별한 인연

아들이 고등학생이었던 시절, 어느 날 갑자기 내게 말했다.

"엄마, 저는 이 다음에 유명한 대중음악 평론가가 되는 것이 꿈이에요."

"네 꿈이 그렇다면 한 번 노력해 보렴. 엄마는 너를 뒷바라지 하는 그것밖에 없어. 노력은 네가 하는 거야."

그 대화를 하고 난 뒤, 1년쯤 지났다. 학교에서 돌아온 아들이 들뜬 목소리로 말했다.

"엄마, 저 유명한 음악 평론 사이트에 가요 평론을 응모해서 최우수상을 받았어요. 가수 조관우의 노래 중에서 한 곡을 선정해 평론을 썼거든요."

상을 받은 뒤 아들은 더 힘이 생기는 듯했다. 날마다 음악을 듣고, 무엇인가를 긁적이고 있었다. 난 그것이 못마땅했다. 공부를 열심히 해도 모자랄 판인데 음악을 듣고만 있으니. 음악은 대학에 입학한 뒤 들으라고 해도 소용이 없었다. 수능 성적이 썩 오르지 않는 것이 안타까웠지만 계속 나무랄 수도 없고 내심 속만 태웠다.

마침내 3학년이 되었다. 다행히 내신 성적이 나쁘지는 않아서 수시에 응시하기로 했다. 아들은 자기 소개란에 그동안 다른 상을 탄 것도 적었지만, 가요 평론상도 소중히 적어 넣었다. 그리고 서울에 있는 한 대학에 수시 면접을 보았는데 면접을 보고 나온 아들의 표정이 매우 밝았다. 교수님들이 논술이나 독서 같은 상보다 가요 평론상에 매우 관심이 많았다고 했다. 그래서 그 질문을 집중으로 받았는데 답변을 잘해서 점수를 많이 받은 것 같다며 흥분까지 하고 있었다. 그래서 그런지 아들은 그 대학에 합격했다.

대학에 가고 난 뒤 아들은 아예 그분 밑에서 평론 수업을 받고 그 팀의 일원으로 활동까지 했다. 그리고 군대에서도 그 인연을 바탕으로 3군을 모두 합해 한 명밖에 뽑지 않는 연예병사 중 작가 병에 응시해서 당당히 뽑혀 내 마음을 매우 기쁘게 했다.

세월이 흘러 아들도 어느새 대학원생이 되었지만, 언젠가 우리 애가 우상으로 삼았던 그분을 한 번쯤은 꼭 만나보고 싶었다. 그분은 현재 대한민국 최고의 대중음악 평론가로 이름을 날리고 있는 임진모 교수다.

사람은 늘 생각하고 있으면 소망이 이루어지나 보다. 올해 공주시에서 열린 '명사 초청 토크 콘서트'에 이분이 초청 명사로 오게 되었는데 공교롭게도 그날의 행사 사회를 내가 맡게 되었다.

마침내 행사가 열리던 날, 그분이 조금 일찍 오시게 되었다. 나는 내가 근무하고 있는 무령왕릉으로 오시라고 했고, 우리는 처음으로 대면을 하게 되었다. 첫 대면이지만 매스컴에서 워낙 많이 본 얼굴이라 금세 알아볼 수 있었다. 아들의 스승이라서 그런지 무척 반가웠다.

그날 저녁, 우리는 함께 행사를 진행했는데 그분이 워낙 달변이라 진행도 잘 되었고, 좋은 말씀을 많이 해주셔서 참석한 사람들이 아주 좋아했다. 대중음악 세계가 가까운 것 같으면서도 잘 모르는 부분이 많았는데 비틀스를 비롯해 흑인 음악에 이르기까지 전 세계의 대중음악에 대해 자세히 설명을 해주셨다. 그날 임진모 교수님과는 바로 헤어졌지만, 그날의 만남이 내겐 아주 소중한 인연으로 남았다.

작년에도 토크 콘서트 행사를 진행하면서 뵙고 싶었던 소설가 박범신 선생을 만나 너무나 좋았고, 한말숙 선생도 서울에 오면 꼭 한번 들르라고 말씀을 하셨는데 내겐 아주 소중한 인연으로 남아 있는 분들이다.

우리는 살아가면서 늘 누군가와 인연을 맺으며 산다. 사랑하는 연인이 아니더라도 누군가와 인연을 맺는다. 이 중에는 그냥 스쳐 가는 인연들도 많지만, 어느 때는 오래오래 잊히지 않는 사람도 있다. 그래서 다시 한번 보고 싶을 때도 많이 있다. 이와 반대로 떠올리기만 해도 싫어지는 사람이 있다. 그래서 그 생각을 지우려 하지만 인간인지라 잘되지 않는다.

나에 대해서도 가끔 생각해 본다. 누군가가 나를 떠올리면 기분이 좋아지는 사람이 있을 것이고, 그 반대인 사람도 있을 것이다. 때로는 오해가 있어 풀지 못해 안타까울 때도 있다. 그리고 오해를 한 사람이 밖에 나가서 떠들고 다니면, 공주같이 좁은 도시에서는 속수무책이다. 오랫동안 인연을 맺은 사람이야 그 말에 현혹되지 않겠지만, 잘 모르는 사람들은 선입견을 품을 우려가 있다. 이런 인연을 누군들 맺고 싶으랴만 살다 보면 마음대로 되지 않는 것이 우리네 인연이다.

나는 지금은 애써서 인연을 맺으려고 하지 않는다. 떠나가는 인연도 잡지 않는다. 그래서 친하게 지냈던 지인도 멀리 떠나면 계속해서 연결하려고 노력하지 않는다. 가까운 곳에 살면서 그와 함께 즐거운 일들이 많았으면 그것으로 충분하다. 그 사람이 떠난 자리에 또 새로 알게 된 인연이 자리를 함께하기 때문이다. 모든 인연은 흘러가는 대로 두고 싶다.

간혹 사람 때문에 마음이 아픈 날이면, 그마저도 떠나 어디론가 숨고 싶다고 생각한다. 아무도 없는 곳으로. 그러나 그것도 어찌 보면 다 부질없는 일이다. 인간이 인간을 떠나서는 살 수 없으므로 떠난 곳에서 또 누군가와 인연을 맺게 될 것이기 때문이다.

올여름에 만났던 임진모 교수와의 인연은 중간에 아들이 있기에 내겐 아주 특별한 인연으로 기억될 것 같다.

공통점이 있다는 이유만으로

TV에 나오는 여자 개그맨 중에 내가 별로 좋아하지 않았던 사람이 있다. 그런데 어제를 계기로 그녀가 좋아질 것 같다. 그것도 똑같은 매체인 TV를 통해서 그녀의 어린 시절 이야기를 듣고 나서이다.

가장 큰 공통점은 나도 그녀도 똑같이 가운데 딸로 태어나 언니와 오빠에 밀려 중학교에 좋은 성적으로 합격하고도 그해에 갈 수가 없었다는 점이다. 그래서 중학교부터는 1년 후배들과 공부해야 했던 아픈 기억이 있다.

부모님이 장남은 남자니까 당연히 공부를 많이 해야 하고, 큰딸은 이왕 공부를 시작한 김에 빨리 끝내서 집안에 도움을 줘야 하고, 막내는 초등학생이니까 아직은 어려서 해당 없고, 해당하는 사람은 가운데인 나였는데 부모가 선별하는 방식조차도 어쩌면 그렇게 똑같은지 내심 웃음이 나왔다. 지금은 아릿한 추억으로 남아 있는 기억이다. 그 외 그녀의 모든 면은 알지도 못한 채 단지 아픈 과거가 똑같다는 이유만으로 친근감이 느껴지는 것은 나만이 느끼는 것일까.

우리 부부는 유년 시절을 똑같이 같은 고향에서 보내고 중학교부터 고향을 떠나 타향살이를 오래 했다는 점이 서로의 공통점이다. 처음에 중매가 들어왔을 때 난 그가 어린 시절을 시골에서 보냈다는 점에서 이 다음에 함께 산다 해도 일치하는 점이 있겠다고 생각했을 때 가장 큰 호감이 갔다.

우린 지금도 가끔 밤늦게까지 유년의 이야기들을 나누며 젊은 시절의 기분을 느낄 때가 있다. 다행히 물질적으로 그다지 어려움이 없어서인지 정신적으로 누리는 공유의 기쁨을 더 소중히 간직하고 싶다.

인간은 누구나 세상을 살아가면서 많은 사람을 만나고 헤어진다. 어느 통계에서 한 사람당 평균 팔백여 명 가까이 알고 지낸다고 하는 것을 보았다. 그중에서도 살아 온 환경이 그리고 현재 사는 환경이 비슷할 때 가장 큰 공감이 가지 않나 싶다. 또 작은 범위에서 고향이 같다는 이유만으로, 또 사는 곳이 같은 타향이라는 이유만으로도 친근감이 가는 일도 있다.

나는 인간의 내면은 모두가 비슷하다고 믿는 편이다. 사람 대부분은 순수함을 원한다는 것만으로도 서로가 반목하지 않고 지낼 수도 있으리라.

지금은 코미디계의 정상에 올라선 그녀이지만 추웠던 어린 시절을 절대로 잊지 않는다고 했다.

남편에게 '그녀가 저런 면이 있는 것을 몰랐다.'라고 했더니 '그러니까 사람은 알고 보면 다 좋은 면이 있는 거라고. 우린 되도록 그런 면을 보고 살기로 하자.'며 내 손을 꼭 잡았다.

짧은 만남, 긴 여운

내게 있어 '인연'이란 말은 묘한 감정을 느끼게 하는 말이다. 가장 먼저 떠오르는 것은 연인이고, 그 뒤에 뭔가 이어지는 것도 좋은 것들이 많을 것 같은 생각이 먼저 든다. 누군가 농담으로 '옷깃을 스치면 인연이요, 살갗을 스치면 연인이라.'라고 해서 웃은 적이 있다. 오십이 넘은 인생을 살아오면서 나의 인연은 먼저 말한 인연이었다.

내가 결혼 후 직장을 그만두고 나서 계속 살림만 했더라면 새로 맺는 인연들이 한정되어 있었을 것 같다. 그런데 다행히도 40대 중반 이후 활발한 사회 활동 덕에 깊이는 다르지만 새로운 인연들을 많이 맺고 살아간다. 특히 다문화 주부들과의 인연이 그러하고, 관광객들과의 인연 또한 가끔 좋은 만남으로 이어진다.

8년 전부터 내게 정기적인 일자리가 다시 생겼다. 그것은 일주일에 2, 3일은 다문화가족지원센터에서 한국어 수업을 하고, 다른 일은 문화관광해설사로 공주를 찾아온 관광객이나 주요 인사들에게 역사 해설과 안내를 겸하는 일이다. 이 두 가지 일이 모두 보람 있는 일이라서 기쁨을 많이 얻고 있다. 센터에서 가르치는 학생들도 새 학기가 되면 몇 명은 새로 바뀌는데 그러면 나는 또 새로운 인연을 맺는다. 짧은 인연으로 그친 학생도 있지만, 지금까지 계속 만남을 이어오는 오래된 만남이 더 많다.

지난 7년 동안 참 많은 학습자가 센터를 거쳐 갔다. 그동안 그녀들과 함께하며 기쁜 일도 많았지만, 학생들의 가정사로 인해 마음 아픈 일들도 여러 번 있었다. 그녀들은 어느 정도 한글을 배우면 돈을 벌기 위해 취업을 해서 인연이 끊기기도 한다. 그래도 내 추억의 일기장에서 많이 생각나는 사람들이 그녀들이다.

역사 해설을 하는 일에서의 만남은 대부분 스쳐 가는 인연들이지만 가끔 오래 좋은 만남이 이어지는 일도 있다.

부산의 한 어린이 답사 단체가 그런 경우다. 어느 날 공산성에서 근무하고 있는데 3명의 젊은 여성들이 찾아왔다. 그녀들은 나를 보자마자 매우 반가워했다. 자신들은 내가 쓴 어린이 백제 역사책 『날아라, 문화유산 답사 자전거』를 교재로 삼아 학생들을 지도하고 있다는 것이다. 그녀들은 저자를 만나서 매우 반갑다며, 앞으로도 내 책을 가지고 아이들에게 역사 공부를 시키고 답사를 오려 한다고 말했다. 그리고는 내게 자신들이 아이들을 인솔하고 오면 혹시 해설해줄 수 있느냐고 간곡히 부탁한다. 내가 흔쾌히 수락하니 기뼈하며 돌아갔다.

얼마 뒤 무령왕릉에 근무하는데 그녀들이 초등생들과 학부모와 함께 들어왔다. 그런데 아이들이 대부분 내 책을 가지고 있는 것이 아닌가! 선생이 나를 보더니 무척 반가워한다. 나도 반가움을 표한 다음에 역사 해설을 해주었다. 학생들도 내가 깜짝 놀랄 만큼 열심히 들어 더 보람이 있었다. 해설이 끝나고, 책을 가지고 온 학생들에게 모두 사인을 해주었더니 매우 좋아하며 돌아갔다. 그 뒤로도 공산성이나 석장리 박물관 등에서 가끔 만나면 해설을 해주고, 연예인처럼 사인해주곤 한다. 한번은 그녀들이 부산으로 초청해 부산시립박물관에서 초등생 학부모를 대상으로 강의도 했다. 이처럼 좋은 우리의 인연도 어느덧 3년째 이어지고 있다.

그리고 이번 10월에 또 한 명의 좋은 사람을 알게 되었다. 그분은 충북에 있는 초등학교 교감 선생님이다. 우린 10월의 둘째 주에 시티투어를 탄 관광객과 해설사와의 인연으로 만남이 시작되었다. 그날 점심시간을 이용해서 함께 식사하며 대화를 나누었는데 서로가 비슷한 사고를 하고 있다는 것에 호감을 많이 느꼈다.

그녀는 아이들에게 역사 지도를 바르게 하기 위해서는 먼저 자신이 알아야겠기에 시티투어를 이용해 답사를 다니고 있다고 했다. 그러면서 이곳에 온 것도 두 번째인데 지난번에도 무령왕릉에서 내 해설을 들었노라고 말하는 것이었다. 나는 그녀가 교육자로서의 철학관이 매우 훌륭하다고 생각했다. 이런 선생님과 같은 사고를 지닌 진정한 교육자가 많다면 얼마나 좋을까! 투어가 끝나고 헤어질 때 그분이 물었다.

"혹시 제가 우리 학부모들을 상대로 하는 역사 지도 강의에 선생님을 초대하면 해주실 수 있나요? 지역이 오창이라 조금 멀어도요."

"조금 멀긴 해도 제가 필요하다면 해드리지요. 그러나 일부러 그러시진 마세요."

이런 대화를 나누고 우리는 헤어졌다.

그런데 그다음 날 바로 그 학교의 학부모 담당 선생님이 전화해서 강의를 부탁하기에 기꺼이 응했다. 내가 그녀에게 '부족한 사람을 좋게 봐주신 마음에 정말 감사드립니다.'라고 문자를 보냈더니 이내 답장이 왔다.

'고운 선생님, 짧은 만남이지만 긴 여운을 남기는 인연이 되고 싶어요. 여러 가지 준비가 부족하더라도 우리 아이들의 멋진 미래를 위해 도와주세요. 건강하시고 행복한 가을 보내세요.'라고

올가을에 또 하나의 좋은 인연이 시작될 것 같다.

오랜 우정에 더욱 감사

우리는 태어나 바깥 생활을 하면서부터 내가 원하든 원하지 않던 인연을 맺고 살아가게 된다. 대부분 인연은 짧게 끝나지만 오랜 시간 동안 함께 하는 인연도 드물게 있다.

공주에 살면서 문학이란 공통분모를 가지고 맺게 된 사람과의 만남. 이 중 〈금강 여성문학회〉 멤버들과 나태주 시인과의 인연은 수십 년의 세월 속에서 익어왔다.

찜통더위가 기승을 부리던 지난 8월 초, 공산성에서 열리는 〈공산성 달밤 이야기〉 콘서트에 참석했다. 이날은 나태주 시인과 윤 교수님이 주인공이어서 남편 생일임에도 불구하고 참석했다.

콘서트에서 두 분이 주거니 받거니 하며 살아가는 이야기들을 훈훈하게 들려줘서 시간 가는 줄 모르고 들었다. 바람도 살랑살랑 불어오고, 오래된 고목 아래 달밤에 들어서 그런지 분위기가 더욱 좋았다.

이날 밤 두 분의 이야기를 들으며 십 년 전의 추억이 새록새록 생각났다. 2010년부터 이듬해까지 공주시에서 주관한 〈금강 달빛 별빛 이야기〉라는 명사 초청 토크 콘서트 행사가 바로 이 자리에서 열렸기 때문이다. 그 시절에 초청된 명사로는 김훈, 박범신 소설가와 도종환 시인, 황동규 서울대 교수, 가야금의 명인 황병기 교수와 부인 한말숙 소설가, 제주도 올레길을 만든 서명숙 이사장 등이 오셔서 유익한 이야기들을 청중들에게 들려주어 당시에 인기 있는 프로그램이었다. 이때도 나태주 시인과 함께 한 콘서트도 있었다.

내가 나 시인을 알고 지낸 지도 어느덧 삼십 년이 넘었다. 처음 만났을 때 이분이 40대였는데도 30대 초반이었던 내 눈에는 어른으로 느껴졌다. 젊음의 기준이 자신의 나이를 기준으로 하는 주관적인 면이 많다.

60대인 지금, 내가 보는 40대는 매우 젊다고 느껴진다. 그 시절에도 나 시인은 시를 열심히 쓰고, 우리에게 문학에 대한 조언을 많이 해주셔서 도움이 많이 되었었다.

이날은 이야기 도중 뜻밖에 나와 관련된 추억 이야기가 나왔다. 어느 날 내가 빵을 사드린 이야기이다. 나 시인은 60대 초반 담석이 생겨 치료받는 도중에 잘못되어 병원에서도 장례를 준비하라는 선고를 받았다. 우리는 슬픔 속에 장례 준비를 하기로 했다. 그런데 기적이라는 것은 정말 있는가 보다. 나 시인은 대전에서 서울의 병원으로 옮겼는데 그곳에서 기적적으로 살아났다. 그 후 오랜 투병 생활을 끝내고 집에 오게 되었다고 하셨다.

이날 이분의 말씀은 그 당시 오랜 투병 생활로 근육이 다 빠져나가 근육을 키우기 위해 시내를 걷고 있었는데 나를 만났다고 하시면서 내가 자신을 보자 반색을 하고 고려당이라는 빵집에 들어가 시인이 좋아하는 단팥빵을 사주었다며 그것을 잊지 못한다고 말씀하셨다. 나는 그분의 이야기를 듣고서야 비로소 생각날 만큼 까마득히 잊고 있었던 일이다. 당시에 그분께서 너무나 힘들었던 시기여서 잊지 못하시나 보다.

나는 나 시인의 인생에서 두 가지의 기적을 보았다. 하나는 죽음의 문턱에서 살아나셨다는 것과 '풀꽃'이라는 시가 계기가 되어 현재는 최고 스타 시인이 되었으니 말이다. 물론 노력도 많이 하셨겠지만, 최고가 된다는 것은 노력만으로도 되지 않는다는 것을 우리는 안다. 더구나 지방에서 전국구 스타가 된다는 것은 절대 쉽지 않은 일이다.

지난 7월에는 〈금강 여성문학회〉 주관으로 갑사에서 시화전이 열렸다. 행사에 참석하기 전날, 수술로 다리가 불편한 박 회장에게 전화해서 모시고 가겠다고 했더니 다른 회원이 태우러 오기로 했다며 그 차로 함께 가자고 하는 것이다. 봉사하려고 했다가 오히려 덕을 보았다.

셋이 같은 차에 같이 타는 것도 수년 만이다. 요즘은 각자 차가 있고, 또 일이 바빠 모임에서 만났다가 헤어지기 바쁘다. 이날의 동승은 내게는 특별했다. 이 두 분과는 문학회 창립 멤버이자 나 시인과 함께 한 날이 누구보다도 많고 삼십 년이 훌쩍 넘는 세월을 함께한 사이다.

이날 우리는 모두 감회에 젖어 옛이야기를 하느라 시간 가는 줄 몰랐다. 갑사에서 열린 시화전 행사는 코로나가 극성을 부림에도 불구하고 회원들이 거의 참석하고, 나시인 부부와 이일주 공주문화원장님이 참석하셔서 우리들의 기운을 북돋워 주셨다.

나는 이날 문학회 회원들의 모습이 소녀 같다고 생각했다. 살다 보니 나이는 숫자에 불과하다는 말이 맞는 것 같다.

우리는 행사가 끝난 뒤에도 찻집에 모여 늦게까지 세월이 묻어나는 이야기꽃을 한 아름 피웠다. 젊은 시절 문학이라는 인연으로 만나 오랜 세월 동안 서로의 장단점까지 잘 아는 사이가 되어 언제든 편안한 만남이 된다.

이날 저녁, 나 시인은 토크 콘서트가 끝나고 늦은 시간인데도 한 문학 회원의 초대로 찻집에 오셔서 즐거운 이야기를 나누었다. 모두 헤어지고 난 뒤 내가 콘서트에서 찍은 사진을 보내드리니 이내 답장이 왔다.

'멋있어요. 감사. 오랜 우정에 더욱 감사.'

시 낭송 덕분에 생긴 행운

　시는 시인이 쓰고, 그 시를 더욱 빛나게 해주는 것은 시의 맛을 잘 살려서 하는 낭송일 것이다.

　내가 시 낭송을 처음 하게 된 것은 고교 시절이다. 그때 우리 학교는 국어 선생님의 열정으로 시 창작은 물론이고, 시 낭송도 많이 했다. 또 시화를 만들어 전시도 하고, 잘한 사람에게는 상을 주기도 했다. 나도 문학에 관심이 많아 시를 지어 상도 여러 번 타고, 시화를 많이 그렸는데 지금도 고교 때 만든 시화집을 간직하고 있다.

　결혼 후 사는 게 바빠 시 낭송과는 멀어졌다가 십 년 전에 공주문화원에서 시 낭송을 본격적으로 다시 배우기 시작해 시 낭송가 자격을 얻었다. 그때 함께 배우던 회원들이 모여 〈공주 시낭송회〉를 발족했는데 해마다 정기 발표회를 하기도 하고, 일반 행사 무대에 서기도 한다. 지금은 〈공주시낭송가협회〉로 이름이 바뀌었고, 회원 수도 많이 늘고, 시 낭송가도 여러 명 있다.

　내가 시 낭송이 주는 힘이 대단하다고 느낀 것은 6년 전의 일이다. 어느 날 한 법조인의 특별 부탁으로 공주를 찾은 여성 법조인들 해설 안내를 맡게 되었다. 이날 공산성 공북루에서 역사 설명을 마치고, 아름다운 금강의 경치 분위기에 맞게 시를 한 편 낭송해주었다. 그런데 그분들이 깜짝 놀라며 한 편을 더 해 달라고 하는 것이 아닌가!

이튿날은 마곡사를 갔다. 경내를 모두 구경하고 나서 조그만 정자에 앉아 쉬고 있는데 또 시 낭송이 듣고 싶다고 요청해서 해주었다. 이분들과 헤어질 때 시 낭송이 너무나 좋았다는 감사 인사를 여러 번 받았다. 내게 처음에 해설을 부탁했던 그분은 지금은 더 고위직이 되었는데 직위와는 전혀 상관없이 지금도 서로에 대한 신뢰가 매우 높으니 이 또한 시 낭송 덕분이다.

이날 이후로 나는 역사 해설을 할 때 가끔 시 낭송을 해주기도 했다. 무령왕릉 앞에서 나태주 시인의 「무령왕릉」 시 낭송을 해주면 모두가 좋아하고, 공산성 숲길에서 공주와 관련된 문인들 이야기와 더불어 시를 낭송해주면 지위 고하를 막론하고 너무나 좋아했다. 역사 해설도 좋지만, 사람의 감성을 자극하는 것은 시 낭송이 더 효과적이라는 것을 관광객들의 반응을 보며 직접 느낄 수 있었다.

내가 행운이라고 표현하고 싶은 일은 2019년에도 있었다. 코레일에서 운영하는 코레일관광개발 회사에서 시를 낭송하며 해설하는 문화관광해설사를 찾는다고 공주시로 전화를 한 것이다. 그래서 담당자가 해설사 총무에게 누군지를 물었고, 총무가 내 이름을 알려주었나 보다.

이튿날 그 회사의 고위직이 직접 전화를 했다. 이분 말씀이 인천의 경인여대 김정하 교수님한테서 전국에서 해설을 제일 잘하는 해설사가 누군지 찾아달라는 부탁을 받았다고 한다. 그래서 현장에 나가는 가이드분들한테 물어보니 이름은 모르지만, 공주에 시 낭송을 곁들여 해설하는 나를 추천했다는 것이다. 그래서 공주시로 문의해서 내 이름을 알아내 연락을 했다고 하셨다. 나는 그 전화를 받고 깜짝 놀랐다. 코레일 투어를 여러 번 하긴 했어도 가이드분들이 나를 추천할 줄은 전혀 몰랐다.

해설사를 찾아달라고 요청을 한 김정하 교수님은 인천시 문화관광해설사 보수 교육을 총괄하는 분으로 여러 명의 강사 중 현장에서 활동하는 해설사의 이야기도 중요하다 싶어 코레일관광개발 회사로 의뢰를 했다는 것이다.

그해에 인천시 경인 여대에 가서 〈해설 안내기법과 태도〉에 대해 강의를 했는데 현장 이야기라서 그런지 해설사분들이 모두 공감을 했다. 나는 이날 역사 해설과 함께하는 시 낭송의 힘이 얼마나 대단한지 경험으로 느꼈던 것들에 대해 이야기했다. 후에 교수님께서 반응이 최고였다며 한 번 더 부탁을 드려야겠다고 연락이

와서 매우 고마웠다. 김 교수님은 이후에 다른 문화원 강의도 내게
맡기셨다.

3년이 지난 올해 또 인천시 문화관광해설사 보수 교육에 가게
되었다. 이번에는 〈문화관광해설사의 현실과 방향〉이라는 주제로
세 반을 돌아가며 했는데 현장에서 모두 느끼는 내용이라서 그런
지 수강생들이 공감을 많이 해주어서 좋았다. 그렇지만 속으로는
강사로 두 번이나 와서 혹 싫어하면 어쩌나 하는 걱정도 있었다.

강의 마지막에 내가 여러분을 만나게 된 것은 해설을 잘했다기
보다는 시 낭송 덕분에 뽑힌 것이니 시 한 편을 낭송하겠다고 하
고, 박우현 시인의 「그때는 그때의 아름다움을 모른다」라는 시를
들려주었더니 세 반 모두 반응이 폭발적이었다. 내가 이 시를 자주
하게 되는 가장 큰 이유는 '모든 나이는 아름답다'라는 구절 때문
이다. 그리고 시의 내용이 50대 이상이면 모두가 공감하는 구절이
많아서다.

누군가가 좋은 글이란 사람들이 쉽게 이해하고, 감동하는 글이
진정으로 살아있는 글이라고 했는데 시도 마찬가지다. 평론가들이
극찬하는 시와 일반인들이 감동하는 시가 서로 차이 나는 경우도
많이 있는 것 같다. 그날 강의를 들은 해설사 한 분이 내게 강의가
매우 좋았다며 시 낭송이 정말 감동이었다고 메일을 보내와서 큰
힘이 되었다.

나를 불러준 김 교수님은 나보다 나이는 어리지만 매우 훌륭한 인품을 가진 분이다. 우리는 몇 번 만나지 않았어도 서로에 대한 신뢰를 깊이 갖게 되었다. 요즘 세상에 서로 믿음을 줄 수 있다는 것은 쉽지 않은 일인데 시 낭송 덕분에 좋은 인연도 맺게 되었으니 이 모든 것들을 '행운'이라 표현하고 싶다.

참 좋은 인연

9월의 어느 날, 생각만 해도 기분이 좋아지는 분한테서 카톡이 왔다. '공주의 나태주 시인님이 TV에서 대담하는 모습을 보고, 갑자기 선생님 생각이 나서 소식을 전합니다.'라는 내용으로 이어지는 반가운 카톡이었다.

이분과의 인연은 그녀가 공주에 기관장으로 부임해 내려왔을 때 나 시인님과 함께 만난 자리에서 시작되었다. 공산성에서 처음 만났을 때 참 예쁘고 밝은 모습, 게다가 능력까지 출중하니 하느님의 축복을 많이 받은 사람이구나! 생각했었다. 그렇다고 서로 연락처를 주고받거나 전화를 하는 사이는 아니었다.

그런데 어느 날 여럿이서 만난 자리에서 작은 부탁을 하나 했다. 개인 모임에서 1박 2일로 공주를 방문하는데 해설을 해줄 수 있겠느냐고 물었다. 나는 흔쾌히 그렇게 하겠다고 했다.

한 달 뒤 전국에서 온 그분의 지인들과 함께 공주의 이곳저곳을 안내하며 이틀을 다녔다. 이날 공산성 내에 있는 누정에서 처음으로 짧은 시 낭송을 했다. 시 낭송을 한 지는 오래되었지만, 해설하면서 시 낭송을 해 보기는 처음이었다. 여성분들이라서 그런지 매우 좋아했다. 그다음 날에도 시 낭송을 부탁해서 몇 편을 더 해주었다. 이분들의 반응을 보며 '아! 장소에 맞는 시 낭송을 곁들인 역사 해설이 오히려 사람들에게 감동을 주는구나.' 하는 것을 처음 느꼈다.

이 일을 계기로 우리는 마음속으로도 친근한 사이가 되었다. 그 뒤부터 공적으로나 개인적으로 공주에 손님들이 오면 몇 번 더 해설해주었는데 그때마다 나도 기분이 좋았다. 예의도 얼마나 바른지 해설이 끝나면 꼭 고맙다는 인사를 전해왔다. 비록 작은 일이지만, 서로가 고마움을 표시한다는 것은 인간관계에서 매우 중요한 것 같다. 이 분과 만난 날들은 일 년 남짓밖에 안 되지만 몇 년이 지난 지금도 변함없이 안부를 주고받는다.

지난주에는 생각지도 않게 갑사에서 템플스테이를 하게 되었다. 갑사는 많이 가봤지만 잠을 자보기는 처음이었는데 우리 일행이 코레일 잡지사의 갑사 템플스테이 홍보 모델로 가게 된 것이다. 그동안 여러 방송사 촬영은 많이 해 보았지만, 템플스테이를 직접 하면서 모델이 돼보기는 처음이다.

첫날 저녁, 대웅전에서 염주를 스스로 만들며 한 알씩 꿸 때마다 절을 하라고 했다. 절을 그냥 하는 것이 아니라 사랑하는 사람들에게 축복을, 그리고 내가 미워하는 사람들에게도 축복을 기원하라고 했다.

108개의 염주 알을 모두 꿰기 위해 절을 하면서 내가 만난 많은 사람을 생각했다. 그런데 좋은 사람들은 많이 생각나지만, 내가 마음속으로까지 미워하고 있는 사람이 생각나지 않는 것이다. 평소에 마음속에까지 담아두지 않은 때문인 것 같다.

공주에 와서 삼십여 년 사는 동안 많은 사람을 만났다. 대부분이 좋은 인연들이었지만 아주 드물게 섭섭한 일들이 생긴 사람들도 있었다. 이런 일들이 생길 때 며칠 동안은 속상해서 마음을 끓이기도 했다. 그런데 나이를 먹어서일까. 어느 날부터인가 그런 생각들과 대상을 마음속까지 비우기로 하니 편했다. 따지고 보면 그 사람들과도 섭섭함보다는 좋았던 일들이 훨씬 더 많아서이다.

우리가 일하면서 가장 어려움을 느끼는 것이 인간관계다. 나는 다른 사람에게 상처를 주지 않는 것 같지만 의도치 않게 상처를 주는 일도 있고, 때로는 서로의 감정이 상해 힘들어하는 때도 많다. 겉으로는 서로가 웃고 있지만, 어느 시의 내용처럼 인간에게는 각자의 섬이 존재하는 것 같다.

나는 직업상 많은 사람을 만나게 된다. 그냥 스쳐 지나가는 인연이 대부분이지만 어쩌다가 좋은 교감을 나누게 될 때 서로가 즐겁다.

카톡을 보내왔던 그분은 공주를 떠났지만, 보고 싶은 얼굴들이 많아 겨울에 딸과 같이 오고 싶다고 소식을 전해왔다.

우리 국민의 애송시 2위로 뽑힌 정현종 시인의 시 「방문객」에서는

'사람이 온다는 것은/ 실로 어마어마한 일이다 / 그는 그의 과거와/ 현재와/ 그리고/ 그의 미래와 함께 오기 때문이다/ 한 사람의 일생이 오기 때문이다(중략)

시인의 거창한(?) 표현이 아니더라도 좋은 사람을 만난다는 건 언제나 기분 좋은 일이다.

눈이 하얗게 쌓인 공산성을 함께 걸을 겨울이 기다려진다. 내겐 참 좋은 인연이다.

올해 만난 멋진 두 남자

지난 5월에 있었던 일이다.

나는 이날 공주시에서 운행하는 시티투어에 해설사로 탑승하게 되었다. 문화관광해설사들은 가끔 투어를 타야 한다. 투어는 버스에 탑승해서 하루를 관광객과 계속 동행하며 해설을 해야 하는 일이다. 가끔은 몸과 마음이 고달플 때도 있지만, 좋은 단체를 만났을 때는 나까지 힐링이 될 때도 있다.

투어에는 두 종류가 있는데 시티투어와 일반 투어가 있다. 이중 시티투어는 관광객들이 시청 홈페이지에 신청해서 일정 인원이 되면 투어를 진행하게 된다. 일반적으로 이 투어는 개인이 각자 신청한 것이라서 연령대가 다양해 해설하는 처지에서는 어려운 투어다. 특히 어린 아이들이 많을 때는 수준을 맞추기 더 어려워 성인만 할 때보다 두 배로 힘이 든다. 일반 투어는 대부분 단체의 요청으로 하는 투어라서 수준이 비슷해 그다지 어렵지 않다.

이날도 늘 그렇듯이 오늘은 어떤 사람들이 탑승했을까? 하는 궁금증이 있는 상태로 차에 올랐다. 버스에 올라 보니 성인이 많고, 어린이들은 별로 없다. 나는 순간 오늘 투어는 별로 어렵지 않겠구나! 하는 생각이 들었다.

이날의 코스는 공주 무령왕릉과 왕릉원에서 시작해 국립공주박물관과 공산성, 그리고 마지막에 산림휴양림 목재 체험장에서 족욕을 하는 것이다.

첫 코스인 무령왕릉 전시관에서 해설해보니 짐작대로 모두 잘 들어서 기분이 좋았다. 박물관까지 해설을 끝내고 점심시간이 되었다. 내가 늘 하던 대로 식당 소개를 하고, 점심을 먹으러 가려고 하는데 온화한 인상을 가진 남자 두 분이 다가와 해설을 잘해줘서 고맙다고 하며 점심을 대접하고 싶다고 하신다. 그리고는 한 분이 자신들을 소개했다.

"우리는 죽마고우 친구입니다. 이 친구가 미국 하와이에 사는데 한국에 와서 함께 여행 다니고 있어요. 어제 공주에 와서 하룻밤을 자고, 오늘 시티투어를 탔는데 참 좋네요. 저는 공무원으로 정부 부처에서 국장을 지내고 퇴직한 사람입니다."

"아! 그러시군요. 저는 가족과 하와이 여행을 계획하고 있는데, 정말 가보고 싶은 곳이에요. 점심 초대는 고맙지만, 일행이 있어 식사는 다른 곳에서 해야 해요. 감사합니다."

나는 정중히 거절하긴 했지만, 그분들의 호의가 고마웠다. 오후에도 투어는 계속되었는데 비가 와서 많이 힘들었다.

이날 이 두 분 말고, 또 한 팀이 눈에 띄었다. 석장리 구석기 축제를 보기 위해 서울에서 왔다는 여성 공무원들이었다. 박물관을 나올 때 한 분이 슬그머니 다가오더니 조용한 음성으로 말한다.

"오늘 선생님을 따라다니며, 제가 많은 것을 배웠어요. 특히 나이를 먹어가며 어떻게 살아야 하는지를요. 감사합니다."

나는 누군가의 마음에 조금이라도 도움을 주었다는 것에 흐뭇했다.

투어를 끝내고, 시청에서 모두 헤어졌는데 두 남자분이 터미널 가는 길을 내게 물었다. 그러자 시티투어 인솔자인 공주관광협회 김 이사님이 모셔다드리겠다고 해서 인사만 하고 헤어졌다. 헤어지긴 했지만, 이날 인상에 가장 많이 남은 관광객이었다.

며칠 뒤 그분들을 차에 태우고 갔던 김 이사님이 내게 전화번호가 쓰여 있는 종이를 건네준다. 김 이사님의 말에 의하면 '이분들이 오늘 시티투어가 너무나 좋았다고 하며, 하와이에 오면 자신이 자택에서 대접도 하고, 하와이를 잘 소개해주고 싶으니 전화번호를 내게 꼭 전해 달라.'고 적어주었다는 것이다. 하와이에 산다는 그분도 한국에서 기관장을 지내고, 이민 가서 산다고 하셨다.

나는 깜짝 놀랐다. 하루 투어 해설사로 나온 내게 이렇게 호의를 베풀다니. 일반 투어에서는 간혹 있지만 시티투어에선 참으로 드문 일이다. 내가 보기에 그분들의 훌륭한 인품으로 봐서 그냥 하는 빈말은 아니었다.

며칠 후 나는 그날 받은 번호로 전화를 걸었다. 그분들은 반갑게 전화를 받으며 아직도 여행 중이라고 하셨다. 통일부에 근무했다는 김 선생님이 우리가 하와이에 가게 되었을 때 먼저 자기에게 전화하면, 친구에게 연락해주겠노라고 하셨다. 하와이에서 오신 허 선생님도 안내해주고 싶다며 꼭 연락하라고 한다.

나는 좀 많이 놀랐다. 내가 정말 하와이를 갈 때 연락할 지는 모르겠지만, 이 두 분의 따뜻한 호의는 오래오래 내 마음에 남아 있을 것이다. 삭막한(?) 세상인데 올해 처음으로 만난 이 따뜻하고 멋진 두 남자 덕분에 아직도 가슴이 훈훈하다.

초등학교 동창생의 엇갈린 운명

"여보세요, ○○○ 씨 댁 맞습니까?"

"제가 ○○○인데요, 실례지만 누구십니까?"

"나 ○○이야. 반말해도 되지? 야, 정말 오랜만이다. 너 나 기억할 수 있어?"

"내가 왜 너를 모르겠니? 너하고 같은 반도 여러 번 했었잖아. 그리고 내가 가장 잊을 수 없는 스승님의 아들인데. 지금도 스승의 날이라서 네 아버지 생각하고 있었어. 너는 잘 모르겠지만 정말 내게는 평생을 두고 잊을 수 없어. 너보다도 항상 네 아버지를 생각하곤 해. 너 교수 되었다는 소식은 들었지만 이렇게 목소리를 들으니 정말 반갑다야."

"고맙다. 너 지난번에 용인으로 스키 타러 왔을 때 만나는 건데. 사실은 내가 그때 일본에 있었거든. 그런데 박 교수한테 이야기 들으니까 너도 모든 것이 안정된 것 같아서 나도 좋더라. 생활은 재미있니?"

"별일 없으면 좋은 거지 뭐. 그래 남자 동창들하고는 자주 만나?"

"그럼, 매달은 못 만나도 어쩌다 만나면 그렇게 반가울 수가 없어. 친구들도 이제는 대체로 기반 튼튼히 잡아서 잘들 사는 것 같더라."

"난 초등학교 동창들은 아주 친했던 친구 빼놓고는 거의 몰라."

스승의 날 아침에 걸려 온 친구와의 대화는 삼십 분 가까이 계속되었다.

이 친구한테 전화 오기 전에 토요일에 남편 친구 부인인 박 교수님한테서 전화가 왔다. 남 교수가 전화하고 싶어 하는데 전화해도 실례가 되지 않는지 좀 물어보라고 했다고. 우리 집은 남편 여자 동창한테 전화가 오기도 하니까 괜찮다고 했더니 전화가 온 것이다.

나는 여자 동창들의 근황을 알려주었고, 그 친구는 남자 동창들의 근황을 들려주었다. 대부분 노력해서 모두 기반을 잡고 사회인으로서 당당하게 살아가고 있었다.

초등학교 시절이라고 해도 내가 늦됐는지 이성에 눈을 뜨지 않아서 특별히 좋아한 남자친구에 대한 기억은 없지만, 지금은 동창들을 만나고 싶다는 생각이 많이 든다.

몇 년 전 추석 때 고향에 갔을 때였다. 내가 다니던 학교의 교문에는 같은 기수들이 동창회를 한다는 플래카드가 바람에 흔들리고 있었다. 그 흔들리는 폭만큼이나 가슴이 설레고, 친구들을 보고픈 마음에 당장이라도 그곳에 가고 싶었다.

남편은 가서 즐겁게 놀다 오라며 자신이 태워다 주겠노라고 했다. 성묘를 마치고는 다시 교문 앞에까지 갔다. 담 사이로 얼핏얼핏 보이는 모습들이 여자는 보이지 않고, 남자들만 모여 있는 것 같았다. 나는 갈 것인가로 망설이다가 용기가 없어 결국 그냥 오고 말았다. 집에 돌아와서도 좋은 기회를 포기한 것 같아서 못내 아쉬움을 떨쳐버릴 수 없었다.

그 친구와 나는 삼십 년 가까운 세월의 공백도 남자 동창이라는 성에 대한 서로의 인식도 잊은 채 초등학교 시절 이야기에 그대로 빠져들었다. 나는 마지막으로 내가 궁금해하던 한 남자친구의 근황을 물었다. 학창 시절에 공부도 꽤 잘하고, 참으로 착했던 친구였다. 그 애가 사는 마을도 우리 동네와 멀지 않아서 가끔 놀러가곤 했었다. 특별히 나와 교분이 있었던 친구는 아니었지만, 갑자기 그 친구 생각이 나는 것이다.

"야, 차마 내 입으로 말하기도 어렵다. 그 녀석 지금 교도소에 수감 돼 있어."

"아니 도대체 무슨 죄를 지었길래?"

"제일 씻을 수 없는 죄야. 더구나 나는 그 친구를 잊을 수 없어. 너, 나 고등학교 다닐 때 부모님 속 많이 썩인 거 아냐?"

"잘은 몰라도 풍문으로 들었던 적이 있는 것 같다."

"나 부모님 마음고생 많이 시켰어. 내가 그렇게 방황하고 있을 때 그 친구가 나 찾아와서 뭐라고 한 줄 아니? 너 인생 그렇게 살지 말라고 충고하더라. 왜 그런 식으로 인생을 살려고 하느냐고.
나는 지금도 그 친구 말이 생생해. 대학 다니면서 철이 나서 나는
이렇게 교수가 되었는데 그 친구가 씻을 수 없는 죄를 지었다는 게
나도 처음에는 믿어지지 않더라. 지금도 그 친구만 생각하면 가슴
이 너무 아퍼.”

　전화 통화가 끝나고 나서도 그 친구의 마지막 말이 귓가에서 사
라지지 않았다. 방황하는 친구를 위해 진심 어린 충고를 해주었던
착한 친구 N. 그 친구의 불행을 어떻게 쉽게 잊어버릴 수 있을까!

　삶의 여로에서 일어날 수도 있는 일이라고 자조하기에는 너무나
도 잔인한 생의 아이러니다.

2부
영화「기생충」이 현실이 된 날

영화「기생충」이 현실이 된 날

올여름은 무사히 지나가는가 싶었는데 어제 서울을 중심으로 물 폭탄이 쏟아졌다. 언론에서는 '「기생충」이 현실로'라는 기사가 나고, 외신들도 영화「기생충」을 빗대 한국 저소득층의 문제점을 다루고 있었다. 우리나라에서 부자들이 산다는 강남에서 엄청난 수해가 난 것을 비꼬는 내용의 기사들이 많았다. 특히 신림동의 반지하에 살던 장애인 가족의 사망 사건은 뉴스를 접한 사람들 모두의 가슴을 먹먹하게 했다.

나도 지금까지 살아오면서 물난리 때문에 두 번의 잊을 수 없는 사건이 있었다. 한 번은 중학교 때 겪었고, 또 한 번은 1987년에 일어난 공주 대홍수 사건 때의 일이다.

1970년대 초인 중학교 시절 나는 부여 세도라는 곳에서 강경 여중으로 통학을 했었다. 집에서부터 30분 정도 걸어 나와 버스를 타고 내려서 배를 타고 금강을 건너 20분 정도를 걸어가야 겨우 학교에 도착할 수 있었다. 등교만 두 시간이 넘게 걸리는 거리였다. 어느 때는 버스비를 아낀다고 친구와 함께 산을 넘고 들을 건너 걸어서 학교에 가기도 했다. 학교에 다니는데 무려 왕복, 네 시간이 넘게 걸렸으니 지금의 아이들은 상상이 안 가는 거리다.

게다가 여름에 비가 많이 오면 걱정이 되어 공부가 제대로 안 되었다. 비가 억수로 오는 날이면 학교에서 수업을 마치지 않았어도 우리를 보내주었다. 그런 날 심란한 마음으로 나루터에 오면 누런 황토물에 가축을 비롯해 온갖 잡동사니들이 떠내려갔고, 심지어 집이 떠내려가는 것도 보았다. 강물은 눈으로 봐도 물살이 엄청나게 세서 배를 타기가 무서웠는데 그래도 강을 건너야 집에 갈 수 있었다.

중학교 1학년 때인 어느 여름날에 비가 엄청나게 왔다. 이날도 일찍 나루터에 왔는데 온통 물바다였다. 심지어 건너편 들판까지 누런 물결로 출렁거렸다. 우리는 큰 배를 타고, 건너편 나루까지 가서 조각배로 다시 갈아타야 했다. 그날도 큰 강은 무사히 건넜는데 작은 조각배로 건너 타는 과정에서 균형이 안 맞아 배가 뒤집혀버렸다. 모두 물에 빠져 허우적거렸는데 다행히 어른들이 구해줘서 살아나긴 했지만, 옷이 찰싹 달라붙어 물에 빠진 생쥐 꼴이 되어버렸다. 이 사건이 있었던 후 2학년부터는 강경 읍내로 나와 자취해서 더는 그런 고생은 하지 않아도 되었다.

고등학교부터는 대전으로 갔는데 그곳에서도 큰비만 오면 지하에 물이 고여 온 가족이 동원되어 물을 퍼내는 광경을 흔히 볼 수 있었다. 70년대 중반이니 여유가 있는 집이 별로 없던 시절이다.

내가 처음 살았던 대전 동구 자양동에 있는 자췻집은 다닥다닥 방이 붙어있었고, 세입자가 5가구나 되었다. 그런데 화장실은 하나밖에 없었으니……. 어느 날인가 비가 많이 내리던 날 방 천장에서 물이 뚝뚝 떨어져 바가지로 물을 받아내야 했다. 우리는 더는 그 집에서 살 수 없어 새집을 얻어 나왔다. 물 때문에 겪은 이런 일들이 내게는 너무나 생생해서 여름에 비가 많이 오는 날이면 어제 일처럼 생각난다.

또 한 번은 1987년 여름, 공주에 엄청나게 비가 많이 왔을 때다. 나는 비교적 상류 쪽에 속하는 시청 앞 제민천 변에 살았는데 그때 식구들은 모두 서울에 가고, 어린 아들하고 둘이 있었을 때였다. 갑자기 쏟아진 폭우로 제민천 물이 빠지지 못하자 마을이 아수라장으로 변했다. 하수도 역류로 인해 뒷집의 재래식 화장실이 넘쳐 각종 오물이 골목길로 쏟아져 나오는데 악취는 말할 것도 없고 도저히 걸어 다닐 수가 없었다.

영화에서만 보던 재난이 현실로 보았을 땐 상상 이상이었다. 이웃집들은 오래된 집이라서 아수라장으로 변했는데 우리 집은 새집이고, 지하실 방수가 잘 되어 물난리는 면했다. 이날 다행히 폭우가 오래 계속되지 않아서 마을은 2시간 안에 정상으로 돌아갔지만 모두 공포에 떨었던 그 날의 기억이 지금도 잊히지 않는다.

공주는 1987년의 대홍수 이후에는 30년이 넘도록 큰 홍수는 없었다. 이번에도 서울 경기 지역은 물난리가 났어도 공주는 별 피해가 없으니 얼마나 다행인지.

사람들은 돈이 행복의 기준이 되지 않는다고 말한다. 틀린 말은 아니지만 때로는 돈이 전부가 되는 사람들도 있다. 적어도 인간다운 생활을 영위할 만한 여유가 있을 때 돈은 행복의 척도가 되지 않는다고 말할 수 있다고 생각한다.

어디에서든 가난한 사람들은 참 살기가 힘든 것이 현실이다. 이번 물난리 피해도 주로 반지하에서 났는데 아직도 이곳에 사는 가구가 30만이 넘는다니 놀라운 일이다. 옥탑방이나 반지하에 산다고 하면 사회의 통념은 가난한 사람이라고 평가하듯이 자본주의 사회는 없는 사람에게는 참으로 냉정하다.

봉준호 감독은 반지하에 사는 기택의 가족을 통해 한국 사회 빈부의 극과 극을 볼 수 있는 영화를 만들어 세계인의 공감을 사는 명화를 만들었다. 나도 이 영화를 두 번 보았는데 「기생충」이라는 제목을 붙인 아이디어도 놀라웠다.

국민 소득이 3만 5천 불이고, 선진국이라고 홍보하는 것보다 극한 가난에 고통받는 사람들이 없는 사회가 되었으면 하는 바람이 더 간절한 날이다.

현대판 문맹자들

어디에선가 이런 글귀를 본 적이 있다.

'카카오톡을 보내는 사람과 친해라. 그것은 그 사람이 늘 당신을 생각하고 있기 때문이다.'

맞는 말이다. 바쁘게 돌아가는 세상에서 안부를 묻고, 좋은 글이 있으면 카카오톡으로 보내주는 친구가 있다는 것은 얼마나 좋은 일인가!

친구들이 카카오톡으로 보내온 내용을 보면 좋은 글귀들이 어쩌면 그리도 많은지 감탄이 절로 나온다. 도대체 이런 내용은 누가 만들어내고 전파하는 것인지 세상은 참으로 요지경이다. 예전에는 문맹인 어른들이 소외당했던 적이 있지만, 지금은 교육 수준이 높아져서 칠십이 안 된 사람 중에는 문맹이 거의 없다고 본다.

그런데 새롭게 현대판 문맹자들이 생겨났다. 바로 요즈음에 나온 첨단기기를 사용할 줄 모르는 사람들이다. 젊은이들은 첨단기기에 매우 익숙하다. 심지어 유치원 아이들도 휴대폰을 나보다 훨씬 잘 다룬다. 친구는 손녀가 3살밖에 안 되었는데도 자신보다 휴대폰을 잘 다룬다며 기가 찬다고 웃는다.

나 역시 학창 시절에 과학 과목을 잘했는데도 첨단기기의 사용을 따라가지 못해 애먹을 때가 많다. 주변의 또래들도 나와 별반 다를 게 없어 도움이 안 된다. 그런데 후배 중에는 제법 잘하는 사람이 있다. 세대 차이가 실감이 난다. 그렇지만 그녀들을 자주 만날 수 없기에 가까이 있는 남편의 도움을 받아야 할 경우가 많다. 남편은 과학을 하는 사람이라 그런지 기기를 다루는 데는 아주 능숙하다. 내가 애써 자존심을 굽히고 도움을 청할라치면, 잘 가르쳐 주면 좋은데 꼭 '그것도 못 하냐.' 하며 혀를 끌끌 찬다. 그러면 부부간이라도 자존심이 상해 다음에 곤경에 처해도 물어보고 싶지 않다. 그래서 혼자 끙끙거리고 있으면 와서 도와주겠다고 한다. 도움을 안 받고 싶지만, 처지가 급하니 어쩌겠는가! 못이기는 척 도움을 받을라치면 '당신은 나 없이는 못 살 거야.' 하면서 공치사를 한다. 공치사를 들어도 문제를 해결해야 하겠기에 어쩔 수가 없다.

파워포인트 문제만 해도 그렇다. 워드는 제법 할 줄 알아서 그동안 강의안 같은 것을 만들 때 다른 사람의 도움을 안 받고도 만들었었다. 그런데 요즘은 대부분의 강의안을 파워포인트로 작성해야만 한다. 그래서 파워포인트 문제가 늘 골칫거리였는데 남편은 '당신이 알아서 하라.'며 가르쳐주지도 않고 뒷짐만 지고 있다.

고민 끝에 사무실에 있는 젊은 안 선생한테 도움을 청해보기로 했다. 언제나 해맑은 미소를 지니고 있어 예쁜 그녀는 내가 부탁하자마자 시원스레 대답한다.

"선생님, 언제나 가져오시면 제가 해드릴게요. 그것 전혀 어렵지 않아요."

그 말이 얼마나 고맙던지. 마치 구세주 같은 느낌이었다. 당장 시급한 문제는 덜었지만 아무래도 내가 배워서 스스로 하는 것이 더 좋겠다는 생각이 들었다.

마침 추석이 되어 서울에서 딸이 내려온다는 연락이 왔다. '옳지! 딸애한테 시키고, 이참에 나도 배워야겠다.'

추석날 성묘를 다녀오고 나서, 딸이 하는 것을 10시간에 걸쳐 옆에서 지켜보고 터득했다. 그때의 기쁨이란! 알고 보니 별로 어려운 것도 아닌데 전전긍긍한 나 자신이 우스웠다. 기계치에 가까운 내가 한심스럽기까지 했다.

짧은 인생을 살면서 사람은 문명적으로 많은 변화를 겪는 것 같다. 나는 50년대 후반에 태어났지만, 그때는 너무 어려서 기억이 없고, 내가 기억하는 시대는 60년대부터이다. 많이 기억하는 것들은 먼지가 풀풀 날리는 신작로와 겨울이면 푹푹 빠지는 땅이다. 또 버스는 늘 만원이어서 '명절날 같은 특별한 날은 창문으로 사람들이 들어갔던 기억이 어제인 듯 생생하다. 화장실은 지독한 악취와 낙서로 가득 차서 들어가기가 힘들었다.

70년대는 형편이 조금 나아졌다. 70년대 말에 우리가 생각하는 80년대는 가난이 해결되는 장밋빛 인생이었다. 그리고 마이카시대가 온다고 이야기들을 했다. 우리는 모두 꿈같이 여겼다. 80년대가 되었는데 경제적으로는 확실히 좋아졌다. 그러나 마이카시대는 오지 않았다. 미국에 사는 친구가 한국에 왔기에 만났더니, 그녀 말이 자기네 집에는 식구마다 차가 있단다. 나는 그 말이 참 신기하게까지 들렸다. '어떻게 식구마다 차가 있단 말이야? 찻값이 얼만데.' 혼자 중얼거리기까지 했다.

그런데 80년대 말이 되자 사람들은 하나둘 차를 사기 시작했다. 우리 집에 차는 없었지만, 남편이 컴퓨터를 들여왔다. 참 신기했다.

90년대가 되자 집마다 차가 있고, 컴퓨터도 웬만한 집에는 모두 있게 되었으며, 휴대폰이 보급되기 시작했다. 70년대에 우리가 꿈으로만 여겼던 마이카시대가 온 것이다.

2000년 이후에는 변화가 더 빨라 식구마다 차 있는 집이 많아지고, 어린아이들까지 휴대폰이 있고, 웬만한 쇼핑도 컴퓨터 속에서 이루어진다. 나부터도 컴퓨터 속에서 혼자 이곳저곳을 탐색하다 보면 시간 가는 줄 모른다. 옷도 거의 온라인 몰에서 사고 있다. 나는 너무나 빠르게 변화하는 문명이 두려워 때로는 그만 멈추었으면 좋겠다는 생각이 들 때가 있다. 자연과 더 친했던 베이비붐 세대들은 따라가기가 여간 벅찬 것이 아니다. 그래도 따라가지 않으면 문맹자 취급을 받게 되니 열심히 적응하려고 노력할 수밖에. 친구한테 또 카카오톡이 온다.

'가끔 힘들면 한숨 한 번 쉬고 하늘을 보세요. 멈추면 보이는 것이 참 많습니다.'

누가 진정한 천사일까

　가끔 천사라는 이미지를 떠올려 본다. 내가 생각하는 천사의 모습은 서양인의 얼굴에 흰 피부를 가지고 있고, 흰옷을 입었으며, 등에는 날개가 달린 모습이다. 이 천사를 본 사람은 아무도 없을 것이다. 많은 사람이 생각하는 천사의 모습은 서양인들이 만들어 낸 이미지일 뿐이다.

　사람들은 천진스러운 어린이나 착한 사람을 보면 천사 같다고 한다. 세뇌는 참으로 대단한 힘을 발휘하는 것 같다. 천사의 이미지가 허구라는 것을 알면서도 많은 사람은 어딘가에 날개 달린 천사가 있을 것만 같다는 생각을 하고 살아간다.

　날개 없는 천사도 있는 것일까? 나는 요즘 방송에서 매일 아침 나이 먹은 남자 천사를 본다. 필리핀 빈민가에서 어린이들을 위해 국숫집을 운영하는 서영남 씨다. 그는 흰옷을 입지도 않았고, 흰 피부와 날개를 달지도 않았다. 잘생긴 얼굴도 아니지만, 그의 얼굴에서 모든 이들의 마음을 편안하게 하는 선한 미소가 흐른다. 평범한 인간을 뛰어넘은 그의 얼굴을 보면 성자 같다는 생각이 든다.

서영남 씨는 천주교회 수도사로 있다가 현재의 아내를 만나 결혼했다고 한다. 이들 부부는 2003년부터 인천에서 배고픈 사람들에게 국수를 말아주기 시작했다. 국숫집은 규모가 점점 커져 지금은 매일 400~500명의 사람이 '민들레 국숫집'을 찾는다고 한다.

서영남 씨는 지난 2014년 4월에는 필리핀 칼로오칸시의 빈민가에도 국숫집을 차렸다. 1988년에 수도사 생활을 하면서 필리핀으로 파견됐을 때 그는 가난하지만 착한 마음씨를 가진 사람들이 따뜻하게 대해줬던 것을 기억하고, 이곳 빈민가의 어린이들을 돕기로 한 것이다. 부인은 인천에서, 그는 필리핀에서 봉사활동을 펼치고 있는 부부 천사이다.

서영남 씨는 '소유로부터의 자유, 가난한 이들과 나누는 기쁨, 아름다운 세상을 위한 투신投身'을 기본 정신으로 국숫집을 시작했다고 한다. 그는 그동안 많은 어려움을 겪으면서도 필리핀 아이들에게 밥이라도 먹이는 것을 아주 기쁘게 생각하고 있는 것 같았다. 그의 표정이 어쩌면 그리도 맑고 깨끗하게 느껴지는지.

화면으로 나오는 필리핀의 빈민가는 우리나라 60년대보다도 훨씬 더 열악한 것 같았다. 이 마을에 비가 내렸을 때 골목에는 계곡물이 흘러가듯 물이 콸콸 내려가고 있었다. 사람들은 붉은 흙탕물이 골목을 가득 채워도 늘 있는 일이라는 듯 아무렇지도 않은 표정이다. 낡은 골목의 주택들은 저런 곳에서 어떻게 사람이 살 수 있을까 생각될 정도로 환경이 열악했다. 이런 환경 속에서 사는 아이들을 서영남 씨는 정말로 열심히 도와주고 있었다. 나는 그가 바로 천사라고 생각했다.

2010년에 돌아가신 고 이태석 신부도 천사이다. 그는 의사로서 편안한 삶이 보장돼 있는데도 신부가 되어 아프리카에서 봉사활동을 펼치다가 40대의 나이에 대장암으로 돌아가셨다. 이런 때는 정말 하느님이 존재하는지 의문이 든다. 이런 분들은 오래오래 살도록 전지전능하신 하느님께서 돌봐주셔야 하지 않을까? 누군가는 하늘나라에서도 이런 분이 필요하니까 빨리 데려간 것이라고 농담 비슷한 말을 한다. 그 말도 맞는 것 같다. 이태석 신부는 내 가슴 속에 남아 있는 천사의 한 사람이다. 이 밖에도 기억나지는 않지만 천사 같은 사람들이 이 세상에는 참 많다.

링컨은 '40세가 지난 인간은 자기 얼굴에 책임을 져야 한다.'라고 말했다. 이 말은 스스로 인생을 어떻게 살아가야 하는가를 말해주는 인생 지침서라고 생각한다. 가끔 나이 든 사람들의 얼굴을 볼 때마다 저 사람이 그동안 어떻게 살았을까를 생각해보며 사람을 판단하는 경우가 있다. 나 혼자만의 판단이니 피해를 주지는 않는다. 그러나 선하고 기품 있게 늙어가는 얼굴을 보면 나도 저 사람처럼 늙어가고 싶다는 생각이 든다. 내가 볼 때 자신이 진심으로 선한 일을 오랫동안 해온 사람들의 얼굴에는 인생의 아름다운 모습이 그대로 나타나는 것 같다.

　점심을 먹은 오후, 석장리 박물관에 유아원에서 온 아이들이 푸른 잔디 위에서 뛰어놀고 있다. 아이들이 뛰어노는 모습은 흐르는 강물과 더불어 한 폭의 풍경이 된다. 나는 그 아이들이 예뻐서 한참을 바라보았다. 모두가 해맑은 얼굴들이다. 천사가 바로 저런 얼굴이 아닐까?

　인생을 기독교에서 말하는 천사처럼 살아가는 사람들, 그리고 티 없이 맑은 저 어린 동심들. 그 두 얼굴에서 진정한 천사의 모습은 어느 것일까?

　선사유적지 석장리에서 혼자 숙고해본다.

욕망

나는 집에서나 밖에서 내가 둔 물건을 찾느라 쩔쩔맬 때가 아주 많다. 그 첫 번째 원인은 물건을 제 자리에 놓지 않기 때문이겠지만, 어느 것은 제자리에 잘 놓은 것 같은데 아무리 찾아봐도 없는 것이다.

내가 이 방 저 방 다니며 찾는 것을 보면 남편이 혀를 끌끌 찬다. 놓는 장소가 정확한 남편이 보면 한심하기 그지없는 행동인가 보다. 어느 때는 남편한테 한마디 듣는 것이 싫어서 속으로는 안타까우면서도 찾다가 멈춘다. 그것이 꼭 찾아야 할 물건이었을 경우에는 등줄기에서 식은땀이 줄줄 흐를 때도 있다. 이곳저곳을 샅샅이 뒤지며 찾는데도 야속하게도 찾는 물건이 나오지 않으면 참으로 난감해진다. 그래도 포기할 수밖에…….

그런데 참 신기한 경우를 종종 본다. 내가 찾느라고 발을 동동 구르며 찾을 때는 나오지 않던 물건이 어느 순간 포기해버리면 나오는 것이다. 조금 전까지 그곳을 보았는데도 보이지 않던 물건이 어떻게 나올 수가 있을까? 하는 의문이 들면서도 여간 반가운 것이 아니다.

건망증도 나이가 들면서 그 빈도가 심해지는데, 지금은 아주 급하지 않으면 예전처럼 등줄기에 땀까지 흘리며 찾지는 않는다. '언젠가는 나오겠지'하는 마음이 더 많다. 당장 대체할 것이 있으면 대체하고, 그렇지 않으면 포기한다. 그러면 신기하게 안 나와도 얼마 후에는 눈에 뜨인다.

요즘 들어 인생의 욕망도 이런 경우가 아닐까 하는 생각이 들 때가 많다. 살면서 욕망이 없는 사람이 누가 있으랴마는 인생은 참으로 마음대로 되는 일이 없는 것 같다. 내가 열심히 잃어버린 물건을 찾는 것처럼, 내 인생에서 언제나 욕망을 찾는 것도 이와 같다는 생각이 든다. 내가 찾다가 포기하면 찾던 물건이 나오는 것처럼, 욕망을 포기하면 또 다른 좋은 일이 생길 것만 같은 예감이 든다.

자식 문제만 해도 그렇다. 보통의 부부들은 자식을 출산하는 순간부터 '내 자식만큼은 잘 키워야지.' 하는 욕망을 갖기 시작한다. 그리고 자식 교육에 자신의 인생을 거는 사람들도 많다. 그러나 자식들은 야속하게도 부모의 욕망에 부응을 못 하는 경우가 더 많다. 때론 '청출어람'이 되어 부모보다 나은 자식이 나오는 집도 있지만, 그렇지 않아 고민하는 집들이 더 많은 것 같다.

나 역시 어느 때부터인지 자식에 대한 욕망을 포기할 때 더 잘될 것 같다는 생각을 많이 한다. 그래서 자식에 대한 기대치를 높게 갖지 않는다. 그저 어떤 운명이 있을 것만 같아서 내가 아무리 발버둥을 쳐봤자 인생은 정해진 운명대로 가는 것이 아닌가 하는 생각이 들 때 욕망을 내려놓게 된다.

'욕망'과 '욕심'은 단어의 뜻부터가 분명 다르다. '욕망'은 부족을 느껴 무엇을 가지거나 누리고자 탐하는 것이고, '욕심'은 분수에 넘치게 무엇을 탐내거나 누리고자 하는 마음이다. 사람들이 가끔 상대방에게 '욕심을 버려라.'라고 말을 하는 것을 종종 본다. 나는 이 말을 하는 사람을 보면 씁쓸할 때가 있다. 그렇게 말하는 본인은 무엇을 얼마나 버리고 사는가에 관해 묻고 싶은 마음이 든다.

인간은 누구나 욕망이 없는 사람은 없다고 본다. 그것이 물질적이든 정신적이든 간에 누구나 있는 것이다. 그런데 자신이 바라는 것은 욕망이라고 해석하고, 남이 이루고자 하는 것은 욕심으로 치부한다면 이것도 또한 그 사람에게 상처를 줄 수 있는 것이다.

나는 타인에게 욕심을 버리라는 말을 하지 않는다. 내가 보는 관점이 절대적인 것은 아니기 때문이다.

나이 육십을 '이순耳順'이라고 한다. 예전에는 이 말을 별로 깊게 생각하지 않았는데 오십 중반이 되고 보니 선인들이 왜 그렇게 말씀을 하셨는지 이해가 된다. 이제는 웬만큼 귀에 거슬리는 말을 들어도 그렇고, 눈에 뻔히 보이는 타인의 얄미운 행위도 별로 탓하고 싶은 마음이 들지 않는다.

얼마 전부터는 매일매일 마음을 다스리며 욕심이 아닌 욕망도 버리는 연습을 한다. 나보다 인생을 더 많이 사신 분께서 홀로 되셨는데 '남편이 먼저 가고 나니 희로애락이 없어졌노라.'라고 하시는 말을 들은 적이 있다. 노년이 되면 장성한 자식들은 자기들대로 즐겁게 살 것이고, 거기에 낄 수 없는 혼자가 된 나는 외로운 존재이다.

아무리 좋은 것이 있다고 해도 '여보, 좋지?' 하며 손을 맞잡고 함께 할 사람이 곁에 없다는 것은 참으로 슬픈 일이다. 나 혼자 바라볼 수밖에 없는 처지가 되었을 때, 다른 무엇인가를 위해 노력하지 않는다면 우울증에서 벗어나기 힘들 수도 있다. 내게 주어진 슬픈 것들이 운명이라고 생각하는 것이 그나마 가장 현명한 방법이 아닐까 하는 생각을 해 본다.

요즈음도 혼자 있을 때 스스로 욕망을 버리는 일을 한다. 그렇게 하다 보면 쓸데없는 것들이 점차 줄어들 것이고, 언젠가는 내가 생각하지 못한 행복이란 것이 나머지 부분을 채워 주리라고 믿으며 살아간다.

작은 상처들

  며칠 전 저녁밥을 짓고 있는데 친한 학교 선배한테서 카카오 톡이 왔다. 받아보니 전 검찰총장의 아내가 썼다는 편지글이었다. 이게 무엇인가? 궁금한 마음에 얼른 읽어보았다. 내용을 제법 일목요연하게 쓴 것 같은데 좀 아리송하기도 하다. 정말 그 부인이 이렇게 썼을까? 저녁때 퇴근해서 온 남편에게 무슨 큰 뉴스라도 되듯이 말했는데 남편의 반응이 어째 심드렁하다.

  "사람 참 순진하기는. 이 사람아 그것을 정말 그 부인이 썼겠어? 어떤 인간이 쓸데없이 관심 좀 받으려고 가상으로 일삼아 써서 인터넷에 올린 거겠지."

  남편은 바로 휴대전화기로 검색을 한다. 그의 말대로 그 글은 가짜였다.

  난 이런 일들을 볼 때마다 그런 글을 쓴 인간에 대해 정말 화가 난다. 그리고 인간은 참 잔인하다는 생각이 든다. 자신이 세상 사람들의 관심을 끌고자 마음고생을 하고 있을 당사자에게 정말 크나큰 상처를 주는 것이다. 지금까지 그 사건은 세간을 떠들썩하게 했고, 지금도 진위를 가리는 중에 있어 어떻게 결말이 날지는 모르겠다. 나는 그날 전혀 알지도 못하는 그녀의 괴로울 심정을 오랫동안 생각했다.

  꽤 오래전 일이다. 어느 날 길을 가다가 잘 아는 한 부인을 오랜만에 만난 적이 있다. 반갑게 인사를 하고 지나치려고 하는데 그녀는 나를 붙잡고 한참이나 아들과 며느리 자랑을 했다. 자식을 저렇게 자랑할 정도가 되니 참 부러웠다. 그 부인이 부럽다 보니 그때부터 마음이 더 씁쓸해졌다. 그날 나는 마음이 우울해서 그것을 극복하려고 노력하고 있었는데 회복하는 시간이 더 걸렸다. 그렇다고 그 부인의 자녀들이 잘된 것을 질투하는 것은 결코 아니다.
  착한 친구 하나도 아들 친구 엄마가 무심코 하는 말에 작은 상처를 입었다고 했다. 상처를 준 그 여인은 아들이 그녀가 보기엔 정말 부러운 명문대를 갔는데도 더 좋은 학교에 가지 못해 속상하다며 그녀에게 하소연하더란다. 그녀가 생각할 때 '내 아들은 아무도 알아주지 않는 학교에 갔는데도 말 한마디 않는데 참 기준점이 너무 차이가 나는구나.' 싶어 한동안 씁쓸했노라고 내게 말해주었다.
  이런 경우들을 보며 '아! 무심코 하는 자식 이야기도 때로는 누군가에게 상처를 주는구나.'를 생각했다. 그런 일이 있고 난 뒤부터는 어떤 좋은 일이 있을 때는 타인에게 되도록 말하지 않는 것이 좋겠다고 생각했었다.

그렇다면 나 역시 또다른 누군가에게 상처를 주지 않았을까? 내가 의식하지 않고 내 수준에서 무심코 한 말들이 누군가에게는 상처가 되었을 것이고, 그 사람도 나 때문에 좀 더 긴 시간 동안 우울했을지도 모른다.

우리는 사회생활을 하며 아는 사람들과 의지하며 살아간다. 그들은 매우 정겨운 이웃이자 친구들이다. 그런데 또 그 속에서 작은 상처들을 받으며 살고 있다. 그래서 가끔 힘들어한다.

지인들도 어느 한 사람한테 상처받아 힘들다는 하소연을 가끔 들은 적이 있는데 똑같은 사람이다. 그녀 때문에 받은 상처로 상담해준 적도 여러 번 있다.

타인에게 상처를 잘 주는 그녀는 친절한 면도 있지만, 성격이 강해 상대방이 자기 마음에 들지 않으면 거침없는 말로 듣는 사람의 마음을 아프게 하는데 본인은 전혀 모르고 있다. 오히려 자신은 따스한 사람이라고 생각하고 있는 것이 아이러니다.

나 역시 상처를 많이 주는 사람들은 별로 만나고 싶지 않다. 나이를 먹을수록 부담스러운 사람보다 편안한 사람이 좋다.

인터넷에 올라온 글을 쓴 사람도 관심을 끌려고 올렸다가 일이 엄청나게 커지고, 상대방에서 법적제재를 준비하고 있다고 하니까 놀랐는지 사과문을 올리고 있다는 내용이 뉴스에 나왔다. 그 사람은 비단 이번 일만이 아니고 다른 일로도 여러 차례 비슷한 글을 올린 사람이다. 그도 이번 일을 계기로 다른 사람에게 상처를 주는 글을 올리지 않았으면 좋겠다.

나는 요즘에는 스스로 다른 사람에게 마음이 편한 상대가 되어 보고자 노력하는 중이다. 때론 바보처럼 보일지라도. 누군가가 힘들 때나 마음이 울적할 때 내가 그 사람의 부담 없는 상대자가 되어 그에게 작은 위로라도 줄 수 있다면, 그것이 남은 인생을 더 잘 사는 사람이 될 것 같다.

따스한 가을볕이 드는 창가에서 흐르는 강물을 바라보며, 마음이 따스한 사람과 커피 한 잔을 마시고 싶은 오후다.

가보지 않은 길

공산성에서 산책하고 있는데 오랜 친구 혜영이한테 전화가 왔다.

"야, 너는 내가 전화 안 하면 어떻게 한 번도 안 하니? 그동안 잘 지냈어?"

친구가 푸념 아닌 푸념을 한다. 나도 미안한 마음이 많이 들었다. 그동안 안부 전화라도 해야 했는데 몇 년 전부터 나는 용건이 있는 경우 아니면 사람들과 전화 통화를 잘 하지 않는다. 우리는 이날 한 시간 정도 통화를 했다. 남자들은 이해할 수 없는 여자들만의 스트레스 해소 방식이다.

혜영이는 중학교 때 친구인데 통화는 안 해도 마음속으로 늘 생각하는 친구이다. 이 친구와 처음 만난 것은 중학교 2학년 때로, 같은 반이었는데 몇몇이 유난히 친하게 지냈다. 중학교 때는 70년대 초반이라 대부분 집안 형편이 어려웠다. 주거 환경도 매우 열악했는데 나 역시 동네 친구와 함께 바퀴벌레가 나오는 자취방에서 사느라고 힘든 적이 많았다. 비만 오면 아궁이에 물이 가득해 연탄불조차 피기 힘들었지만 다들 그러려니 하고 지내던 시절이었다.

우리와 달리 이 친구네는 당시에도 아버지가 산부인과 의원을 하고 있어 경제적으로 윤택했다. 공부를 함께 하려고 친구 집에 가면 어머니가 어찌나 잘해 주시던지 먹어보지도 못했던 음식과 과일들을 아낌없이 주셔서 잘 먹었던 기억이 있다. 고등학교부터는 서로 다른 학교로 진학해서 헤어졌는데도 혜영이는 변함없이 찾아와주었고, 늘 한결같은 마음 그대로이다.

혜영이와 통화를 하던 중에 자연히 다른 동기들의 안부도 묻게 되었다. 친구가 깊은 한숨을 푹 쉬며 그녀와 친한 중학교 동기들의 근황을 알려주었다. 한 친구는 우리나라에서 손꼽히는 과학자인 남편이 암에 걸려 그만 시한부 판정을 받았는데 생에 대한 애착이 너무나 강해 두 달 정도밖에 못산다는 선고를 받았음에도 다행히 1년이 넘게 생존해 있다고 했다. 그런데 문제는 극한의 투병 생활을 하는 남편을 뒷바라지하느라 동기인 친구가 몸이 완전히 말라버렸단다. 또 다른 친구도 암에 걸렸는데 일단 치료는 됐지만 3개월마다 전이 여부를 알기 위해 병원에 가는 스트레스 때문에 너무나 불안해한다며 그 동창들 생각만 하면 마음이 아프다고 했다. 나와 고교까지 동창인 다른 친구 역시 온갖 병마에 시달리고 있었다.

이런 대화는 비단 내 친구와의 통화뿐만이 아니라 60대 이후의 사람들에게서 흔히 오가는 대화가 아닌가 싶다. 공적인 모임이 아닌 친교 모임에 가면 나누는 대화의 절반 이상이 온통 건강 이야기이다. 누구나 가는 인생길에서 생로병사生老病死 중 병病이 제일 무섭게 느껴진다. 죽는 순간이 오면 어떨지 모르겠지만 죽음보다는 병이 더 무섭다.

사람들은 나이 60세가 넘으면 대부분 몸이 어느 한 곳이라도 고장이 나 있다. 겉이 멀쩡하면 속이 고장 나 있고, 속이 고장 나면 겉은 멀쩡하기도 하고, 둘 다 고장이 나서 사는 게 사는 것이 아닌 삶을 살아가는 이들도 많다.

나는 7년 전부터 어르신들에게 한글을 가르치는 일을 하고 있는데 이분들을 보며 매일 느낀다. 우리 반은 모두 여성들로 평균 나이가 83세이다.

"선생님, 노인네가 병원에 가면 의사들도 건성건성 들어요. 자식들도 멀리서 사는데 보호자부터 찾고요. 노인네들은 아예 사람 취급도 안 해. 이빨도 아퍼 죽겠고, 눈도 이유 없이 퉁퉁 부어 사람 만나기도 싫어요. 생각해보면 이건 사는 게 아녀. 자식들한테도 미안하고 그저 죽고 싶은 맘 밖에 없어유."

이 어머니 말씀을 들으면 매우 안타깝지만 그렇다고 딱히 도움을 줄 수도 없어 푸념만 들어주고 있는데 당신의 말을 들어주는 것만으로도 매우 고마워하신다.

노인들이 가장 두려워하는 것은 몸이 아파 요양원에 가는 것이다. 지난해에는 두 분이 넘어져서 몸을 다치는 바람에 한동안 요양원에 가 있었는데 다행히 좋아져서 두 분 모두 집에 오셨다.

이분들이 다시 수업에 나와 '요양원은 절대 갈 곳이 못 된다'라며 머리를 절레절레 흔드신다. 나도 요양원에 대해서는 친정아버지 때문에 너무나 잘 알고 있고, 아직도 죄송한 마음을 갖고 있다. 아버지는 101살에 돌아가셨지만, 말년에 요양원에 계신 동안은 살아 있는 삶이 아니라 목숨 연명 수준의 모습이었다. 요양사분들이 잘못해서가 아니다.

나는 인생에서 내 마음대로 다니고, 먹고 싶은 것 먹고, 사계절의 자연을 마음껏 볼 수 있을 때까지가 살아 있는 삶이라고 생각한다.

아무도 가보지 않은 이 인생길을 장자는 '인생은 문틈으로 빠르게 지나가는 흰 망아지와 같다.'라고 했다. 그런데 어느 노랫말에는 '가도 가도 끝이 없는 인생길은 몇 구비인가.'라는 구절이 있다. 양쪽이 완전히 대비되는 표현이다. 우리가 마음이 기쁠 때는 전자일 것이고, 슬픈 마음이 지배할 때는 아마 후자가 되지 않을까? 나도 시간이 너무나 빨리 흐른다고 생각하며 살아가고 있으니 아직은 장자의 말에 더 가까운 삶을 살고 있지 않나 싶다.

오늘 친구와의 마지막 대화도 앞으로 우리는 모든 행복의 기준을 '건강과 오늘 별일 없으면 됐다.'에 두자며 끝을 맺었다.

3년 전부터 나는 내 행복의 기준을 이렇게 잡고 살아가고 있다.

그랬더니 아침에 눈을 뜨면 왠지 불안했던 것들이 많이 사라졌다. 어차피 인생은 내 마음대로 되지 않고, 누구도 가보지 않은 길을 우리는 가고 있다.

중년의 우울증

지난 어느 여름날 대전에 사는 친한 친구에게 전화를 걸었더니 전화 받는 목소리에 힘이 하나도 없다.

"너 왜 그래? 어디 아프니? 무슨 일 있어?"

"아니, 마음이 우울해서 그래 요즘엔 도무지 살맛이 하나도 안 나. 밥맛도 없고, 밤에 잠도 안 오고. 그동안 내가 뭘 하며 살았나 싶고. 정말 미치겠다."

"야, 남들이 들으면 욕한다. 너같이 다 갖추고 사는 사람이 뭐가 그렇게 살맛이 안 나니? 네 남편이 속을 썩이기를 해. 아니면 직장이 나빠. 평생 안 벌어도 될 만큼 경제적으로도 성공했고 식구들 모두 건강하겠다. 게다가 애들까지 공부도 잘하고. 너 더 이상 욕심내면 하느님이 벌주신다. 경제적으로 어려운 사람들이나 가족 중에 아파서 고생하는 사람들 생각 좀 해봐."

"네 말이 다 맞는데도 내가 왜 이런지 모르겠다. 복이 터져서 그러나 봐."

나는 그녀에게 시간이 너무 많아 고민을 만들어서 한다는 등 수다를 한참 떨다가 전화를 끊었다. 전화를 끊고 나서도 그동안 그 친구가 우울증을 앓고 있다는 사실에 깜짝 놀랐다. 내가 판단하건 대 친구는 객관적으로 볼 때 누구나 부러워할 만큼 좋은 환경에서 살고 있다. 차마 다른 사람에게 얘기할 수 없는 또 다른 고민이 있 는 줄은 모르겠지만.

이 친구뿐만 아니라 중년의 우울증이 생각보다 심각하다. 병이 라고까지 할 수는 없어도 주위의 부인들과 대화를 나눠보면 그녀 들 역시 가볍게라도 우울증 증세가 있는 경우를 많이 보았다.

지난겨울, 내가 우울증을 앓은 것도 자신의 무능력에 대한 한심 함 때문이었다. 어리석게(?) 저축만 했다는 것에 대해. 이것도 내 생각에는 나뿐만 아니라 불로소득에 관해 판단과 시행이 느렸던 대부분 사람이 느꼈던 분노이지 않을까?

난 한동안 앞날을 볼 줄 몰랐던 자신을 자책하며 귀중한 시간을 헛되이 보내고 말았다. 그러다가 생각했다. 만약에 가족 중 누군가 가 엄청난 치료비가 있어야 하는 병에 걸렸다거나 자식들이 속을 썩였다면 아파트가 대수였을까.

내가 결국 분노하고 자책했던 것들도 주변의 사람들과 비교한 상대적인 자존심이 아니었나 하는 생각을 하며, 어렵게 살아가는 이들에게 미안한 마음이 들었다. 그리고 가족들이 건강하다는 것 하나만으로도 감사해야 한다고 스스로 자꾸 최면을 걸었고, 그제 야 우울함에서 벗어날 수 있었다.

지금도 내가 즐겨 찾는 인터넷 사이트 중 하나가 두 애가 다니는 학교의 자유게시판이다. 그곳에서 학생들이 올린 글을 읽어보면 그들만의 고민도 알 수 있고 재미있는 글도 읽을 수 있어서이다. 어느 날 한 학생이 다음과 같은 글을 올려놓았다.

어느 대입 재수 학원에서 있었던 일이다. 한 강사가 수강생들을 모아놓고 10만 원짜리 수표를 꺼내며 이것을 갖고 싶은 사람은 손을 들라고 말했다. 수강생 대부분이 손을 들었다. 강사는 수표를 다시 손으로 여러 번 구기고서는 갖고 싶은 사람은 손을 들라고 말했다. 수강생 대부분이 또 손을 들었다. 그러자 이번에는 수표를 바닥에 놓고는 구둣발로 짓밟았다. 그래도 갖고 싶은 사람은 또 손을 들라고 했다. 학생들 역시 또 손을 들었다. 그러자 강사는
"바로 이것입니다. 이 수표가 지금 구겨지고 짓밟혀졌어도 그 가치가 그대로 있는 것처럼 여러분의 가치도 그대로인 것입니다."
이 글은 대학에 실패한 학생들을 위한 강사의 말이었겠지만, 짧다면 짧고 길다면 긴 인생길도 결국 이와 같은 것이 아닐까? 구겨지고 밟혔어도 가치가 있듯이 내가 비록 지금 어려움이 있더라도 노력을 게을리하지 않는 한 나의 가치는 그대로 존재하고 있을 것이다.

‘권화일일영權花一日榮’이라는 말이 있다. 백낙천은 ‘사람의 영화
는 무궁화꽃과 같이 잠깐 피었다 지는 것’이라며, 인생은 환상 이
외의 아무것도 아니므로 슬퍼하거나 기뻐하는 것 자체가 어리석다
고 본다는 것이다.

항상 이 말을 가슴속에 간직하고 살아간다면 적어도 욕심 때문
에 생기는 중년의 우울증은 없어지지 않을까 싶다.

코로나와 프리랜서의 비애

2020년 8월 24일의 일이다.

아침에 출근하자마자 문화유산 관련 공무원이 코로나 때문에 휴관해야 한다며 모두 퇴근하라고 한다. 그렇지 않아도 코로나 때문에 관광 관련 시설이 휴관할 것 같은 예감이 들었었는데 '올 것이 왔구나.' 하는 생각이 들었다. 아침에 출근했던 동료들은 모두 허탈한 마음을 감추지 못한 채 돌아갔다.

지난 2월에도 코로나 때문에 3개월 가까이 일이 없어 수입이 제로에 가까웠다. 수입이 전혀 없어지는 것은 보통 일이 아니다. 돈이 별거 아니라는 계층도 있지만, 누군가에게는 절대적인 생존의 문제로 대두된다. 일당을 받는 근로자들은 더 절실하게 다가올 것으로 생각되는 것이 요즘의 현실이다. 서민들의 형편이 이런데도 우리나라에 갈 곳 없어 떠도는 개인들 돈이 수천조 원이라니 자본주의 사회라지만 참으로 극과 극을 달리고 있는 형국이다.

나는 이날 집으로 돌아오면서 남편과 일찍 사별한 뒤 강사로 일하며 열심히 살아가는 한 사람이 떠올라서 가슴이 아팠다. 이제 일감이 없어졌으니 어떻게 해야 하나? 강사라는 직업은 너무나 힘이 없어 몇 명의 인기 강사를 빼고는 어찌 보면 서러운 존재다. 몇 년을 성실히 일했어도 그만두라면 어떻게 해 볼 도리가 없다. 나 역시 강의를 제법 많이 하는 편인데 모든 것이 멈춰 버렸다. 나도 생존을 위해 다니는 거라면 더 처량할 텐데 그나마 월급을 받는 남편이 있어 생활에 큰 지장은 없는 편이다.

오늘 가본 공주 시장도 외부 상인이 전혀 올 수 없어 장날이라 해도 매우 썰렁했다. 상인들이 평소의 반도 안 되고 장을 보러 나온 사람도 별로 없다. 전염병이 얼마나 사회를 피폐하게 만드는가를 절실히 느끼게 해준다.

나는 요즘 1947년에 출간된 알베르 카뮈의 장편소설 『페스트』를 많이 생각한다. 이 소설은 전염병이 얼마나 무서운가를 절실히 느끼게 하는 글이다. 그 내용 하나하나가 현재와 어쩌면 그리 잘 들어맞는지 카뮈는 이 소설로 노벨문학상을 받았는데 그의 예리한 통찰력이 그저 놀라울 뿐이다.

이 소설의 서두는 프랑스의 평범한 도시 오랑에서 의사인 베르나르 리유가 4월 16일 아침에 자기의 진찰실을 나서다가 죽은 쥐를 발견하면서부터 시작된다. 쥐로부터 시작된 페스트로 인해 사람들의 고통이 엄청나게 커지는 사회적 파장과 갈등, 그 와중에서 이득을 챙기기에 혈안이 된 인간 등.

나는 이 이야기가 그저 소설 속에서나 존재하는 줄로만 생각했지, 의료 기술이 엄청나게 발전한 21세기에 거의 흡사하게 벌어질 줄은 몰랐다. 전쟁이 났다면 지구촌 어느 한 곳에서 벌어지는 일이겠지만, 이 병은 세계인의 발과 모든 것들을 묶어 놓았다. 재앙 중의 재앙이다.

평소에 길가를 지나다니면서 가게들을 유심히 보며 저 많은 가게가 모두 잘 돼야 할 텐데 하는 생각을 많이 하는데 요즘에는 코로나 때문에 더 관심이 간다. 공주대학교 근처에 엄청나게 잘 되는 가게가 있었다. 대학생과 아이들로 문전성시를 이루는 집이어서 그 가게 주인이 부러운 적도 있었다. 그런데 요즘은 점심시간인데도 손님이 거의 없었다. 이 식당마저 이 모양이니 다른 곳은 말해서 무엇 할까?

주말이면 관광버스로 몸살을 앓던 공산성 앞도 마찬가지다. 주말에도 어쩌다 버스 몇 대가 주차돼 있을 뿐 오는 관광객들은 대부분 가족 단위다. 그 많던 관광버스 기사들은 어떻게 생계를 유지할까? 하는 생각에 가슴이 먹먹하다.

무령왕릉과 왕릉원 쪽도 별반 다를 게 없는데 이마저도 휴관을 했으니 불을 보듯 뻔하다. 코로나로 관광업이 가장 타격이 클 것 같다.

프리랜서들도 별반 다를 게 없다. 대부분 일자리가 끊겨 버렸으니 말로 다 할 수 없는 비애다.

9월이 되니 그 무덥던 여름이 가고, 이제 가을이 서서히 다가오고 있다. 가을의 아름다운 풍광처럼 코로나가 물러가 모두의 얼굴에 밝은 미소가 번지는 날을 기대해본다.

성교육을 못 받아 생긴 사건

내가 중학교 3학년 때 가을의 일이다.

친구와 내가 버스에서 내렸을 때는 이미 사방이 칠흑같이 어두웠다. 면 소재지인 이곳에서도 나는 삼십 분을, 친구는 오십 분 정도를 더 걸어가야 각자의 집에 도착할 수 있었다.

읍내에서 자취하다가 모처럼 고향 집에 가는 길이지만, 그날따라 달도 없는 밤이라 우린 너무 무서웠다. 친구와 나는 무서움을 잊으려 시시콜콜한 이야기들을 계속해서 나누며 손을 꼭 잡은 채로 앞만 보고 걸었다. 간혹 개가 큰소리로 짖거나, 고양이 등 부스럭거리는 소리만 나도 간이 오그라드는 것 같았다. 숲을 지나갈 때는 뒤에서 누가 자꾸만 따라오는 것 같아 우린 거의 뛰다시피 걸어갔다.

그렇게 이십 분 정도 걸었을까. 저 멀리서 우리 집 불빛이 보였다. 난 불빛이 보이는 것만으로도 무서움에서 해방된 것 같아 그제야 주변을 돌아볼 여유도 생겨 뒤를 돌아보니 저만치서 우리를 따라오는 사람이 보였지만 별로 개의치는 않았다.

마침내 우리 집 근처까지 왔을 때 이제는 친구가 걱정되었다. 여기서부터는 혼자 가야 할 텐데 어떡하나? 하고 고민하고 있을 때 뒤에 따라오던 사람이 드디어 가까이 왔다. 혹시 아는 사람이면 그분에게 부탁 좀 하려고 가까이서 보니 다행스럽게도 나이는 나보다 몇 살 위인 아저씨뻘 되는 우리 친척이었다. 내가 인사를 하며 친구를 부탁하자 그는 흔쾌히 그렇게 하겠다고 했다. 나는 그제야 안심하고 집으로 돌아갔다.

그 당시는 집에 전화도 서로 없어서 확인을 못 하다가 며칠 후 그 친구를 만났는데 그 애가 들려준 이야기는 내가 당시 상상할 수도 없었던 사건이었다.

친구는 내가 소개해준 아저씨를 따라갔는데 집에 가려면 꽤 커다란 내를 건너야 한다. 그곳은 물이 많지는 않고, 대신 모래벌판이 넓게 펼쳐진 곳으로 인가와는 많이 떨어진 곳이다. 친구가 그곳에 다다랐을 때 갑자기 그가 친구를 잡더니 길에서 떨어진 곳으로 막무가내로 끌고 가더란다. 아무리 저항해도 그를 당할 수가 없어 어쩔 수 없이 질질 끌려갔다고 했다. 친구가 왜 이러는 거냐고 제발 살려 달라고 애원을 해도 소용이 없고, 그는 오로지 친구를 겁탈하려고만 했다고 했다. 그래서 거의 당하게 된 찰나 자전거 불빛이 보이기에 친구는 죽을힘을 다해 소리를 질렀다고 한다. 그래도 다행히 자전거에 타신 분이 알아들었는가 보았다. 점점 불빛이 가까이 오니까 그 아저씨란 작자는 그제야 도망가 버렸다.

위기에서 벗어난 친구는 진짜 연세가 드신 그 아저씨를 따라 무사히 집에 갔노라고 말해주면서도 충격에서 아직도 완전히 벗어난 상태는 아니었다.

나는 그 이야기를 듣고 거의 경악에 가깝게 놀랐다. 우리를 노리고 쫓아온 그 나쁜 놈에게 친구를 부탁하다니. 그야말로 고양이에게 생선을 맡긴 꼴이 된 것이 분하기도 했고, 고맙다고 인사까지 한 나 자신이 한심하기까지 했다. 그 뒤로 그가 아저씨는 고사하고, 사람으로 보이지도 않았음은 물론이다. 수십 년이 지난 일이지만 난 그 사건을 지금도 잊지 못한다.

당시에 중학교 3학년이나 되었어도 난 성에 대해서는 너무나 무지했었다. 가정 교과 시간에 생리에 대해 배우긴 했어도 남녀 간의 성에 대해 아무도 내게 가르쳐 주지 않았었다. 남자를 조심하라는 말도 들은 적이 없어 남자가 그렇게 무서운 동물(?)일 수도 있다는 사실조차 전혀 몰랐다. 그 이야기를 친구한테 듣고 나서도 부모님께 말조차 하지 않았으니까. 경찰에 신고할 생각도 전혀 하지 못했다.

성인이 되어 생각해보니 부모님이 미리 교육했더라면 그런 실수는 하지 않았을까 싶은데 왜 그렇게 중요한 것을 교육시키지 않았는지 이해가 잘 안 된다. 더구나 중학교 1학년만 되면 딸들이 대부분 객지에 나가 홀로 생활하는데도 말이다.

친구의 희생(?)으로 너무도 확실한 성교육이 되어서 그 뒤로 남자를 조심했음은 물론이다.

결혼 후 자식들이 객지로 나가게 되었다. 두 아이 모두 서울로 학교에 가게 되었는데 떠나기 전 딸애는 물론이고, 아들에게도 여자와는 반대인 문제로 몸을 조심하라고 신신당부했음은 물론이다.

딸을 가진 부모에게는 남자가 두려운 존재다. 요즈음은 '성'이라는 한 단어만으로도 가장 근본적인 것들을 모두 불신하는 사회가 되고 만 것 같다. 이제 친척은 물론이고, 남매도 아래가 여동생일 경우 한집에서 살게 하기 힘든 세상이다.

얼마 전 뉴스에서 아버지가 친딸을 수년 동안 성폭행하면서 임신까지 시킨 사건이 발생한 기사를 보고 놀란 적이 있다. 물론 아주 극단적인 경우겠지만, 난 이런 기사들을 볼 때마다 분노가 인다.

그래도 내 세대는 어렸을 적 유교의 영향을 받고 자랐다. 그 정도가 이러한데 물질이 최고이고, 사고의 깊이보다는 감각의 편리함에 익숙해져 있는 지금의 세대가 주류를 이룰 때 어떤 세상이 될까? 하는 걱정이 앞선다.

각종 매체의 지나친 발달이 우리에게 편리함을 가져다주었지만, 인간이 서로 지켜야 할 가장 근본적인 것들이 무너질 때 모든 것이 무너진다고 생각한다. 언젠가는 그것들이 부메랑이 되어 내 가족에게 돌아올 때 그 아픔들은 도대체 누가 감당할 수 있을까!

성 문제 하나만으로도 가장 가까운 사람들까지 불신해야 하는 사회가 슬프다 못해 두렵게까지 느껴지는 오늘이다.

숲속의 집

아침 식사 준비를 하려고 부엌에 나가 창을 여니 뒷산 솔숲에 봄비가 소리 없이 내리고 있다. 지금 이 시각은 사람의 흔적이라고는 보이지 않는 숲은 내게만 주어진 자연의 선물이다. 그런데 웬일인지 희뿌옇게 내리는 봄비 속으로 누군가가 꼭 우산을 쓰며 걸어올 것만 같다. 혹 어제 낮에 잠깐 기타를 치며 노래 부르던 발랄한 대학생들의 모습이 연상되어서일까?

하늘을 찌를 듯이 곧게 뻗어있는 소나무들. 그러나 큰 키에 어울리지 않게 조용히 비를 맞고 있는 모습이 큰소리 한번 제대로 못하고 순리대로 살아가는 대다수 서민의 모습만 같아 애처로움마저 인다.

이 집에 이사 오고 나서는 오늘같이 이렇게 비가 오는 날이나 바람이 심하게 부는 날이면 식탁 의자에 앉아 오래오래 뒷산을 바라보는 버릇이 생겼다. 한쪽 벽의 3분의 2가 넓은 창으로 되어 있어 겨울에는 추위에 꽤 고생했으면서도 이제는 이 집을 지은 분께 감사의 마음이 든다. 어릴 적 대숲을 스치는 바람 소리와 송홧가루 날리는 솔숲을 유년의 추억으로 곱게 간직하며 살아가는 나에게 실제 현실로 느낄 수 있게 해주었으니 말이다. 자연에 대한 추억과 동경은 가장 푸른 인간의 심성이리라.

부엌 창을 열면 푸른 소나무 숲과 함께 언제나 시야에 들어오는 무덤 하나. 누구의 묘인지는 몰라도 오늘도 외롭게 비를 맞는다. 처음에는 이 무덤이 무서워서 이사를 오지 않으려고 했고, 빈집에 갔다 와서는 아무도 없는 방에서 혼자 눈물을 흘렸다. 공연히 집을 바꾼답시고 이제는 이런 무서운 집에서 살아야 하는구나! 하는 생각에 잠도 오지 않았다. 어릴 적에 이십 리 산길을 걸을 때의 기억이 너무도 생생해서다.

중학교 1학년 시절, 그날도 오늘처럼 이렇게 추적추적 비가 내렸다. 우리 집은 읍내에서 금강을 건너고도 이십 리 길을 가야만 되는 곳이어서 해거름에 가야만 했다. 그런데 그날은 운이 없게도 막 강을 건너와 보니 막차가 떠나고 없었다.

이제는 혼자서 지름길인 험한 산길을 가야만 했다. 인가가 있는 마을을 십 리 정도 지나면 나머지 십 리는 인가도 없고, 제법 높은 산으로만 이어지는 산길이었다. 게다가 가는 도중에는 한해에 한두 명 정도 사람이 빠져 죽는 커다란 저수지가 있었다. 사람들은 그곳에서 밤이면 소복을 한 여자가 지나가는 사람을 물로 끌어들인다고 했다. 낮이라면 믿지 않겠지만, 비가 내리는 캄캄한 밤이 되니 그 말도 꼭 사실인 것처럼 연상이 되고, 머릿속은 그동안 책에서 본 괴기소설만 어찌도 그렇게 생각이 많이 나던지 등이 쭈뼛쭈뼛하였다. 뒤를 돌아보면 누군가가 꼭 목덜미를 낚아챌 것 같은 생각에 오로지 앞만 보고 더딘 것만 같은 걸음을 재촉했다.

간이 콩알만 해진 채 겨우 저수지를 지나고 나니 산 넘어 산이라고 이제까지 못 보았던 무덤이 나타났다. 그날의 일인 듯 새끼줄과 다른 것들을 태운 흔적이 범벅이 되어 진흙탕을 이루고 있었다. 너무나 무서워 터벅터벅하는 나의 장화 소리가 꼭 누군가의 소리만 같아 나는 완전히 제정신이 아니었다. 뒤를 돌아볼 엄두도 내지 못한 채 정신없이 뛰어서 마을 어귀에 다다랐을 때 마침 언니가 등불을 가지고 마중 나오는 길이었다. 나는 언니를 붙들고 그 자리서 얼마나 울었는지 모른다. 한참을 울다가 내가 넘어온 산을 그제야 뒤돌아보니 시커먼 마구리를 드러낸 채 어둠을 혼자 다 삼키고 있는 듯했다.

내가 저곳을 어떻게 지나왔을까? 얼마나 소름이 끼치던지 그때의 그 기억은 언제나 내 뒤를 따라다닌다. 지금은 아마 대낮에도 그 산길을 가라면 어림도 없을 것이고, 그때처럼 용감했던 적도 없다. 그때까지는 묘지 마당이 우리들의 놀이터였는데 그 뒤로는 얼씬도 하지 않았다.

묘가 앞뒤에 있어 이사 가기 겁이 난다고 문학 모임에서 걱정을 했더니 나태주 시인이 말씀하시기를 '자기가 아는 어떤 사람은 노숙해도 꼭 묘지 마당에서 하는데 죽은 사람을 언제나 친구처럼 생각한다.'라는 이야기를 해주셨다.

그 말씀이 내게는 얼마나 큰 위로의 말이 되었는지 모른다. 인간은 누구나 흙에서 왔다가 흙으로 가는 것, 누구라도 언젠가 가는 곳이기에 친구로 생각하기로 했다. 하여 다정한 눈길로 바라보니 하나도 무섭지 않다.

이제는 이 집이 전혀 무섭지 않다. 오히려 전에 살던 집은 불량배들이 많아 가끔 도둑이 침입한 흔적이 있어 가슴을 서늘하게 하곤 했는데, 이 동네는 아직도 시골의 순박함이 남아 있는 듯하여 정신적으로 오히려 풍요롭기까지 하다.

사람과의 만남에서도 왠지 넉넉해 보이고, 푸근한 느낌이 가는 사람이 오래오래 정이 가듯이 만남에서 얻어지는 기쁨도 있지만, 때로는 여러 가지 복합요인으로 자괴감이 들 때 홀로 빠져드는 쓸쓸함을 솔숲을 바라보며 위로받곤 한다.

어릴 적 고향을 떠난 뒤로 집안에서 처음으로 느껴보는 신선한 내음이다. 이제 조금 있으면 아파트로 이사를 해야 하는데 솔숲을 끌어가고 싶은 어린애 같은 마음이 가득하다. 집을 지으려고 사 놓은 대지에 집을 짓는다면 이렇게 솔숲을 바라보는 즐거움이 있을 텐데…….

그게 언제가 될지는 나 자신도 모르겠다. 아파트로 이사를 하면 생활의 편리함에는 익숙해지겠지만 난 언제나 비 내리는 솔숲도, 바람 부는 솔숲도 잊지 못할 것 같다.

먼 훗날 마음에 꼭 맞는 친구가 있어 콘크리트 숲에 염증을 느낄 때쯤이면, 그곳에 아래위층으로 예쁜 집을 지어 노년을 보내고 싶다. 뒷산으로 향하는 창을 가장 멋지게 내는 그런 집을 말이다.

말의 절제

일전에 도서관에서 빌려온 『엄마의 옷』이라는 책의 표지에 참으로 멋진 구절이 있기에 외워두기로 했다.

'사람에 관한 이야기를 누가 그대에게 했다면. 그리고 그 이야기를 또 그대가 옮기고 싶거든 그대는 그것을 말하기 전에 먼저 황금으로 된 세 개의 문을 지나야 합니다.

첫째, 그것은 사실인가? 그리고 둘째, 그것은 필요한 이야기인가? 그대 마음속에서 성실한 답을 받아야 합니다.

이 세 개의 문을 거칠 때 그대는 이야기가 어떤 결과를 가져오든 서슴지 않고 말할 수 있습니다.

나는 이 글이 매우 흥미롭게 느껴져서 한참 들여다보다가 마침 우리 집에 온 친하게 지내는 부인에게 보여주었다. 그녀는 세 번째까지 갈 것도 없이 대개는 두 번째에서 입을 다물어야 할 것 같다고 해서 우리는 마주 보며 웃었다.

그 뒤로 그녀는 전화에서나 만나서 이야기할 때 남의 이야기가 혹 화제에 오를라치면 두 번째 글귀를 인용하며 웃어버린다. 좋은 것 배워서 벌써 써먹는다고 하면서도 그리고 그 이야기를 끝내지 못했어도 여운은 즐겁다.

이처럼 말은 의사 표현의 가장 중요한 수단이지만, 때로는 많은 독소를 가지고 있다. 세 치 혀의 간교함은 누누이 강조된바 많지만 우리는 가끔 그것을 잊어버린다.

어느 한 사람이 한 이야기가 고의적이든 아니든 간에 번지고 번져서 화제에 오른 당사자에게는 치명적으로 되는 경우도 많이 있다. 공공모임의 장소에서나 아니면 타인에게 전해 들은 말 중에서 사실이 아닌 것이 종종 있는 것을 나 자신도 여러 번 경험해 본 바 있다.

앞으로 내가 보지 않은 것은 믿지 말 것은 물론이고, 본 것도 반만 믿는다면 무절제한 말의 남용은 없어지지 않을까 싶다. 특히 타인의 흉을 볼 때 앞에서 이야기한 글귀를 한 번쯤은 생각해 볼 일이다.

말의 절제 – 하고 싶은 많은 말 중에서 조금은 절제해보는 것도 필요한 매력 중의 하나가 아닐까?

내가 평형을 배워야 하는 이유

아침 신문을 펼쳐 드니 아이들이 물놀이하다 동시에 다섯 명이나 죽은 사건이 발생했다. 모두 아주 어린 아이들이다.

사건의 내용인즉 한 아이가 빠지니 다른 아이가 구하러 들어가고, 또 다른 아이가 들어가서 모두 그런 끔찍한 일을 당한 것이다. 항상 여름철만 되면 흔히 일어나는 일인데 신문을 보면서도 그 부모들의 심정이 떠올라 마음이 먹먹했다.

사람들은 참 안 되었다고 생각하면서도 설마 내게는 생기지 않겠지 하는 요행수를 누구나 생각한다. 나도 그런 사람 중의 하나였다. 그런 것에 관해서는 언제나 낙관론 쪽이었다. 그러다가 이번 여름에 그야말로 영원히 지구를 떠날 뻔했다.

지난여름 무더위가 아주 기승을 부리던 때였다. 남편 친구 초대로 금산 제원으로 나들이를 가게 되었다. 금산은 많이 들었어도 제원이란 곳이 있는 줄은 잘 몰랐다. 우리는 약속한 날짜에 맞추어 공주에서 출발했다.

대전을 지나고 금산을 지나서 영동 쪽으로 어느 정도 가니 산과 강이 수려하게 어우러진 곳이 나타났다. 이곳에 이런 멋있는 곳이 있었다니! 감탄이 절로 나왔다. 알고 보니 그곳은 금강 상류였다. 그래서 그런지 공주에서 보는 금강 물과는 비교도 안 되게 깨끗했다. 그러나 경치가 좋은 곳이면 사람들이 모이게 마련이어서 그곳도 예외는 아니었다. 가는 곳마다 사람들이 넘쳐나고, 강변에 널려 있는 쓰레기들이 깨끗한 저 강물을 오염시킬 날도 얼마 남지 않은 것 같아서 걱정되었다.

우린 친구분의 안내로 별장에 짐을 풀었다. 별장이라고 해서 호화롭게 지은 것은 아니고, 수려한 산을 배경으로 깔끔하게 지은 슬래브 주택이었다. 마당 한 귀퉁이에는 실개천이 흐르고 감나무엔 감이 주렁주렁, 그리고 커다란 후박나무와 또 이름 모를 나무들이 그늘을 만들어 주었다. 소박하지만 아름다운 전원주택이었다.

요즘은 친목회에서도 공동으로 집을 마련해서 관리도 공동으로 하고, 필요할 때 돌려가며 사용한다는 말을 들었는데 그것도 괜찮은 아이디어라는 생각이 들었다.

우리가 도착하자 남편 친구 처형 내외분이 반갑게 맞아 주었다. 조금 전 차를 타고 오다가 본 수려한 산도 그분들의 소유였다. 산은 쓰임새는 많지 않아 보였지만, 그 장엄한 모습을 바라보고 있기만 해도 가슴이 뿌듯해 올 것 같다는 생각이 들었다.

나는 궁금해서 그분들에게 물어보았다.

"와! 어떻게 이런 멋진 산을 소유하게 되었어요?"

"우리가 산 것은 아니고, 선조 대대로 내려오는 산입니다."

이분들도 대전에 사는 부부 교사인데 여름 방학이 되면 이곳에 와서 이태백 부럽지 않게 지낸다고 했다. 앞으로 정년퇴직 후에는 이곳에 집을 짓고, 과일나무를 가꿔가며 노후를 보낼 생각이라고 하는데 부러운 마음이 많이 들었다.

우리는 그 선생님이 새벽에 가서 잡았다는 모래무지, 붕어 등 물고기로 맛있는 찌개와 튀김을 만들어 점심을 먹었는데 일미 그 자체였다.

오후에는 아이들 성화에 물놀이를 갔다. 딸은 시험 때문에 갈 수 없다고 해서 아들만 데리고 갔는데 나의 시원찮은 수영 실력이지만 아들에게 기본 동작을 가르쳐주니 잘 따라 했다.

남자들은 어항을 놓아서 고기를 잡고, 우리는 물놀이를 하며 놀고, 참으로 즐겁기만 한 첫날이었다. 밤에는 등불을 하나씩 들고 다슬기를 잡으러 갔다. 다슬기는 오후 세 시경에 많이 나온다고 책에서 읽었는데 왜 밤에 잡느냐고 했더니 여름에는 밤에 많이 나온다고 한다. 강가에 가보니 사람들이 많이 떠나고 야영하는 사람들만 남았다. 강물에 들어가서 물 위를 보니 과연 다슬기들이 돌에 제법 붙어있었다. 낮에는 모래 속에 숨어 잘 보이지도 않더니 참으로 자연의 조화가 미묘하다.

우리는 가족끼리 흩어져서 잡기 시작했다. 한 시간 정도 잡았는데 세 가족이 잡은 것을 합해보니 제법 많았다. 내일 아침에는 다 슬깃국을 먹겠다고 아이들은 좋아서 야단이었다.

이튿날은 남자들이 새벽부터 나가서 물고기를 잡고, 우리는 음식 준비를 하며 즐거운 하루가 시작되었다. 마치 자연인이 된 듯한 기분이었다.

오후가 되어 떠날 시간이 되었다. 그러자 아이들은 마지막으로 물놀이를 조금만 더 하고 가자며 졸라댔다. 왠지 기분이 내키지 않아서 그냥 가자고 했더니 막무가내다. 아이들의 간절한 요청을 외면할 수 없어 엄마들만 따라나섰다. 아이들은 좋아서 펄쩍펄쩍 뛴다. 강가에 가보니 휴일이 아니라서 그런지 사람들이 별로 없었다. 우리는 조용한 곳이 좋아 한적한 곳에 자리를 잡았다. 아이들은 들어가서 물놀이를 하고, 엄마들은 이야기 삼매경에 빠져들었다.

그런데 갑자기 '살려 달라!'는 외침이 들려오는 것이 아닌가. 우리는 깜짝 놀라서 소리가 나는 쪽을 돌아보았다. 우리가 한눈을 파는 사이 튜브를 탄 아들이 어느새 깊은 곳으로 들어간 것이었다. 깊은 곳이라 해도 아주 깊지는 않았다. 나는 깜짝 놀라서 아들에게 손을 저어 빠져나오라고 했다. 그러나 아들은 이미 당황한 상태였고, 바람이 세게 불어 물살이 만만치 않았다. 그때부터는 내가 당황하기 시작했다. 저러다가 금방 가라앉으면 어쩌나 하는 생각에 가만히 있을 수가 없었다. 물의 깊이는 어제 가늠해 보았던 터라 옷을 입은 채로 무조건 들어갔다. 드디어 아이의 곁으로 다가갔다고 생각한 순간 갑자기 바닥이 깊어져서 그만 빠져 버렸다. 아이를 구하기는커녕 이제는 내가 어떻게 할 수가 없게 되었다. 자유형과 배영만을 겨우 하는 실력으로 아이를 구해 올 수는 없었다. 게다가 물살이 세서 수영장과는 비교가 안 되었다. 어미로서 나 혼자만 나올 수도 없고 어찌할 바를 모르고 허우적대기만 하니 이것을 본 같이 간 분이 구해달라고 소리를 크게 질렀다.

그래도 저승에 갈 운명은 아니었는지 다급한 소리를 들은 청년 둘이서 우리를 구하러 왔다. 다행히 물을 먹지는 않은 상태라 그 청년을 붙잡고 쉽게 나올 수 있었다. 그분들이 아이도 신속히 구해 주었다. 우리 모자에겐 어떤 말로도 표현할 수 없을 만큼 고마운 생명의 은인이다.

물에서 나와 생각하니 나의 경솔함이 한심했다. 그 청년들은 내가 수영을 할 줄 아는 것 같아서 오지 않을까 생각했는데 '살려 달라'는 소리를 듣고 왔다는 것이다. 그중의 한 청년은 바닷가가 고향이라고 했다. 나는 꼭 꿈을 꾸는 것 같이 정신이 멍한 상태가 되어 감사 인사도 제대로 못했다. 후에 생각하니 미안하기 그지없었다.

이번 경험으로 물가를 갈 때는 사람이 없는 한적한 곳을 택해서는 절대 안 된다는 것을 배웠다. 내가 있던 곳에 유일하게 있었던 사람들이 그 청년들이었는데 만약 그들이 수영할 줄 몰랐다면 어떻게 되었을까? 하는 생각에 아찔했다. 평소에 사람이 물에 빠졌을 때는 막대기나 줄을 이용하라는 상식은 알고 있었지만, 사람이 당황하면 이성이 마비되는 모양이다. 그래서 한 가족이 다 죽임을 당하는 비극을 맞게 되는 것이 이해되었다. 이제 차에 기본으로 넣을 것이 하나 더 생겼다. 물놀이를 갈 때는 반드시 줄을 넣어 두는 일이다.

저녁때 돌아오는 차 안에서 이 사건을 모르는 남편은 이번 여행이 즐거웠는지 평소에 하지 않던 콧노래를 부르기도 하면서 기분을 만끽하고 있었다. 나는 그 충격에서 벗어나지 못해 아무 말도 하지 않았다. 그가 왜 그러냐고 물었지만, 그냥 피곤해서 그런다고 대답만 하고는 그대로 눈을 감았다. 아들은 쉽게 잊어버리는 아이 특유의 습성 때문인지 그런대로 아빠의 기분을 맞춰주고 있었다.

이튿날 친한 여선생한테 수영장에 같이 가자고 전화가 왔다. 내가 어제 일을 이야기하면서 당분간은 물가에 갈 수 없다고 하자 깜짝 놀란다.

앞으로 내가 수영장에 가서 꼭 배워야 할 것이 있다. 바로 평형을 배우는 것이다. 고개를 내밀고 수영을 할 줄 알아야 상황 파악이라도 할 수 있는 것이지, 현재 수영 실력으로는 자신만 겨우 헤엄쳐 나올 수밖에 없다는 것을 절실히 깨달았다.

금산 제원에서의 기억이 희미해질 때가 되면 나는 다시 평형을 배우러 수영장에 나가게 될 것이다. 평형을 배운 다음에 가능하다면 다른 사람을 확실히 구조할 수 있는 다른 방법까지도. 사건은 언제나 돌발적으로 나타나게 되어 있으니까.

3부
소설『상록수』처럼 살아가는 이야기

소설 『상록수』처럼 살아가는 이야기

저녁 9시, 공부방 수업이 모두 끝났다. 학생들이 함께 책상을 한쪽으로 가지런히 정리하고 불을 끈다. 밖은 하나뿐인 전등이 넓은 마당을 희미하게 밝혀준다. 열쇠 담당인 필리핀 주부 로나 씨가 문을 잠근다. 밖에는 그녀들의 남편이 아내를 데리러 와 있다.

"엄마아!"

어린아이들이 큰 소리로 부르며 각자 자신의 엄마에게 달려와 품에 안긴다. 엄마들도 반갑게 아이를 안아 올린다. 엄마와 두 시간은 족히 떨어져 있었으니 얼마나 반가웠을까! 그 사이로 남편들이 흐뭇한 미소를 짓고 있다.

캄보디아에서 온 근로자 소파늣 씨가 내게 다가온다.

"선생님, 저희에게 한국어를 가르쳐주셔서 정말 감사합니다."

"아니에요. 모두 공부를 열심히 해서 내가 좋아요. 이런 기회가 있을 때 많이 배우세요."

"네, 그럴게요. 선생님."

검은 피부에 환히 웃는 그의 모습이 멋지게 느껴진다. 그는 올 12월에 캄보디아 여자와 결혼할 예정이다. 사랑하는 사람을 두고 멀리 한국에 와 있으니 그녀가 얼마나 보고 싶을까? 낮에 하우스에서 고된 작업을 하면서도 예습까지 해오는 건실한 청년이다.

내가 다문화 주부들을 가르쳐온 지 어느덧 9년이 흘렀다. 그동안은 주로 다문화가족지원센터에서 낮에 주부들을 가르쳐왔다. 낮에 공부하러 오는 주부들은 대부분 직장에 다니지 않는 사람들이다. 간혹 시간제로 일을 다니는 일도 있지만, 아이들 때문에 돈을 벌기가 쉽지 않다. 그녀들은 단계별로 공부를 하는데 3단계 같은 경우 데리고 오는 아이만 일곱 명이다. 그 아이들이 기거나 걸어다니며 말썽을 피우고, 또 울기라도 할라치면 너무 시끄러워 가르치기가 여간 어려운 것이 아니다. 그 와중에도 그녀들은 아이들을 돌봐가며 열심히 공부하고 있다. 아이들을 데리고 오지 않는 주부들도 동병상련인지 불평하지 않는다. 그런 그녀들이 기특하다.

그동안은 다문화가족센터에서만 학생들을 가르치다가 올해 연초에 처음으로 공주 신풍면사무소에서 운영하는 다문화 공부방의 교사로서 신풍면 결혼이주여성들을 가르치기 시작했다. 그녀들은 농사일에 바빠 센터로 공부하러 나올 시간이 없다. 낮엔 일하고 밤에 공부하고, 그야말로 야학이다.

처음 이곳에 왔을 때 학생들의 기본 실력을 테스트해 보았었다. 다행히 대부분 읽는 것은 되었지만, 한 주부는 한국에 온 지 이십 년 가까이 되었어도 한국어의 기본인 연음을 배운 적이 없어 한 자한 자 그대로 읽고 있었다. 무엇보다도 쓰기가 안 되었다.

나는 그녀들이 자존심 상하지 않게 1단계부터 공부하는 것이 어떠하냐고 제안했다. 그러자 모두 그렇게 하겠다고 했다. 그렇게 공부한 지 어느덧 9개월이 지났다. 그동안 모두 매우 열심히 공부하고 분위기도 참으로 좋았다.

이들 중에는 공장에 다니는 사람도 있다. 기우장과 메소리 씨는 잔업을 포기하고 온다. 디엠 씨는 출산 한 주 전까지 공부하다가 아기를 낳은 지 얼마 안 됐는데도 갓난아기를 데리고 다시 공부하러 나오고 있다. 친정어머니와 시어머니가 편찮으신데도 열심히 공부하는 바온마리빅과 차리토 씨, 낮에는 직접 수확한 밤을 팔면서도 공부하러 오는 수정 씨, 임신해서 몸이 무거운데도 나오는 찬탈 씨등 내겐 너무나 소중하고 예쁜 그녀들이다. 예의도 얼마나 바른지 수업 시작과 끝에 감사하다는 인사도 일어서서 꼭 한다.

이렇게 여자들만 공부하는 곳에 어느 날 갑자기 5명의 남자가 합류하게 되었다. 모두 캄보디아 근로자들이다. 시골에서 비닐하우스 농사를 많이 짓는 사람들은 일손이 모자라 인건비가 저렴한 외국 근로자들을 고용하고 있다. 그런데 시골에서 이들이 한국어를 배울 기회가 전혀 없는 것이다.

처음에 반넹 씨가 근무하는 농장 주인이 와서 이야기할 때 조금은 걱정이 되었다. 남편들이 싫어하면 어쩌나 하고. 그녀들에게 동의를 구하기 위해 물어보니 다행히 모두 괜찮다고 말했다. 이 남자들 중 4명은 함께 공부하는 필리핀 에스트렐리타 씨의 집에서 기거하며 일하고 있는 청년들이다. 그녀는 비닐하우스를 30동이나 가지고 있다. 나도 처음에는 시커먼 청년들이 5명이나 되어서 약간 부담이 갔다. 그러나 한 달이 지난 지금은 그것이 기우였다는 생각이 든다. 1단계라서 개인 지도를 많이 하게 되는데, 내 손이 못 미치면 실력이 나은 주부들이 옆에 있는 청년들을 가르쳐주기도 한다. 그녀들은 모두 누나들이다.

이들 못지않게 수고하는 사람들이 있는데 주민자치위원장 N 씨와 담당 공무원인 H 씨다. 이분들은 그들이 마음 놓고 공부할 수 있도록 소리 없이 뒷받침해주고 있는 고마운 사람들이다.

수업이 끝나고 차로 30분이 걸리는 집을 향해 달리며 나는 심훈 소설의『상록수』를 생각한다. 내가 어쩌면 소설 속의 주인공 같은 역할을 하는 것은 아닐까 하고……

남편은 늘 내가 밤에 먼 길 다니는 것에 대해 걱정이 많다. 남편에게 지금까지 말은 안 했지만, 밤에 오다가 찻길로 고라니가 뛰어드는 바람에 위험한 경우도 처했었다. 그 뒤로는 산과 붙어있는 길은 원등을 켜고 반드시 앞을 확인한다.

밤에 수업하러 다니면 불편한 점이 많지만 나는 이 일을 포기하고 싶은 생각이 아직은 없다. 무엇인가를 하나하나 가르쳐주고 그들이 발전해가는 모습을 볼 때 사는 보람을 느낀다. 나이를 먹어갈수록 노년의 삶을 어떻게 보내는 것이 좋은가를 가끔 생각할 때가 있는데 나는 현재 하는 이 일이 좋다.

　내가 어렸을 적 우리 동네에도 야학이 있어서 동네 언니들이 그곳에 다녔었다. 그래서 나도 그 언니들을 따라 여러 번 가본 기억이 생생히 남아 있다. 내가 이일을 언제까지 할는지는 모르겠지만, 당분간은 소설『상록수』의 주인공 '영신'이 되어 살아볼 생각이다.

꽃길

가수 윤수현의 노래 중에 「꽃길」이 있다. 이 노래는 슬픈 사랑과 고된 인생길을 노래한 가사와 멜로디가 듣는 이의 심금을 울린다. 아마 인생을 고달프게 살았다고 생각하는 사람들은 이 노래가 마치 자신의 마음을 대변하는 것 같다는 생각이 들 것이다. 나도 이 노래를 가끔 듣는데, 멜로디도 좋고 '몰라서 걸어온 그 길, 알고는 다시는 못가. 꽃길은 무슨 꽃길'이라는 가사가 가슴에 와닿는다. 베트남에서도 인기가 좋다고 하니 이 노래가 베트남 사람들 정서와도 맞나 보다.

누군가는 말한다. '인생은 잘난 사람이나 못난 사람이나 한바탕 놀고 가는 것이라고, 그리고 마음먹기 달렸다고.' 참 맞는 말이긴 한데 절대 녹록하지 않은 것이 인생인 것 같다. 특히 노년이 되면 生老病死 중 病 때문에 고통이 너무나 크다.

지난주에는 수업에 나오지 않은 어르신한테 전화를 걸었다.

"선생님, 나 수술했어. 등에 종기처럼 무엇이 났는데 병원에서 자세히 검사해보더니 악성이라고 하네. 그래서 수술했어. 딸 집에 얹혀있는데 사위한테 미안해서 공주 집에 가고 싶어. 보름은 더 치료받아야 한다는 디. 에휴! 사는 게 너무 힘들어요."

"어머니, 사위한테 미안해도 오지 마세요. 그래도 오래 치료 안 하게 돼서 정말 다행이네요. 죽고 사는 것은 아무도 마음대로 못 하잖아요. 치료 잘 받고 오세요."

"선생님이 이 노인네 위로해줘서 고마워요."

이분은 올해 84세로 여러 면에서 참 똑똑하시다. 어린 시절, 돈이 없어 배우지 못한 것이 평생 한으로 남아 있는 분이지만, 지금은 수준도 상당한데다가 글도 참 잘 쓰신다. 당시에 배웠다면 한자리를 하고도 남았을 분이다. 노년에 혼자 사는데 온갖 질병으로 고생 중이라 빨리 죽고 싶다는 말씀을 자주 하신다. 얼마나 힘드실까 하는 마음에 안타깝지만 도와드릴 방법이 없다.

어느 날 시를 한 편 써서 내게 가져오셨는데 마침 제목이 「꽃길」이라서 한 번 옮겨본다.

누구나 꽃길만/ 가고 싶다/ 좋은 것만/ 보고 싶다/ 황혼에도/ 늘/ 그리는 것은 꽃길/ 가고 싶고/ 좋은 일만 기다리지/ 인간의 욕심으로/ 늘/ 그리는 꿈이 아니길/ 하루 걸어가고/ 또 걷고/ 삶이 꽃길인 듯/ 꽃길은 어디/ 그 어디일까/ 그건 사람의 꿈/ 꿈일 뿐/ 간밤에 꾼/ 꿈인 것을 꽃길은 이분의 시처럼 간밤에 꾼 꿈에 불과할지도 모르겠다.

우리 반은 대부분 80대이고, 87세가 4명이다. 그래서 하루가 멀다고 아픈 환자가 발생한다. 넘어져서 팔이 부러지신 분도 있고, 대부분 갖가지 질병에 돌아가며 아프다. 그래도 열심히 나오는 것은 공부도 할 수 있고, 서로 대화를 나눌 수 있으니 소통이 무엇보다 중요하기 때문이다. 게다가 두 분을 제외하고는 모두 혼자 사니 얼마나 외로우실까? 내가 이분들한테 하는 말은 고작 '그래도 요양원에 가지 않았으니 복 받으신 거라.'고 위로해드리는 것뿐이다.

우리 어르신들의 가장 큰 두려움은 요양원에 가는 일이다. 요양원에 가기 전에 죽고 싶다고 다들 입버릇처럼 말씀하신다. 나 역시 101세에 돌아가신 친정아버지를 5년간이나 요양원에 모셨으니 불효녀이다. 출근한다는 핑계로 우리 집에 모시지 않은 것에 대한 후회가 가끔 가슴을 아프게 친다.

당시 아버지를 뵈러 요양원을 자주 드나들었는데 정말 갈 곳은 못 된다. 직원들이 불친절해서가 아니다. 그곳에 들어가는 순간 인간의 삶이 아니다. 가고 싶은 곳 하나 갈 수 없는 신세에 활동이 없으니 오래지 않아 걷지도 못한다. 돈이 있고, 없고, 많이 배우고, 못 배우고 모두 똑같다. 이런 상황에 부닥쳐도 자식들을 나무랄 수도 없는 것이 살기에 워낙 힘든 세상이기 때문이다.

우리 반 어르신들의 젊은 날 이야기를 들으면 걸어 온 가시밭길에 가슴이 먹먹해진다. 그야말로 '꽃길은 무슨 꽃길.'이라는 단어가 가장 적합한 말이다.

어르신 중에 경제적으로 여유 있고, 인품도 훌륭한 분이 있는데 이분은 젊은 날에 중국집을 하셨다고 한다. 중국 요리를 하는데 아이 한 명은 등에 업고, 한 명은 안은 채로 요리를 해냈다고 하니 그 뜨거운 가스 불 열기 속에서 얼마나 힘이 들었을까! 그래서 그런지 허리가 심하게 아파서 보조 의자를 밀고 다니신다. 그래도 결석 한 번 하지 않고 다니셨는데 지난봄에 넘어지면서 팔이 부러져 지금은 나오지 못하신다.

나는 우리 반 어머니들이 병으로 고생은 하지만 노년은 꽃길을 가신다고 생각한다. 왜냐하면 그래도 80대 후반까지 내 발로 걸어서 공부하러 오시니 말이다.

모두가 연습 없이 가야 하는 인생길!

이분들이 인생의 소풍 길 끝내고 가시는 날까지, 그리고 나 역시 남은 인생길에 화려한 꽃길은 바라지 않지만 소박한 꽃길이라도 걷고 싶은 것이 남아 있는 작은 소망이다.

숫값 좀 받게 해주세요

재작년 여름, 푹푹 찌는 찜통더위가 계속되던 날이었다. 오후 수업이 끝난 뒤, 교실에서 수업 마무리를 하고 있는데 교실 문이 다시 열렸다. 누군가 해서 보니 베트남에서 온 쩐티웬(가명)씨다.

"선생님! 저 오늘 남편하고 돈 받으러 가야 해요. 이 종이에 글씨 좀 써주세요."

"아니 그게 무슨 소리야? 돈을 받으러 가다니? 글씨를 써 달라는 것은 또 뭐고? 자세히 얘기 좀 해봐요."

"8달 전에 소 3마리를 1,400만 원에 팔았어요. 그런데 장사꾼이 800만 원만 주고 안 줘요. 오늘 600만 원 받아야 해요. 오늘 가서 안 주면 종이에 도장 받아와야 해요. 핸드폰에 녹음도 할 거고요. 돈 안 주면 그 집에서 아주 산다고 할 거예요. 지금 남편이 온다고 했어요. 오늘 돈 못 받으면 경찰서에 신고해야 해요. 선생님, 죄송하지만 저 도장 받을 종이 한 장만 써 주세요. 저 그 돈 없으면 못 살아요."

"내가 사정을 자세히 모르는데 어떻게 써주지? 혹시 집에 쓸 사람 없어요? 남편이나 시부모님이나."

"남편은 그런 거 못 해요. 시부모님도 못 하시고요. 제발 선생님이 한 장만 써주세요."

서툰 한국어로 몸짓까지 해가며, 참으로 절박하게 말하는 그녀는 이제 거의 울 듯한 표정이다. 나는 난감하긴 하지만 어떻게든지 그녀를 도와주기는 해야 할 것 같았다. 보아하니 집에는 그것을 쓸 만한 사람은 없는 것 같았다. 아마 나쁜 장사꾼이 소를 사가고는 돈을 떼먹을 심산인지 8개월이나 갚지 않고 있는 것 같았다. 게다가 소를 팔았다는 아무런 증서도 가지고 있지 않은 것이다. 600만 원이면 나한테도 큰돈인데 형편이 어려운 그녀에게는 정말로 없어서는 안 될 돈이다.

"염려하지 말아요. 내가 써 줄게. 오늘은 가서 꼭 해결해야 해. 만약에 안 주면 도장을 받아와서 고소하세요."

나는 고소가 가능할 수 있도록 내용을 꼼꼼하게 지급각서를 써주었다.

"여기에 도장을 꼭 받아오세요. 그리고 빨리 한국어를 배워서 그런 사람에게 당하는 일이 없도록 하세요. 알았지요?"

내가 종이를 건네주자 그녀의 얼굴에 금세 화색이 돈다. 잠시 후에 남편이 왔다. 부부는 돈을 못 받으면 도장을 꼭 받아오겠다고 하고 갔다.

3일 뒤 공부를 하러 온 그녀를 보자마자

"도장은 받아왔어요?"

"네, 선생님. 한 달 뒤에 꼭 준다고 했어요. 선생님, 정말 고맙습니다."

내게 감사의 고개를 숙이면서 말하는 표정이 아주 밝다.

"오! 정말 다행이네요."

그녀에게 밝게 말은 하면서도 예감이 쉽게 줄 것 같지는 않았다. 어쨌든 도장은 받아왔으니 고소를 할 만한 기본 증거물은 확보된 셈이다. 나는 돈을 받으면 꼭 얘기하라고 했는데, 한 달이 지나도 그녀에게서 솟값을 받았다는 말을 듣지 못했다. 어느 날 얼굴에 수심이 가득한 그녀가

"선생님, 그 사람을 고소해야 할 것 같아요. 어떻게 해야 해요?"

"아직도 돈을 못 받았나 봐요?"

"네, 자꾸 거짓말만 해요. 선생님, 저 그 돈 없으면 안 돼요."

그녀는 감정이 북받친 듯 눈물까지 흘린다.

나는 어떻게든 이 문제를 해결해줘야 하겠다고 생각했다. 그래서 법원의 지인에게 물어봤더니 소액이라서 5만 원 정도의 비용이면 소송을 할 수 있다고 했다. 그분은 법률구조공단에 요청해보되, 안 되면 자신이 대신 서류를 작성해 주겠노라고 했는데, 그 말이 참 고마웠다. 그날 밤, 다시 쩐띠웬에게 전화를 걸어 법률구조공단의 전화번호와 약도를 가르쳐주면서 남편과 함께 찾아가 보라

고 하고는, 해결이 안 되면 얘기해 달라고 말했다. 그로부터 이십여 일이 지난 어느 날, 얼굴에 웃음이 가득한 그녀가
"선생님, 저 돈 받았어요. 정말 감사합니다. 시부모님이 선생님께 너무너무 감사하대요. 그리고 며느리가 똑똑해서 받았다고 칭찬 많이 들었어요."

그녀의 말에 의하면, 법률구조공단에 있는 분들이 정말 친절한 사람들이더라고 했다. 그 사람들이 소를 사 간 사람의 재산을 압류하려고 조사해보니 다 아내 명의로 해 놓아서 소송을 해도 받을 수가 없다고 하더란다. 그런데 그곳에서 조사가 들어가고, 자신들도 하루가 멀다고 찾아가 괴롭히자 마침내 돈을 주었다고 했다.

나는 그녀를 안아주며, 다음에 소를 팔 때는 돈을 조금 덜 받더라도 꼭 현금으로 받으라고 일렀다. 그녀도 너무나 감사한지 대답을 하면서 다시 한번 나를 힘껏 껴안았다. 이제 그녀는 이번 경험을 통해 다시는 실수하지 않을 것이다.

나는 2007년, 공주시 다문화가족지원센터가 처음 생긴 때부터, 센터에서 결혼이민자 주부들에게 한국어를 가르쳐 오고 있다. 첫걸음 반부터 토픽 반까지 골고루 있는데, 지금까지 가르친 학생들의 수는 약 이백 오십여 명 정도이고, 나라 수는 10개국이다. 그녀들은 중국, 일본, 필리핀, 베트남, 우즈베키스탄, 캄보디아, 네팔,

몽골, 태국, 대만에서 왔다. 나이는 20대가 가장 많고, 다음이 30대, 50대까지도 있다. 나는 이들과 늘 함께하다 보니 진솔한 얘기와 고민을 많이 듣는다.

그녀들의 가장 큰 공통 고민은, 가족 간에 문제가 있는 일부를 제외하면, 대체로 한국어를 배우는 것과 경제적인 것, 그리고 자녀 교육 문제이다. 특히 한국어는 한국 사회에 적응하려면 필수이기 때문에 한국어를 배우기 위한 노력은 아주 열정적이다. 이들의 노력에도 불구하고, 주부 대부분은 경제적인 면 때문에 배움을 중도에 포기하고 생업 전선에 나간다. 그녀들은 한국어를 제대로 배우지도 못한 채 돈을 벌어야 하는 것 때문에 참으로 안타까워한다. 그녀들에게 돈을 벌기 위해 직장에 나가기를 원하느냐고 물으면, 모두가 다 그렇다고 대답한다. 다만 아이 문제와 간혹 가족의 반대 때문에 선뜻 실천에 옮기지를 못할 뿐이다.

또 그녀들은 자녀 때문에도 고민이 아주 많다. 아이들이 어려서 마음 놓고 직장에 나갈 수가 없는 것이 문제이고, 자신의 어설픈(?) 발음 때문에 완벽한 발음을 잘 못 할까 봐 걱정이다. 그래서 나는 일찍 어린이집에 보내라고 지도한다. 그곳에서 아이들이 올바른 교육도 받고, 사회성을 기를 수 있기 때문이다.

최근 들어 확산하는 문제가 하나 있다. 결혼이민자들이 많이 오다 보니 자국민들로 구성된, 검은 손 때문에 가출로 인한 피해를 보는 가정이 늘고 있어 참으로 안타까울 때가 있다. 특히 자녀를 둔 경우에는 한국의 남편들이 더 큰 피해자가 된다. 지금까지 사회 인식은 주로 결혼이민자 주부들을 피해자로 인식하고, 남편들의 문제점만을 부각시켰었다. 그러나 앞으로는 양쪽 측면에서 동등한 시각으로 바라보아야 한다고 생각한다. 그리고 다문화 주부들이 자국인들의 꾐에 빠지지 않도록 하는 교육도 꼭 필요하다.

나는 결혼이민자 주부들과 함께하면서 '이 세상에 공짜는 없구나.' 하는 생각을 종종 한다.

젊은 날, 나는 시부모님을 모시고, 아이들을 교육하기 위해 공직을 과감히 그만뒀다. 그리고 삼십 대 시절, 내 곁으로 오신 친정 부모님까지 네 분을 모시느라 정신이 없는 세월을 보내야 했다. 이제 세 분은 돌아가시고, 95세이신 아버지를 모시고 있다가 올봄에 가까운 노인 병원에 모셨는데, 시간이 나는 대로 찾아간다.

그동안 힘든 세월을 보낼 때 혼자 눈물을 흘린 적이 정말 많았다. 그러다가 어느 날 스스로 나를 다스리기로 마음을 다잡기 시작했다. 현실을 피할 수 없다면 차라리 즐기는 것이 낫지 않겠는가! 이렇게 마음을 다잡으며 힘들다는 생각보다는 효도하려고 노력했다. 그리고 시부모님이 돌아가신 뒤, 희망을 품고 다시 공부해서 대학원을 졸업했다. 그 뒤 운이 따른 것일까? 결혼이민자 주부들에게 한국어를 가르치게 된 것이다.

지금도 가족 문제로 갈등하는 주부 중 남편과의 문제도 있지만, 시부모님과의 갈등이 더 많다. 가끔 시부모 문제로 어려움을 호소하면 나는 지난날의 내 경험을 들려준다. 그녀들은 내가 네 분을 모셨다고 하면 먼저 깜짝 놀란다. 나는 얼마나 힘드냐고 위로를 하면서도 피할 수 없다면 차라리 포기하고, 마음과 행동을 바꾸라고 조언한다. 그녀들은 더 힘든 세월을 보낸 경험자의 말이기에 그런지 수긍을 한다. 나는 이 일이 신이 내게 주신 일이라고 생각한다. 젊은 날의 그런 경험이 없었다면 진심으로 마음 깊숙이 우러나오는 말은 할 수 없었을 것이다.

6년이란 세월이 흐르는 동안 기쁜 일도 점점 많이 생기고 있다. 작년에 우리 센터에서 내가 가르친 토픽 반 주부들은 중급, 고급 시험에 모두 합격하는 쾌거를 이뤘다. 합격자 발표가 나던 날, 마치 고시에 합격한 것처럼 기뻐하는 그녀들을 보며 나도 내 자식 일처럼 기뻤다. 합격했다고 해서 모두 취직하는 것은 아니지만, 그래도 자신의 노력을 합격으로 평가받았다는 것은 정말 큰 의미가 있다. 그동안 합격을 하고 나서 통·번역사나 이중 언어 강사 또는 시청이나 회사에 취직한 주부들도 꽤 많이 있다.

아직도 어려운 형편에 처한 사람들이 많이 있지만, 그녀들 모두가 자신들의 미래에 대해 희망을 품고 있다. 수십 년 전, 우리가 아메리칸드림을 꿈꿨듯이 그녀들은 한국에서 자신의 꿈을 키운다. 한국이 본국보다 좋으냐고 물으면 후회한다는 대답보다는 대부분 좋다고 말한다.

그리고 간혹 자신들의 자매나 친구들을 스스로 중매해서 데려오는 일도 있다. 네팔인 사리타 씨는 친구를 데려왔고, 캄보디아인 세아 씨도 여동생을 한국 남자와 결혼 시켰다. 그녀는 초보 때부터 내가 가르쳤는데 열심히 공부해서 지금은 통역으로 활동하고 있다. 나는 이 친구들이 모두 행복하게 살았으면 좋겠다는 바람을 늘 한다.

나는 그녀들에게 '여러분은 젊기에 건강을 지키고 노력만 하면 한국에서 무슨 일이든지 할 수 있다'라고 희망을 늘 이야기 하면서도, 게으르면 이 사회에서 제대로 된 삶을 살기 어렵다는 냉혹함도 동시에 가르친다.

이제 세월이 흐르다 보니 초창기에 가르친 주부들은 벌써 두 아이의 엄마가 되었다. 그녀들은 이제 자녀 교육을 고민한다. 쩐띠웬 씨도 잘생긴 두 아들의 교육을 고민하고 있다. 그녀는 이제 센터에 잘 나오지는 않는다. 지금은 집안일이 바빠서 방문 교사의 도움을 받고 있다. 어쩌다가 센터에 올 때가 있는데, 소 키우는 이야기를 하다 보면, 재작년의 솟값 사건 이야기로 서로 깔깔깔 웃는다. 그 사건 이후로 남편이 소를 팔 때는 언제나 곁에서 감독한다고 했다. 그 일은 내게도 처음이자 마지막이 될 듯싶다. 나도 아마 지급각서를 또 써 주는 일은 없을 것이다.

눈이 시리게 푸르른 오월이다. 며칠 뒤에는 몇몇 주부들과 함께 무령왕릉과 백제의 왕성인 공산성에 가기로 했다. 나는 문화관광해설사로도 활동하고 있어서 이번에는 그녀들에게 백제 역사 이야기를 들려줄 생각이다.

우리는 신록의 물결이 쏟아지는 숲속을 걸으며, 가슴속의 이야기들을 많이 나누게 될 것이다. 그것이 마음 아픈 일이든 즐거운 일이든지 간에.

나와 그녀들이 함께 하는 날들이 지속되는 한, 이처럼 우리의 소중한 인연이 만들어가는 이야기들은 '추억'이라는 이름으로 차곡차곡 쌓이게 될 것이다.

(전국다문화 교육 수기대회 활동가 부문 대상 수상작)

행복 미소가 번진 날

"선생님, 저쪽에서 가르치는 남자 선생님은 나랑 나이가 같아유. 몸은 바싹 마르시고 그리구 딱허게두 여러 번 수술을 하셨대유. 그래서 그런지 목소리에 힘이 하나도 없어. 거기서는 시방 자음, 모음을 배우고 있는디 시험을 보는 게 제일 힘들어유. 그런디 수학 선생님은 젊어서 그런지 목소리도 좋고 시원시원하게 잘 가르쳐유."

이렇게 자신들이 다니는 문해 학교의 정보를 자상하게 알려 주는 분은 올해 86세인 우리 반 수강생 할머니다. 이분은 목소리도 씩씩하고, 등도 굽지 않고, 허리도 꼿꼿해서 걷기도 얼마나 잘하시는지 대단하다는 생각이 든다. 하긴 요즘의 80대는 예전의 70대라고 봐도 지나친 말은 아닐 것이다.

나는 현재 공주시 복지관에서 문해 수업을 담당하고 있다. 우리 반은 코로나가 확산되기 전에는 정원이 15명이었는데 지금은 거리 두기를 해서 10명으로 줄었다. 수강생은 2명만 70대이고, 모두가 80대로 86세인 수강생이 4명인데 모두 건강하시고 수업에 매우 열성적이다.

우리 반 수강생 중 5명이 지난달부터 또 다른 곳에 가서 문해 수업을 받으신다. 우리 반은 초등 학년으로 치면 5학년 수준인데 그곳에서는 1학년 수업을 듣고 있나 보다. 그래도 워낙 연세가 있다 보니 시험이 너무 어렵다고 하신다. 이분들이 제일 못하는 것은 문장을 쓰는 일이다. 아무리 가르쳐도 잘되지 않아 안타깝다.

그런데 특별한 분이 한 명 있다. 이분은 80대인데 시를 뛰어나게 잘 짓는다. 이분이 쓴 시를 읽을 때마다 재능이 정말 아깝다는 생각이 든다. 지난번에는 대회를 나가시게 할까 하고 시화를 부탁했는데 한 달이 지나도 가져오지 않아서 여쭤보니 '몸이 여기저기 아파서 만사가 귀찮다.'라고 하신다. 생로병사 중 3단계를 지나고 계시니 어쩔 수 없는가 보다.

우리의 인생길에서 나이가 들면 친구도 점점 떠나가고, 마음만 외로워진다. 특히 요즘에는 코로나가 심해 경로당도 문을 닫아 노인들이 갈 곳이 없다. 어르신들은 너무 심심해 두 곳을 다닌다는데 오전에 그곳에 가서 공부하고, 함께 점심을 먹고, 오후 2시부터는 내 수업을 듣는다. 이것이 이분들의 살아가는 낙이다.

지난 7월 중복 날이었다. 도서관에서 오전에 하는 봉사를 마치고 복지관에 가려고 하는데 전화가 와서 받아보니 이 어르신들이다. 식사하다 보니 복지관에서 운영하는 차를 놓쳤다는 것이다. 나는 반대 방향으로 차를 돌려 이분들을 모시러 갔다. 세 분이 길가 의자에 앉아 있다가 반색을 하신다.

"아이구, 선생님 죄송혀유. 오전 반 선생님이 식사를 워낙 천천히 하셔서 차마 나올 수가 없어서 기다리다가 버스를 놓쳤시유. 선생님이 식사하는데 워치게 일어나. 시내버스 시간만 알려고 전화했는디 미안해 죽겠네."

중복 날이라고 점심 식사를 함께하다가 이렇게 된 모양이다. 이분들을 모시고 가며 젊다는 수학 선생님은 몇 살이냐고 여쭤보았다.

"그 선생님은 아직 80살은 안 됐시유. 70은 훨씬 넘었구유. 그르니께 젊은 거지."

어머나! 나는 깜짝 놀랐다. 이분들이 젊다고 했지만 50대나 60대 정도를 생각했었는데. 나는 예전에 시아버지께서 우리 집에 놀러 오신 친구분과 나누던 대화가 생각났다.

"야, 이 사람아. 그 사람은 아직 젊어. 일흔이 안 됐어."

이 대화를 듣고 깜짝 놀랐었다. 그때 나는 30대라서 그런지 50대도 늙었다고 생각하고 있었는데 아니 60대인 분을 젊다고 하시다니! 그런데 오늘 이분들은 70대 후반인 분도 젊다고 생각하고 있으니 놀라울 뿐이다.

상대방의 모습을 보며 젊었는지 늙었는지 판단하는 것은 내 나이가 기준이 된다는 것이 나이를 먹을수록 느낀다.

학창 시절에 교장 선생님을 보면 연세가 많이 드신 어른이라는 생각이 먼저 들었었다. 그런데 내 나이가 60대가 된 지금은 후배들이 교장을 하고 있고, 젊어 보여 부럽기까지 하다. 흘러가는 세월은 아무도 막을 수 없고, 인간은 모두가 늙어가지만, 누군가에게는 아직도 내가 젊은 사람으로 인식되고 있다는 것이 재미있다.

70대 후반도 젊다고 하는 우리 반 어르신들과 함께 생활하는 동안에는 나는 계속 젊은 선생으로 인식되고 있을 것으로 생각하니 이날은 내내 행복 미소가 번진 날이었다.

어느 어머니의 편지

어느 날 우리 글방 수업 중 반장인 어머니가 하소연한다.

"선생님, 저는 말은 잘하겠는데 글은 한 줄도 못 쓰겠어요."

"무슨 말씀을요. 지금 잘 읽을 줄 아시잖아요. 문장도 조금 더 연습하다 보면 내 생각을 글로 잘 쓸 수 있어요. 걱정하지 마세요."

"저는 글로 쓰려고 하면 생각이 전혀 안 나요. 저 같은 사람도 정말 그런 날이 올까요?"

"그럼요, 공부하다 보면 꼭 올 거예요."

"그럼 한 번 노력해 볼게요."

반장님은 그날 이후로 수업 시간마다 짧은 문장을 써오기 시작했다. 처음에는 주어, 동사뿐인 간단한 문장도 쓰지 못했는데 문장이 조금씩 길어지기 시작했다. 나는 맞춤법에 맞지 않았어도 무조건 칭찬했다. 이에 점점 용기를 얻는 것 같았다.

어느 날인가 우리 반 어르신들 모두에게 고기로 점심을 내는 분이 있었다. 팔순을 맞이해 자녀들이 '친구들 점심을 사드리라' 했다고 하셨다. '너무 식사비가 많이 들으니 저렴한 것을 사면 좋겠다.'라고 하니까 '아니'라고 하시며 끝까지 내셨다. 그런데 식사 전, 반장님이 열 줄이나 되는 문장으로 감사 편지를 써 와서 읽는 바람에 모두가 놀랐다. 나는 폭풍 칭찬을 해드렸다.

그날 이후 보름 정도 지났을 것이다. 이번에는 A3 종이를 가득 메운 편지를 써 와서 수줍게 내밀었다. 연필로 써 내려간 편지였다.

선생님께

저는 공주에 오게 된 것이 둘째 아들 때문에 공주에서 살게 되었습니다. 그리고 집을 얻었는데 계약서를 쓰라고 해서 '저는 못 씁니다. 주인아주머니가 쓰세요.' 하였더니 그 말을 듣고 어느 날 복지관에 데려다주시면서 한글도 배우고 노래 공부도 같이 다니라고 하셨습니다. 그래서 복지관에 와서 한글도 노래도 같이 신청했습니다. (중략)

교실에는 남 선생님이 계시고 많은 학생 언니들이 저를 보고 반갑게 맞아 주었습니다. 선생님이 저에게 '이름을 쓸 수 있냐?'라고 물었습니다. 그래서 이름은 쓴다고 했습니다. 선생님은 책 한 권을 주시고 공부하자고 해서 책을 보니 『장발장』이라는 책이었습니다. 글을 한 자도 모르겠다고 했더니 천천히 읽다 보면 된대요. 그런데 어렵고 잘 읽지 못해서 재미가 없었어요. 그만둘까 고민을 많이 했습니다. (중략)

반년이 지나고 여 선생님이 오셨습니다. 선생님을 만나고 나서

일 년 반이 되고, 지금은 잘 쓰지 못해도 내 집 주소는 잘 쓴답니다. 선생님을 만나 정말 고맙습니다. 선생님을 정말 사랑합니다.

편지는 맞춤법도 많이 틀리고, 문법도 잘 맞지 않는 서툰 문장이었지만, 그분의 진심 어린 편지를 읽으며 많이 놀랐다. 우리가 아무렇지도 않게 쓰는 주소조차도 이분들에게는 정말로 어려운 일이었구나 하고 생각하니 마음이 매우 아팠다. 내용을 읽어보니 중간에 수업에 참여해서 공부하는 동안 기존 학습자들과의 수준 차이로 인해 어려움을 많이 겪은 것 같았다.

이 세상에 사연 없는 사람이 어디 있을까마는 우리 글방 어머니들은 유난히 어릴 적 아픈 기억이 많다. 알고 보면 대부분이 경제적인 문제였다. 이분들의 이야기를 듣다 보면 내용만으로도 소설한 권을 쓸 수 있을 만큼의 분량이 된다.

반장님 역시 어려서 부모님이 모두 돌아가고, 작은아버지 밑에서 자라며 온갖 고생을 겪는 바람에 배움의 기회를 얻지 못했다고 하셨다. 나이는 우리 반에서 가장 어린 축에 드는 일흔 살이지만 언니들을 위하는 마음이 지극해 모두 그녀를 좋아하고 의지한다.

이제 나하고의 인연도 2년 가까이 되다 보니 어머니들은 책을 자유롭게 읽을 수 있을 만큼 실력이 좋아졌다. 그러나 아직도 쓰는 것이 너무 약하다. 받아쓰기를 많이 하는데도 젊은 사람들처럼 금방 좋아지는 것이 아니다. 핸드폰으로 자유롭게 문자를 보내는 것이 소원이라는 분도 여럿 있다. 기본 알파벳과 수학을 가르쳐드리기도 하는데 이 또한 쉽지 않다. 그래도 열심히 노력하는 모습이 여간 아름다운 것이 아니다. 어르신들 노트에는 빈틈이 없을 정도로 빼곡히 글자가 적혀 있다. 연필로 책을 필사하는 것이다.

이분들이 공부하러 나오는 이유는 한글 공부도 할 수 있고, 또한 사람들과 어울림도 많은 부분을 차지한다. 나이를 먹을수록 외로움도 깊어지는데 일주일에 두 번이지만 정기적인 만남은 우리 글방 어머니들 모두에게 보람과 즐거움을 주고 있다. 내 마음 또한 마찬가지다.

어느새 그렇게 뜨겁던 여름은 가고 아름다운 계절이 왔다. 오늘 받은 어머니의 편지를 가슴에 담으며 앞으로 내가 이분들을 어떻게 가르쳐야 할 것인가를 다시 생각한다.

유난히 푸른 가을하늘이 가슴에 들어온다. 반장님의 아름다운 마음처럼.

격려와 관용

'대단한 사람이 되지 말고 좋은 사람이 되세요. 대단한 사람은 부담이 되지만 좋은 사람은 사람들에게 행복을 줍니다.'

이 글귀는 '행복을 주는 사람'이라는 제목으로 카톡에 올라온 글을 보았는데 인간관계에서 참 중요한 말인 것 같아 가슴에 담아 놓았다.

살다 보면 대단한(?) 사람들과의 교류보다는 헤어지고 나서 마음이 편안한 사람이 좋다. 내 마음속 말을 했어도 돌아서서 후회하지 않을 사람과의 만남이 가장 좋다. 나 또한 마음에 상처가 있는 사람에게 조금이라도 따스한 위로가 될 수 있는 사람이 되고 싶다.

지난 6월에는 고마운 문자 한 통을 받았다. 자고 일어나니 모르는 사람한테 길고 긴 한 통의 문자가 와 있었다.

'어제 저희 큰 언니 예순여섯 번째 생신을 맞아 공주로 가족 여행을 가게 되었는데 해설사님 덕분에 특별한 하루로, 우리 가족 추억의 한 페이지를 장식하게 되었습니다. 송산리 고분군부터 함께 한 해설사님과의 동행은. (중략)으로 시작되어 내용이 길게 이어지다가 마지막은 감사합니다, 고맙습니다.'로 끝을 맺고 있었다.

나는 이 문자를 읽고 깜짝 놀랐다. 문장도 정확해서 보낸 사람의 지적 수준이 상당함을 알 수 있었다. 투어를 한 날이 6월 6일이었고, 열 명의 가족이었기 때문에 기억하기는 쉬웠다. 번호도 알려주지 않았는데 아마 가이드한테 알아서 보낸 것 같았다. 얼굴은 정확히 기억나지 않지만 정말 고마운 분이다.

이날의 투어는 내가 운이 좋았는지 끝난 뒤에 다른 분들한테도 고맙다는 문자를 받았다. 더 놀랄 일은 사진을 무려 40장을 보내고, 동영상까지 찍어서 카톡으로 보내준 고마운 관광객도 있어 깜짝 놀랐다. 투어를 한다 해도 매번 이런 일들이 일어나는 것은 아닌데 이날은 특별한 날이었다. 게다가 이른 아침에 감사 문자까지 받으니 보람을 많이 느꼈다.

나는 12년 동안 문화관광해설사 일을 하면서 많고 많은 사람을 만났다. 그리고 지금까지도 인연이 이어져 오는 분들도 꽤 있다. 해설 후에는 감사하다는 말을 직접 하거나 가끔 전화 또는 카톡, 문자로 보내온다. 그러나 이렇게 편지 수준의 긴 문자를 받아보기는 처음이다. 내겐 오랫동안 잊히지 않을 경험이다.

우리는 누구에겐가 격려받으면 나이와 관계없이 힘을 얻는다. 상대를 탓하기 전에 오히려 격려의 말을 해준다면 얼마나 좋을까!

올해 내가 속해있는 한 단체에서 힘든 일들이 많았다. 결론적으로 소통에 문제가 있었다. 서로 내 주장은 옳은 것이고, 오로지 상대방이 나쁘다고 탓하는 것이다. 그 가운데서 조율을 해 보려고 많이 애써 보았지만 잘되지 않았다. 나는 이런 상황들을 보면서 '관용'이라는 단어를 수없이 떠 올렸다.

나도 비슷한 일이 있었다. 몇 년 전에 한 사람이 미운 마음에 한동안 힘들었었다. 그런데 어느 날 생각을 바꿨더니 별것 아니었다. 내가 먼저 미워하는 마음을 내려놓기로 한 것이다. 그랬더니 마음이 편해졌다.

우리는 살아가면서 알게 모르게 사람들에게 상처를 준다. 나는 분명 그런 마음으로 말하지 않았지만, 상대방이 그렇게 생각하지 않으면 모두가 상처다. 나도 다른 사람이 한 말에 상처를 여러 번 받은 일이 있다. 그래서 사람들 만나기도 싫었던 적이 있다. 나 역시 내가 의도적으로 하진 않았어도 타인에게 준 상처도 분명 있을 것이다.

이처럼 타인에게 상처받았을 때 모두가 그 사람 탓으로만 돌린다면 미운 마음에 나만 더 힘들어진다. 내 철학은 사람을 미워하거나 서운한 마음을 되도록 빨리 잊는 것이다. 그리고 쉽진 않겠지만 격려를 해주려고 노력해 보는 것이다.

올가을 금강 변에는 아름다운 코스모스와 노란 해바라기가 아주 많이 피어 보는 이들을 즐겁게 하고 있다. 해바라기의 둥근 모양처럼 사람들의 마음도 둥글어서 서로에게 격려와 관용을 많이 베풀줄 아는 일들이 많아졌으면 좋겠다.

희망을 말하다

"저는 지난 20년 동안 사회에서 말하는 경력단절 여성이었습니다. 그런데 지금은 가장 바쁜 사람 중의 한 명이 되었지요. 저는 사십 대 후반에 새로 일하기 시작하여 육십이 넘은 지금도 여러 가지일을 합니다. 여러분도 늦지 않았습니다. 최소한 제가 하는 일 정도는 앞으로 충분히 할 수 있어요."

이 말은 내가 이 날의 강의에 앞서 첫 번째로 수강생들에게 한 말이다.

작년 9월에 공주여성새로일하기센터에서 〈관광객 해설 안내기법〉에 대한 강의 요청이 왔다. 나는 흔쾌히 하겠다고 했다. 강의실에서 만난 수강생들은 관광과 관련된 일을 하려고 하는 사람들인 것 같았다. 나는 더욱 열심히 강의해서 희망을 주어야겠다는 생각이 들었다. 예전의 나와 비슷한 처지인 사람들이 아닐까 해서다.

나는 관광 해설에 대한 것은 이 분야에 오래 몸을 담았기 때문에 각계각층의 사람들을 많이 만났을 뿐만 아니라 이 분야의 강의 경험도 있어 그다지 어렵지 않을 거란 생각이 들었다. 이날 수강생은 나의 현장 경험에서 나오는 이야기와 자신들과 비슷한 과정을 거쳐 온 내 인생 이야기에 동질감을 느끼는지 반응이 거의 폭발적 (?)이어서 그 어느 때보다 매우 보람을 느낀 강의였다.

나 역시 오십이 되어서야 강사의 길로 들어섰는데 경력이 쌓이다 보니 지금은 여러 가지 일을 하고 있다. 주로 한국어와 역사 강의인데 그중에 가장 보람이 있는 일이라면 다문화 주부들과 배움의 기회를 놓친 어르신들을 가르치는 일이다.

다문화 주부들과 만난 지도 벌써 13년이 지났다. 처음에는 다문화 센터에서 갓 결혼한 주부들을 많이 가르쳤다. 한국어도 가르치고, 한국문화에 관해서도 설명해주고, 남편이나 시댁과의 어려움에 대해서도 내 일처럼 도움을 주려 노력했다. 어려움을 호소하는 주부들에게 어떻게 노력하면 행복해질 수 있을 것인가에 대해 이야기를 해주었다.

요즘은 주말을 활용해 가르친다. 왜냐하면 그녀들 대부분이 회사에 다니기 때문이다. 세월이 흐르다 보니 어느새 자녀들이 훌쩍 자라 큰아이들은 중학교에 다니고 있는데 대부분 자녀 교육에 대한 고민이 아주 많다. 이제 내가 주로 조언해주고 있는 것은 자녀 교육에 관한 문제이다.

복지관에서 어르신들을 가르쳐드리는 일도 참으로 보람 있는 일이다. 어릴 적 너무나 가난해 학교에 다닐 수 없어 눈물로 지냈다는 분들이 대부분이다. 내가 가르치고 있는 학습자들은 16명이다. 연세가 제일 많은 분이 5명인데 85세이다. 비록 연세는 많아도 젊은 사람 못지않게 열심히 공부하신다. 그런데 요즘은 코로나로 인해 10명밖에 나올 수 없어 매우 안타깝다.

이분들의 살아온 과정 이야기를 들으면 눈물이 난다.

한 분은 어릴 적에 조실부모하고 삼촌 집에서 자라다가 일찍 결혼했다고 한다. 그런데 시댁도 너무나 가난했다. 어느 날인가 배가 너무 고파서 자신도 모르게 젖먹이 자식을 두고 가출을 했다고 한다. 그녀가 무작정 집을 나와 정처 없이 길을 가는데 아는 사람을 만나게 되었다. 그분이 굶주린 걸 눈치채고 집으로 데려가 자신에게 먹을 것을 주기에 정신없이 먹었다고 한다. 어느 정도 배가 부르자 그제야 자식들이 생각나 깜짝 놀라 다시 집으로 돌아왔다며, 사람이 굶주리게 되면 이렇게도 되는구나! 하는 것을 그때 절절히 느꼈다고 하셨다. 나도 이분의 사연을 듣고 깜짝 놀랐다. 다른 분들도 내용은 다르지만 대부분 구구절절한 사연들과 아픔들이 있다.

이분들과 함께한 세월도 어느덧 4년이 되었다. 그동안 공부를 열심히 해서 이제 읽기는 잘하시는 데 쓰는 것이 아직도 서툴다.

작년 초에는 글자를 거의 모르는 한 분이 또 오셨는데 지도해보니 문해 수준이 다른 학습자들에 비해 좀 떨어졌다. 그동안 글자를 모른 채 살면서 얼마나 힘드셨을까? 생각하며 40분을 일찍 출근해지도했다. 이 어르신은 미안해하면서도 열심히 공부해서 이제는 많이 향상되었다. 지난가을에는 대만에 갔다 오셨는데 비행기 안에 놓인 책자를 보니 아는 글자가 있어 눈물이 났다며 너무나 고맙다고 인사를 했다. 이런 이야기를 들을 때 내가 이 일을 하기 얼마나 잘했나를 생각한다.

우리 반 어르신들이 글자를 모른다고 해서 형편이 어려운 것은 아니다. 어렸을 적 가난이 너무 지겨웠는지 열심히 노력해서 대부분 잘 사신다.

어르신들은 먹을 것을 통해 서로 나눔을 실천한다. 나는 가르치면서 가장 주안점을 두는 것이 희망이다. 내가 하는 희망은 대상에 따라 다르다.

다문화 주부들에게는 열심히 노력하면 한국에서 잘 살 수 있다는 말을 주로 한다. 그리고 자녀들을 잘 키우라고 교육에 중점을 두고 있다.

어르신들에게는 건강에 최우선을 둔다. 일주일에 두 번씩 복지관에 나와 공부하면 뇌를 쓰기 때문에 치매 예방에 좋고, 사람들과 즐거운 어울림이 얼마나 좋은지에 대해 강조하고 있다. 이분들을 부르는 호칭도 이름 뒤에 언니를 붙인다. 언니는 친근감을 느끼게도 하지만, 젊음을 느끼게 하기 위해서인데 이 호칭을 매우 좋아하신다. 출석을 부르면 대답할 때 학생 같은 기분이 든다며 꼭 불러

달라고도 하신다.

우리는 살면서 누구에게나 어려움이 있다. 나도 어느 날은 내가 짊어진 삶의 무게가 버거워 힘들 때도 있다. 그런데 내가 만나는 사람들에게 교육할 때마다 희망을 이야기하면 나도 모르게 나 자신도 우울함에서 벗어나게 된다.

희극인 찰리채플린도 '우리의 삶은 멀리서 보면 희극이고, 가까이서 보면 비극이다.'라고 한 것처럼 삶이란 꽃길만 있는 것은 아니다. 그런데 삶이란 생각하기에 따라 비극도 되고, 희극도 된다.

내가 오늘 만난 경력단절 여성들도 아마 나의 경험에서 우러나온 강의에서 자신들도 잘 할 수 있다는 희망을 본 것 같았다. 강의가 끝난 뒤에도 멘토가 되어 달라는 수강생들도 있었다. 나는 이날의 강의를 미국에서 크게 성공한 동창 친구의 멋진 말을 인용하면서 끝을 맺었다.

배움이 더 아름다운 사람들

"선생님, 다음에는 「고향 무정」 노래를 배우고 싶어요."

"네 알겠습니다. 다음 시간에는 그 노래로 공부할게요. 이 책만 있으면 원하시는 노래들은 거의 다 배울 수 있어요. 제가 노래를 잘하지 못해서 문제이긴 한데 잘하시는 분들이 계시니까요."

내가 두꺼운 노래책을 들어 보이며 대답하자 어머니 한 분이 기분이 좋아서 말씀하신다.

"와! 다음 시간에도 재미있겠네요. 예전에는 가사를 읽을 수가 없어 노래도 못 불렀는데 이제 잘 읽을 줄 알아 노래도 배우고 부를 수 있어서 너무 좋아요."

우리는 다음 시간을 기약하며 헤어졌다. 집에 와서 '고향 무정' 노래를 찾아서 흥얼거리며 제대로 해 보려고 노력해 보았다. 음정이 정확하지 않으니 먼저 노래를 해 보는 방법밖에 없다. 이런 시간이 나는 즐겁다.

나는 올해 새로운 일자리를 하나 더 늘렸다. 공주시에서 운영하는 복지관에서 한글을 가르치는 일이다. 처음 강의 시간에는 걱정이 약간 됐었다. 전에 가르치던 분이 하던 방식과 내가 가르치는 방식하고는 다를 수 있어서 어르신들이 잘 적응할까 하는 염려였다.

첫 시간에 가보니 어르신들이 제법 많이 있었는데 모두 여성들이다. 연세도 많으셨다. 어르신들은 나를 반갑게 맞아 주었다. 나는 먼저 한 분씩 차례로 돌아가며 실력을 테스트 해 보았다. 십 년을 배운 분도 있어 조심스러웠다. 테스트 해 본 결과 읽기는 어느 정도 되는데 실력의 차이가 크게 났다. 공통적인 것이 있는데 쓰기가 잘 안 되는 점이다.

나는 전에 가르치던 선생님의 방식과 조금 다른 교육 방식을 택했다. 교재도 바꾸고, 기초부터 다시 지도했는데 다행히 어르신들이 잘 따라주었다.

현재 우리 반의 구성원은 모두 19명으로 제일 연세가 많으신 분은 84세이다. 80세가 넘은 분들이 6명이고, 나머지는 70대이다. 연세가 많다 보니 거동이 불편한 분들도 있다. 대만 출신으로 귀화한 분이 있는데 몸이 불편한데도 얼마나 열심히 수업에 임하는지 모른다. 나는 교재를 통해 한글을 가르치기도 하지만 역사도 가르친다. 예를 들어 '신라'라는 단어가 나오면 신라가 어떤 나라였는지 가르친다. 조선의 수도 '한양'을 설명하려면 「남원의 애수」 같은 노래를 통해 도읍지 한양을 알도록 한다.

어르신들은 모두가 보릿고개를 절절하게 경험하셨는데 배움에 대한 한이 맺혀있다. 우리가 너무나도 못살던 그 시절, 돈이 없어서 배우지 못한 분도 있고, 여자라고 부모님이 안 가르친 분들도 있다. 고생과 배움에 대한 한이 맺혀서인지 인생을 열심히 살아 대부분 자녀 교육도 잘했다.

"맨날 이렇게 배워도 배울 때 뿐이여. 다 까먹으니 뭐에다 쓴다."

"어머니, 안 까먹으면 큰일 나요. 그거 다 기억하시면 머리 터지는데. 오늘 즐겁고, 어디 갔을 때 글자 척척 읽고 할 수 있잖아요. 그리고 이 시간만이라도 머리 쓰면 치매에 덜 걸려요. 맨날 집에 계시고 머리 안 쓰면 치매가 빨리 와요."

"그런겨?"

"그럼요. 요양원에 가보세요. 어머니들보다 어린 분들이 얼마나 많은데요."

나는 가끔 제일 왕언니인 분들께 이렇게 말한다.

"왕언니, 건강하기만 하세요. 언니가 언제나 건강하셔야 동생들이 따라오지요."

"오래 살아서 뭐 한댜. 인제 죽을 때가 됐어요. 자식들 고생시키면 안 되지."

"무슨 말씀을 그렇게 하세요. 제 친정아버지는 백 살인데. 우리 아버지도 94세까지는 정정하셨어요. 왕언니들은 아직 멀었잖아요. 그저 다리만 조심하세요. 다리를 못 쓰면 다 소용없어요. 운동 꼭 하시고요."

"그려, 알았어. 고마워요."

어머님이 내 손을 꼭 잡으신다. 따스한 손에서 정이 묻어난다. 40대에 혼자 됐지만, 자녀들도 잘 키워낸 분이다.

이분들은 가끔 돈을 걷어서 점심 식사를 함께하는 걸 좋아하신다. 식사 후에는 몸이 불편한 순서대로 내 차에 모신다. 어느 날 모두 모여 식사를 하고 난 뒤 내 차를 타셨다. 가장 빠른 길로 가려고 하는데 최고 왕언니가 자꾸만 터미널 쪽으로 가자고 한다. 그쪽으로 가면 도로가 너무 복잡해서 나로서는 운전하기가 여간 어려운 곳이 아니다. 나는 속으로 '에고, 왜 그러실까?' 하면서도 할 수 없이 원하시는 쪽으로 갔다. 가방이 무거워 가게에 맡기고 가시겠다는데 어찌 말리겠는가? 터미널 맞은편 가게 앞에 차를 세웠다. 잠시 후 나온 어머니 손에는 찐 옥수수 봉지가 들려있었다. 가방은 그대로 가지고 나오셨다.

"내가 가방 맡기려고 한 거 아니여. 선생님이 옥수수를 참 좋아하는 것 같아서 오늘 꼭 사주고 싶어 가자고 혔어."

이분의 마음이 따끈한 옥수수에 그대로 전해져오는 것 같아 마음이 뭉클했다. 지난번에는 보신탕을 드시다가 내 생각이 나서 가져왔다며 따뜻한 보신탕 한 그릇을 내게 주었다.

우리 반의 수업 분위기는 늘 화기애애하다. 서로 사탕이나 과자,

빵 등을 사 와 정을 나누신다. 반장은 나이가 가장 어린 축에 드는 데, 붙임성이 좋고, 책임감이 강하다. 강원도에서 살다 이사 온 분인데 언니들을 얼마나 잘 보필하는지 모른다. 60대 후반인데 글자를 잘 몰라서 자존심이 상하고, 너무 힘들었다며 공부를 열심히 해서 지금은 잘하는 우등생이 되었다.

그동안 나는 다문화 주부들에게 십 년이 넘게 한국어를 가르치며 보람을 느꼈는데 이렇게 어르신 한글 선생이 된 것도 참으로 행운이다. 인생을 살면서 내가 가장 보람 있게 느끼는 일을 하게 됐으니 이보다 더한 행운이 또 있을까?

요즘에는 많은 사람이 평생 교육을 통해 배움을 지속하고 있다. 고학력자들도 취미 생활로 배움을 지속한다. 그분들의 모습도 아름답지만, 못 배운 한이 맺혀 절실하게 배우는 우리 반 학습자들의 모습이 내겐 더 아름답게 느껴진다. 오늘도 노랫말을 열심히 노트에 적고 가사를 읽어가며 신나게 노래 부르는 모습이 얼마나 아름다운지.

우리 글방 초급반 어머니들 파이팅! 이렇게 언제나 응원하고 싶다.

세상에서 가장 아름다운 책

지난 4월에 동네 근처 등산길에서 오랜만에 아들 친구의 엄마를 만났는데 내게 군에 있는 아들의 주소를 달라고 한다. 엄마인 나도 잘 안 쓰는 편지를 보낸다기에 고맙다고 인사를 했더니 아니라고 손사래를 친다.

알고 보니 내 아들뿐만이 아니고 자기 큰아들 내무반 부대원들에게 전부 편지를 보낸다고 했다. 난 깜짝 놀랐다. 한두 명도 아니고 그 많은 사람에게 편지를 보내다니! 그 이유를 묻는 내게 그녀는 다음과 같은 이야기를 들려주었다.

그녀는 결혼해서 두 아들을 두었다. 그런데 작은아들은 아주 똑똑한데 큰아들이 문제였다. 엄마가 보기에 2% 부족한 아들. 그녀는 그 아들이 항상 걱정이었다고 한다. 더 큰 문제는 군대였다. 대한민국 청년이라면 누구나 복무해야 하는 곳. 신체검사 결과 현역으로 가야 하는데 고민이 이만저만이 아니더란다. 혹시 훈련받다 쫓겨 오지는 않을까. 따돌림당하면 어쩌나? 그래도 군대는 무슨 일이 있어도 꼭 현역으로 보내고 싶었다.

그녀의 아들은 다행히 친구와 동반입대를 해서 훈련도 무사히 마치고, 경기도에 있는 30사단 산하 보병대대로 배치받았다. 그런 아들이 얼마나 대견스러운지 이루 말할 수가 없었다고 했다.

그녀의 아들 사랑은 이때부터 행동으로 옮겨졌다. 혹시나 다른 사병들에게 무시당하지나 않을까? 또 임무는 제대로 수행할 수 있을까? 하는 고민으로 시작한 것이 내무반 전체 사병들에게 편지를 보내게 되었다. 그녀의 편지를 받고 처음에는 의아해하던 사병들도 고맙다는 답장을 계속 보내줘서 그녀는 아들이 군에 있는 동안 자신에게 오히려 정말 행복한 날들이었다고 말했다. 아들을 보살피는 장교나 동료 사병들이 그렇게 고마울 수가 없다고 했다.

얼마간 시간이 흐른 후 단풍이 곱게 물든 어느 날 그녀에게서 전화가 왔다. 편지를 묶어서 책으로 냈다며 내게도 주고 싶다고 했다. 병사들의 마음을 담은 그 책을 보고 싶어 한달음에 그녀의 집으로 갔다. 그녀는 반갑게 맞으며 책 한 권을 내밀었다.

난 책을 받아든 순간 약간 실망했다. 그녀가 낸 책은 책이라고 하기에는 너무나 엉성했다. 첫째는 목차도 없을뿐더러 편집을 했다고 하기에는 부족한 것이 매우 많았기 때문이다. 아무런 경험도 없는 그녀이기에 책을 어떻게 내는지조차 몰랐던 것이다. 나는 출판사의 성의 없음에 어찌나 화가 나던지 그녀에게 출판사에 책을 다시 만들어 달라고 강력히 항의하라고 하면서 그 책을 가지고 집으로 왔다.

책의 내용은 전우 어머니께 편지를 받아 얼마나 위로가 되었는지 모른다는 내용에서부터 어머니가 없이 자란 장병의 고맙다는 진심 어린 편지 등 정말 값으로 매길 수 없는 내용으로 이루어져 있었다.

마지막 장을 덮으며 처음 책을 낸 그녀 앞에서 문제점을 강하게 지적했던 나의 경솔함에 후회가 많이 되었다. 나로 인해 아팠을지도 모르는 그녀의 마음 때문이었다.

사랑하는 자식을 위해, 모두가 내 자식 같은 장병들을 위해, 훌륭한 일을 해낸 그녀. 그녀의 아름다운 마음씨가 한 해가 가는 지금 아직도 내 가슴속에 흐르고 있다.

추운 겨울, 창밖으로 흰 눈이 펄펄 내리는 날이면, 군에 있는 아들이 더욱더 생각난다. 올해가 가기 전에 난 그녀를 우리 집에 초대할 생각이다. 그리고 김이 모락모락 나는 커피 한 잔을 나누며 그녀에게 꼭 말해주고 싶다.

'당신이 낸 책은 이 세상 어떤 책보다도 아름다웠노라,'고

둥지 밖으로 날아간 아미

"엘마, 아미 오늘 왜 안 나왔어요?"

"선생님, 오늘 아미 언니 못 와요. 저번에 남편 죽은 필리핀 친구 보험 문제 도와주러 갔어요. 그 친구가 말을 잘하지 못해서 아미가 함께 갔어요."

"아! 그랬구나. 아미 아주 바쁘네."

"네 정말 그래요, 선생님."

체구는 조그맣지만 야무지고 노래를 잘 부르는 엘마가 활짝 웃으며 대답한다. 그런 그녀의 모습이 오늘따라 더 아름답게 느껴진다. 엘마는 아미와 매우 친한 사이다.

아미! 그녀의 정식 이름은 아멜리다이다. 애칭이 '아미'라서 수업을 할 때는 늘 아미라고 부른다. 필리핀에서 한국으로 온 결혼이주민 여성이지만 상냥하고 귀엽다.

나는 아미를 복지관에서 하는 한국어 수업에서 처음 만났다. 첫 인사를 하던 날, 다른 사람보다 유난히 뚱뚱한 그녀와 난 서로 싱긋 웃어주는 것으로 대신했다. 그날 나와 인사를 나눈 학생들은 아미를 비롯해 30명이 넘었다. 난 하나하나 돌아가면서 가볍게 안아주었다. 그녀들도 한결같이 내게 밝은 미소를 보내주었다. 그날 이후로 나의 한국어 수업은 계속되었다. 세월은 참 빨리 흐른다.

지금 내가 가르치고 있는 반은 기초반, 초급반, 중급반, 고급반으로 나눈 4개 반이고, 나라 수는 6개국이다. 내가 그녀들을 만나는 시간은 일주일에 두 번, 4시간 남짓이지만 나름대로 최대한 맞춤식 교육을 하려고 노력했다.

내가 다문화가정의 주부들과 함께하는 동안 기쁜 일도 있었고, 슬픈 일도 있었다. 그러는 사이 서로 간에 정도 많이 들었다. 내가 나이가 많다 보니 그녀들은 나를 엄마나 언니처럼 여긴다. 내게도 그녀들은 모두 사랑스러운 딸들이자 동생들이다.

며칠 전에는 아기들 옷을 조카들한테 얻어서 아주 많이 가져다주면서 우리 집 아기 옷이라고 했더니 모두 좋아하며 나눠 가져갔다. 난 혹시라도 그녀들이 자존심에 상처를 입게 될까 봐 매우 조심한다. 옷도 나누어 주기 전에 미리 물어본 다음, 한국의 주부들도 아기들에게 헌 옷을 얻어 입힌다고 말한 뒤에 가져갔었다. 우리가 그들보다 약간은 우월하다는 생각이 마음속에 있다면 교사는 그것부터 버려야 한다.

다문화가정 주부 교육은 머리가 아닌 가슴으로 가르쳐야 한다고 생각한다. 대부분 어린 나이에 결혼해서 한국 가정에 적응하며 열심히 살아가려고 노력하는 그녀들의 외로운 마음을 포근히 감싸주는 넓은 가슴이어야 한다.

그런데 한편으로는 어미 새가 새끼를 곱게 기르다가 어느 정도 자라면 둥지 밖으로 냉정하게 쫓아서 새끼 스스로 먹이를 찾아 자립하도록 만들 듯이 웬만한 일은 그녀들 스스로 해결하도록 방법을 제시해 주려고 노력한다. 나는 내가 가르치는 그녀들이 빨리 둥지를 떠나 자신의 힘으로 자립하기를 무엇보다 바라고 있다.

내가 생각했던 대로 잘 실천하는 사람 중 하나가 아미이다. 처음에 아미는 말만 할 줄 알았지, 글자로 표현하는 것에는 서툴렀다. 체계 있게 배울 수 있는 곳이 없어 배울 수가 없었다고 했다. 그녀는 복지관에서 한국어 공부를 하는 것이 더없이 기쁘다고 했다. 그 이후 내게 교육을 받으면서 말하기, 읽기, 쓰기의 세 부분 모두를 열심히 하더니 이제는 다방면으로 활용할 줄 안다. 영어 과외로 짭짤한 수입을 올리는 것은 물론이고, 어려운 처지인 사람들을 돕는데 앞장서고 있다. 너무 바빠서 결석은 많이 하지만, 둥지 밖에서 열심히 활동하는 그녀를 보면 가르치는 보람에 가슴이 뿌듯해 온다.

얼마 전에는 필리핀 친구가 이혼 단계에 이르렀는데 양쪽을 열심히 설득해서 다시 화합해 살게 했다. 그리고 지난번에는 또다시 아미가 결석했기에 물어보니 친구 남편이 건축 공사를 하다가 떨어져 죽었다고 했다. 아미는 그 주 내내 그녀를 보살펴주느라 수업에 나오지 못했다. 일주일이 지나 수업에 나왔을 때 칭찬을 해주었더니 해맑은 미소를 지으며, '죄송해요, 선생님.' 한다. 난 그런 그녀의 모습이 너무 예뻐서 가만히 등을 토닥여 주었다.

어느 날인가 수업 시간에 내게 목돈이 생긴다면 무엇을 하고 싶은가를 대답하는 시간이 있었다. 한 학생이 만약에 천만 원이 있다면 자신은 필리핀에 사는 부모님께 집을 지어드리고 싶다고 한다. 다른 친구는 오천만 원이 있다면 자신은 필리핀에 슈퍼를 차려서 장사하고 싶다고 한다. 몸이 불편하신 친정아버지 병원비에 보태고 싶다는 태국 친구도 있고, 한국에서 식당을 차려 돈을 많이 벌고 싶다고 대답하는 베트남 학생도 있었다. 마지막으로 아미 차례가 되자 그녀는 1억이 있다면 집을 사고 싶다고 하더니 갑자기 내게 묻는다.

"그럼 선생님은 돈이 있으면 무엇을 하고 싶으세요?"

"난 1억이 있다면 딸이 집을 사는 데 보태주고 싶어."

"와! 선생님 딸은 좋겠다. 저 선생님 딸 하고 싶어요."

그렇게 말해놓고는 자신도 웃는다. 다른 학생들도 모두 웃는 바람에 즐거운 시간이 되었다. 이렇듯 언제나 교실 분위기를 재미있게 바꾸어 놓는 아미가 오늘 친구의 일로 또 결석했나 보다.

아미는 다음 주 월요일이면 그녀 특유의 귀여운 미소를 띠며 '죄송해요. 선생님' 하며 나타날 것이다. 난 그런 아미에게 꼭 해주고 싶은 말이 있다.

"아미 씨, 잘했어. 그런데 여름에 약속한 대로 옷 사이즈 XL에서 L로 줄이려고 노력하는 거야. 살쪄서 아프면 안 돼요. 알았죠?"

배려

지난 7월에 춘장대 해수욕장에서 초등학교 동창회가 열렸다.

동창회에 처음 참석한 때가 약 5년 전이라 그때만큼 설렘은 없지만 그래도 보고 싶은 동무들을 만날 수 있는 기회라 매번은 참석 못 해도 연락이 오면 가려고 노력한다.

동창회 가는 날 아침에 비가 어찌나 퍼붓던지 포기를 해야 하나 고민하고 있을 때 청주에 사는 친구가 태우고 간다기에 고마운 마음으로 친구 차를 얻어 타고 갔다. 두 시간 가까이 걸려서 도착했는데 고맙게도 비가 그쳤다.

저녁 무렵, 오랜만에 바라본 황혼의 해변이 어찌나 아름답던지. 어릴 적 가장 친했던 경자와 어린아이처럼 신발을 벗고 해수욕장 끝에서 끝으로 걸으며 어린 시절 이야기를 주고받았다.

그날 저녁 늦게까지 모두가 어린 시절로 돌아가 재미있게 놀았다. 초등학교 친구를 만나면 기억이 그 시절에 멈춰있어 머리가 희끗희끗해도 여전히 아이로 돌아가기 때문에 더 좋은지도 모른다. 내 인생에서 유일한 동심이므로.

밤에 올 수가 없어 모텔에 들었는데, 친구들이 임원인 두 명의 남자 동창에 대해 불만을 이야기했다. 지나치게 이기적으로 구는 모습이 눈에 거슬렸던 모양이다. 내용을 들으니 나도 공감이 갔다. 그 친구들은 왜 그러는 것일까? 어린 시절 내 기억에 누구보다도 멋지게 보였던 친구인데 이후로는 멋져 보이지 않은 것도 사실이다.

친구들과 헤어져 집으로 돌아와서 그날 멋지게 보였던 남자 동창들 몇몇을 떠올려 보았다. 먼저 드러나지 않으면서도 뒤에서 말없이 친구들의 뒤치다꺼리를 조용히 하는 친구 S가 생각났다. 초등학교 시절에도 그 친구는 마음 씀씀이가 넉넉했는데 그 마음 그대로인 것 같아 오늘도 내 눈에는 참으로 멋지게 보였다.

또 한 친구는 그곳에서 경찰을 하는 친구다. 그는 각지에서 온 친구들을 위해 조개도 제일 귀한 것으로, 자연산 회도 가장 좋은 것으로 대접해주고, 단란주점에 이르기까지 우리가 즐겁게 놀 수 있도록 정성을 다하고 있었다. 재작년에도 그런 적이 있었기에 그때는 호기로 그러나보다 하고 생각했었는데 이번에 친구가 말하는 것을 듣고, 진심이었음을 알았다. 그는 매달 몇만 원만 덜 쓰고 저축하면 친구들이 즐겁게 만나는데 한몫을 할 수 있다며, 자기는 친구들이 이곳에 와서 놀다 가는 것만으로도 즐겁다고 했다. 진심 어린 눈빛으로 말하는 그의 모습이 아름답게 보였다.

세월이 흘러서인지 동창들의 외양도 참으로 여러 층이다. 세칭 잘나가서 외양이 멋진 친구도 있고, 반면에 그렇지 못해서 좀 남루

한 친구도 있었다. 얼굴 모습도 십여 년의 연령차가 나 보이는 일
도 있었다. 그러나 외양과 관계없이 행동이 멋진 친구가 가장 멋있
게 느껴진다.

때로는 수십 년 만에 만난 친구도 있는데 그들의 눈에는 내가 어
떤 모습으로 비쳤을까? 괜찮은 사람은 아니더라도 적어도 꼴불견
모습은 아니었기를 바라는 마음이었다.

돌아오면서 좀 더 넉넉한 마음을 쓰는 인간이 되어야겠다는 생
각을 새삼스럽게 했는데 얼마 안 돼 기회가 생겼다. 비가 부슬부슬
내리는 어느 날, 가깝게 지내는 분이 집에 사정이 생겨서 우리 집
에 좀 가 있으면 괜찮겠느냐고 전화를 했다. 당장 오시라고 했음은
물론이다.

전화를 끊고 나서 이왕이면 이번 기회에 다른 분들도 오라고 했
으면 좋겠다는 생각이 들어 전화했더니 모두 흔쾌히 오겠다고 한
다. 나는 일을 적게 하면서 그들과 최대한 노는 방법이 없을까 생
각하다가 점심 메뉴를 가장 간단한 삼계탕으로 정했다. 그날 우리
는 오랜만에 집에서 살아가는 이야기를 하면서 즐겁게 놀았다.

이튿날 처음 전화를 했던 분이 부탁도 잘 들어주고, 다른 사람들
까지 불러서 즐겁게 해주었다고 정말 고맙다고 인사를 한다.

내가 한 일은 이웃 사이에 가장 흔하게 할 수 있는 일이고, 전혀
힘든 일이 아니다. 그러나 그녀를 배려했던 작은 마음이 너무나 고

맑게 다가왔나 보다.

어쩌면 타인에 대한 배려는 아주 작은 것에서부터 출발하는 것이 가장 큰 것이 될 수도 있다. 인간관계가 지나치게 이기적으로 변해가는 요즈음, 상대방을 위해 작은 배려라도 한다면 세상은 좀 더 푸근한 세상이 될 것 같다는 생각이다.

4부
백세 생신, 육전 세 점

백세 생신, 육전 세 점

"아버님이 물을 전혀 안 드셔요. 오직 오렌지 주스만 계속 드시고 있어요. 우리는 아무리 말려도 안 되니까 따님이 좀 어떻게 해보세요."

"제가 한 번 말씀드려 볼게요."

아버지를 모신 요양원에 가니 요양보호사분이 나를 붙잡고 하소연을 한다. 나도 걱정이 되어 아버지의 귀에 가까이 대고 큰 소리로 말했다. 아버지는 귀가 어두워서 귀에 가까이 대고 말해야 알아들으신다.

"아버지, 물을 안 드시면 어떻게 해요. 주스는 하루에 한 잔만 드시고 물을 드셔야 해요. 저 물은 설탕이 대부분이에요."

"아녀, 물 안 먹어."

아버지는 생각해볼 것도 없이 단숨에 거절한다. 아무리 설득해도 막무가내다. 물병을 갖다 드리니 고개를 휙 돌리신다. 한숨이 저절로 나온다.

요양원을 나서는 발걸음이 무겁기만 하다. 이곳에 모신 것도 죄인인 심정이다.

지난 정월엔 돌아가시게 생겨서 명절날 돌아가실까 봐 조마조마 했었다. 전에 시어머님이 설 전날 돌아가신 기억 때문이다. 그런데 다행히 다시 일어나셨다. 그 뒤로는 식사도 미음에 가까운 죽이 제공되었다. 다행히 식욕은 좋으셔서 요즘에도 한 그릇을 다 드신다고 한다. 얼굴색도 나쁘지는 않으시다.

아버지는 올해로 백세 되었는데 이 요양원에서 제일 연세가 많다. 얼마 전까지 104살이신 분이 계셨는데 돌아가셔서 아버지가 제일 많다고 한다. 여자는 많지만, 남자가 백세를 넘기는 것은 요즘에도 극히 드문 일이다. 젊은 날 큰 병치레를 하신 아버지가 백세를 넘기셨다는 것은 딸인 나도 신기할 따름이다. 정말 사람의 명은 하늘만 알 수 있는 것 같다.

지난 7월에는 아버지의 백세 생신이 돌아왔다. 우리 형제들은 아버지의 생신에 고민이 많았다. 음식을 한다 해도 본인이 전혀 드실 수가 없으니 무슨 의미가 있을 것인가! 그렇다고 다른 사람들에게만 음식을 제공한다는 것도 서글픈 일이었다. 우리는 고심 끝에 생신을 하지 않기로 했다. 나는 그래도 많이 서운했다.

아버지의 생신날, 쇠고기를 잘게 다져서 육전을 만들었다. 소화를 못 시킬까 봐 육전 세 점을 들고 아버지를 찾아갔다. 그리고는 잘게 이겨서 몰래 드렸다. 아버지께서는 맛있게 드셨다. 거의 다

드셨을 때 간호하는 분이 어느 사이 보았는지 말한다.

"아니, 그걸 드리면 어떻게 해요?"

"그냥 아주 조금만 드렸어요. 다음에는 안 드릴게요."

그분한테는 오늘이 아버지의 생신이라고 말하지 않았다. 그 말도 한낱 헛된 말일 뿐인 것 같았다. 육전 세 점이나마 맛있게 잡수신 아버지의 손을 잡아드렸다. 아버지께서는 내 손을 꼭 잡으며 말씀하신다.

"네가 찾아와서 고마워."

가슴이 미어진다. 매일 찾아오는 딸도 아닌데. 바쁘다는 핑계로 며칠에 한 번씩 가뵙는 것이 고작 내가 하는 효도(?) 방법이다. 이런 딸이 고맙다니 죄송하기 짝이 없다.

아버지는 약간의 치매만 빼고는 정신이 멀쩡하다. 우리 애들이 다니는 직장도 알고, 직책까지 알고 계시다. 갈 때마다 물어보셔서 매번 대답해야 하지만 이런 기억력이나마 지금까지 유지되고 있다는 것이 얼마나 다행인지 모른다.

아버지의 다리는 앙상하기가 짝이 없다. 걷지 못하니 근육이 다 빠져나가고 없는 것이다. 나는 아버지를 뵐 때마다 사람들이 흔히 말하는 100세 인생을 생각한다. 장수가 축복인가를.

얼마 전까지 아버지 옆에 있던 분은 60대 초반이었다. 약 5년 전에 뇌경색이 와서 요양원에 들어오게 되었다고 했다. 이분은 또 얼마나 오랜 기간 이 요양원에 누워 있어야 할까? 60대면 팔팔한 나이인데 참으로 안타까웠다. 또 어떤 분은 가족이 있는데도 몇 년 동안 한 번도 찾아오지 않는 경우도 보았다. 그분은 끝내 외롭게 돌아가셨다. 몇 년 전의 일이지만 쓸쓸한 죽음에 오랫동안 마음이 씁쓸했었다.

친구들을 만나면 주된 대화가 노년의 삶을 어떻게 살아야 할 것인가에 대한 의견들이다. 결국 우리의 초점은 건강에 맞추어져 있다. 모두 경제적으로는 어렵지 않은 형편이라 그런지 이구동성으로 건강해야 한다는 것이다.

우리도 어느덧 질병 하나쯤은 친구로 알고 살아가야 할 나이가 되어 버렸다. 나도 건강을 지키려고 나름대로 노력을 하고 있다. 낮에는 걷기를 하고, 밤에는 허벅지 근육을 단련하기 위해 약 천 개의 계단을 오르고 있다. 사람들은 계단 숫자에 놀라지만 하다 보면 별로 어렵지 않다. 소요 시간도 30분이면 충분하다.

요즘에는 복숭아를 강판에 갈아서 아버지께 드린다. 오늘도 드리니 맛나게 드시고 나서 "잘 먹었다."라는 말씀을 하신다.

아버지를 뵐 때마다 마음은 안타깝지만, 상수上壽를 하신 아버지가 계신다는 것은 내겐 축복이다.

천 개의 바람이 되어

나는 마음이 슬퍼질 때면 누군가와 이야기를 나누기보다는 혼자 노래를 즐겨 듣는 편이다. 말을 많이 하고 나면 후회하는 편이라서 차라리 고독을 택한다.

작년부터는 미스터 트롯 출신 가수 임영웅의 노래에 푹 빠져 있다. 그전에는 거의 성인가요를 듣지 않았는데 이상하게도 이 가수의 노래는 마음에 위로를 준다. 같은 노래를 몇 번 들어도 전혀 지루하지 않고 좋다. 참으로 이상한 일이다. 이런 현상은 나 말고도 전국의 수많은 여성이 그의 노래에 빠진 것 같다. 심지어 열성 팬들은 매일 멜론 같은 사이트에서 노래 스트리밍 반복은 기본이고, 콘서트도 한 곳만 가는 것이 아니라 전국을 다 따라다니는 것을 알고 놀랐다. 경쟁이 심해 콘서트 표를 구하기도 여간 힘든 것이 아닌데 어떻게 그렇게 잘 구하는지 대단한 열정들이다.

지난 2월에는 임영웅이 방송에서 정동원 군과 함께 '천 개의 바람이 되어'라는 노래를 듀엣으로 불렀는데 정말 잘 부르기도 하지만, 가사 말이 너무나 가슴에 와닿았다. 이 노래는 특이하게도 가사가 죽은 사람이 산 사람에게 들려주는 노래이다. 노래 가사는

'나의 사진 앞에서 울지 마요. 나는 그곳에 없어요. 나는 잠들어 있지 않아요. 제발 날 위해 울지 말아요. 나는 천 개의 바람. 천 개의 바람이 되었죠. 저 넓은 하늘 위를 자유롭게 날고 있죠.'

어쩌면 이렇게 슬프면서도 아름다운 노랫말이 있을까! 그런데 이 노래는 우리나라 것이 아니고 외국곡이라고 해서 한번 알아보았다.

이 노래는 1932년에 미국 볼티모어에 사는 주부 메리 프라이가 영작한 시 「내 무덤에 서서 울지 마오.(Do not stand at my grave and weep)」에서 시작됐다고 한다. 프라이는 모친을 잃고 상심해 있던 이웃 주민을 위로해 주려고 영작을 했다고 하는데 원래 이 시는 아메리카 원주민 사이에서 전승되던 작자 미상의 시라고 한다.

이 시가 유명해지게 된 것은 1989년 IRA(아일랜드 공화국군) 테러로 목숨을 잃은 24살의 영국군 병사 스티븐 커밍스의 이야기이다. 스티븐은 떠나기 전에 내게 무슨 일이 생기면 열어보라며 부모에게 편지 한 통을 남겨 두었다고 한다. 그런데 그는 안타깝게도 목숨을 잃었고 사후에 그가 남긴 편지를 개봉해보니 이 시가 적혀 있었다는 것이다.

스티븐의 장례식 날, 스티븐의 아버지가 아들이 남긴 편지와 시를 낭독했고, 그 장면을 영국 BBC가 방송하여 전 세계적으로 알려지게 된 것이다. 이 외에도 여배우 메릴린 먼로의 25주기, 미국 9·11 테러 1주기에도 낭독되어 더 유명해진 시이기도 하다. 이 시를 일본의 유명 작곡가 아라이만이 곡을 붙여서 이처럼 아름다운 명곡이 탄생하였다. 우리나라에서는 유명한 팝페라 가수 임형주가 불러 유명해졌다.

나는 이날 노래를 듣는 동안 내가 좋아하고 정말 친하게 지냈던 이웃 형님이 생각났다. 그녀는 3년 전에 급성 암에 걸려 하느님 곁으로 갔다. 그녀가 떠난 뒤 1년은 정말 힘들었다. 그녀는 매우 독실한 가톨릭 신자였는데 우리 집 앞에 있는 성당을 다녔다. 이 성당은 그녀의 피와 땀이 모여 지어진 성당이기도 하다. 나는 성당을 볼 때마다 그녀가 나올 것 같아 몇 번을 다시 쳐다보곤 했던 날이 부지기수였다. 그러나 세월이 약이라고 했던가. 이제 2년이 훌쩍 지나고 나니 그런 현상은 많이 줄었다.

나는 이날 두 사람이 부르는 노래를 들으며 돌아가신 부모님의 모습도 떠올랐다. 그분들도 아마 천 개의 바람이 되어 세상을 돌아다니며 좋은 일을 할 것 같은 생각이 들었다.

이것은 비단 나 뿐만은 아닌가 보다. 세월호에 하나뿐인 아들을 저세상으로 보내고, 슬픔으로 나날을 보내고 있던 어느 어머니가 이노래를 듣고 아들이 천 개의 바람이 되어 세상을 떠다니며 노래 가사처럼 좋은 일을 하고 있을 것 같아 더 이상 슬퍼하지 않기로 했다는 말을 방송에서 들었다. 그 어머니의 심정이 백번 이해가 가고도 남는다. 인생에서 자식을 잃은 슬픔보다 더 큰 슬픔은 없을 것이다.

　가수 임영웅의 노래는 이상하게도 진심이 느껴진다. 임영웅이 부른 정수라의 '어느 날 문득'이란 노래에서 '어느 날 문득 뒤돌아보니 모든 게 다 아픔이네요. 날 위해 모든 걸 버려야는데 아직도 내 마음 둘 곳을 몰라요.' 가사가 그의 부드러운 목소리에 실리니 현재의 내 마음을 대변해 주는 것 같아 듣는 순간 푹 빠져들었다.

　다른 가수들의 노래에서도 가끔 가슴을 '탁' 치는 듯한 가사가 있다. 김호중이 미스터 트롯 결승전에서 불러 화제를 불러일으킨 조항조의 '고맙소' 노래에서는 '이 나이 먹도록 세상을 잘 모르나보다 진심을 다해도 나에게 상처를 주네'라는 대목이 공감이 많이 간다. 나훈아의 '사나이 눈물'이라는 노래에서는 '웃음이야 주고받을 친구는 많지만, 눈물로 마주 앉을 사람은 없더라.'라는 가사가 어느 명시보다도 더 가슴을 울린다. 나는 요즘에 길을 걸을 때도 젊은이들처럼 이어폰을 끼고 노래를 듣는다. 그러면 쓸데없는 잡념이 생기지 않아 좋다.

　지금도 야외에 있을 때 바람이 살랑살랑 불어오면 바람결에, 이제는 내 곁을 떠나버린 그리운 분들의 영혼이 천 개의 바람이 되어 날고 있지 않을까 하는 어린이 같은 생각을 하곤 한다. 그러면 마음이 외롭지 않고 편하다.

알 수 없는 인생

이른 아침, 출근 시간에 쫓길 때 느끼는 일이다.

신호에 막혀 대기하고 있는 차들의 꽁무니에 멈추게 될 때 나는 재빨리 머리를 굴린다. 어느 쪽으로 서면 조금이라도 빨리 갈 수 있을까를. 순간의 판단으로 빠를 것 같은 줄에 섰지만, 오히려 옆 줄보다 늦게 갈 때가 있고, 늦을 것 같았는데 빨리 갈 때도 있다. 나는 이럴 때 '인간만사 새옹지마'를 많이 생각한다. 한 치 앞을 알 수 없는 것이 인생인지라 바로 우리네 인생사도 이와 비슷하지 않을까 하고. 지나친 비약인지는 모르겠지만 주변에서도 이런 일들이 종종 일어나고 있다.

좀 더 많이 뒤로 가서 삼학사로 유명한 조선시대 홍익한의 이야기이다.

그분 이야기는 조선시대 인조 임금이 공주에 피난 왔을 때의 일과 연관이 있다. 인조는 이괄의 난을 피해 5박 6일 동안 공산성에 머물렀다. 왕이 신하의 난 때문에 궁을 버리고 피난을 하게 된 것은 아마도 인조 임금뿐일 것이다.

공주에 인조가 오시자 전라도 병사들까지 왕을 호위하러 왔다. 당시에 조선의 시선은 온통 공주에 쏠려 있었다. 그런데 다행히 이 괄의 난이 잘 진압되어 한양으로 떠나시게 되었다.

인조는 자신을 호위하기 위해 온 병사들을 비롯해 자신을 따라 한양에서 온 사람들의 뒤치다꺼리를 다 한 공주사람들에게 미안했는지 세금을 감면해 주었다. 그리고 공주에 모여든 사람들을 대상으로 과거시험을 치렀다. 애초에는 급제자를 5명까지 뽑을 예정이었는데 공주사람이 그 안에 들지 못하자 6등을 한 공주사람 강윤형까지 과거에 급제시켰다는 일화가 있다.

그런데 이 과거시험에서 장원급제를 한 사람이 홍익한이다. 홍익한의 초명은 홍습으로 공산성에서 장원급제했을 때의 이름도 홍습이었다. 홍습은 장원급제를 했으니 그의 승급도 빨랐을 것이다. 병자호란이 일어났을 때 그의 직책은 정4품 장령으로 있었다. 그는 끝까지 명나라를 섬기고, 청나라에 저항을 한 인물이다.

병자호란이 일어나자 그의 아들과 사위는 적에게 잡혀 죽임을 당했다. 그리고 그의 아내와 며느리도 적에게 잡히자 자결을 했다. 홍익한 역시 화친을 배척해 청나라에 잡혀가 끝까지 절의를 지키다가 윤집, 오달제와 함께 처형당했다. 이분들을 후세 사람들은 '삼학사'라고 부른다. 이처럼 홍익한의 가정은 이때 완전히 풍비박산이 났다. 홍익한은 1705년에 영의정으로까지 추증된다. 물론 이

것은 홍씨 가문에 대단한 영광일 것이다. 그러나 가족사로 보면 그 이상의 비극이 없을 만큼 몰락하고 말았다.

나는 공산성에서 관광객들에게 홍익한의 이야기를 가끔 할 때가 있다. 만약 그분이 공주에서 장원급제하지 않았더라면 그런 엄청난 가정의 비극은 일어나지 않았을까 하는 생각에 '인간만사 새옹지마'를 떠 올린다.

다시 현재로 돌아와서 보면, 주변 사람 중에 자식 자랑이나 돈 자랑을 많이 하는 사람들을 간혹 보곤 한다. 별로 자랑할 것이 없는 나는 그들이 부럽긴 하다.

그런데 인생 후반기에 들어서고 보니 누구에게 자랑이라는 것을 되도록 하지 않는 것이 좋겠다는 생각이 든다. 나 하나를 놓고 보았을 때 자식이 잘되어 걱정을 덜 하게 되면 그보다 더 좋을 수는 없을 것이다. 그러나 한 치 앞도 알 수 없는 것이 인생이다. 우리는 언제 불행이 닥칠지 아무도 모른다. 몸이 아플 수도 있을 것이고, 불의의 사고가 날 수도 있다.

얼마 전에는 건강하신 두 분이 갑자기 쓰러지셨다. 두 분 다 잘 아는 사이인데, 한 분은 안타깝게도 사망하고, 한 분은 재활치료 중이다. 재활치료 중인 분이 더 가까운 사이라 정상으로 돌아오지 않을까 봐 걱정을 많이 했다. 그런데 다행히 기적이 찾아와 재활치료를 열심히 하면 정상으로 돌아올 수 있다고 했다. 그 말을 듣고 내 일인 양 참으로 기뻤다.

우리는 살면서 어느 날은 내 인생이 절벽처럼 느껴질 때가 있다. 다른 사람들은 다 잘나가고 있는 것 같은데 나만 왜 이럴까 하고. 이것이 오랜 기간 계속되면 심한 우울감이 찾아온다.

그러나 마음을 달리 생각하면 너무 우울해, 할 필요도 없을 것 같다. 나와 내 자녀가 지금은 잘되지 않지만, 나중에 잘 될 수도 있을 것이고, 다른 복으로 가족에게 하느님이 무사고와 건강을 주셨을 수도 있다.

자동차 줄을 섰을 때처럼 '인간만사 새옹지마'를 떠올리며 살아간다면 그다지 슬픈 것도 없는 것이 우리네 짧은 인생이다.

세월

무령왕릉에 근무하는 날, 산책하고 있는데 가을바람에 잘 익은 도토리와 상수리들이 우수수 떨어진다. 느티나무엔 노랗게 단풍이 들고, 자연은 어김없이 세월이 흐르고 있음을 알려준다. 이제 곧 낙엽이 지고 겨울이 오겠지. 나는 고향의 뒷동산에서 이것들을 줍던 생각이 나서 몇 알을 주머니에 넣었다. 고향의 향수가 물씬 묻어나는 도토리와 상수리들.

내가 어릴 적에 가을이 되면 우리 형제들은 뒷동산에 수북이 떨어진 상수리를 열심히 주우러 다녔다. 우리가 주워 온 상수리를 가지고 엄마는 맛있는 묵을 만들어 간식처럼 주시기도 했는데 그때는 먹을 것이 별로 없던 시절이라 엄마가 해준 묵은 우리에게는 특별음식으로 손색이 없었다. 엄마의 사랑은 결혼해서도 계속되어 해마다 묵 녹말을 만들어 주셔서 몇 년 동안 맛있게 먹을 수 있었다. 오랜 세월이 흐른 지금은 이제 해주실 엄마도 안 계시고, 아쉽게 먼 추억의 한 페이지가 되어 버렸다.

나는 이날따라 도토리묵이 더 생각나서 곧바로 시장에 사러 갔다. 마침 장날이라 도토리묵을 만들어 파는 단골 아주머니를 만나기 위해서이다. 이분과는 봉황동 오거리 시장에서 처음 만난 뒤로 30년 가까이 단골이 되었다. 이분은 직접 수확한 도토리를 가지고 묵을 쑤는데 쫄깃쫄깃하고 야들야들 탄력이 있는 것이 최고의 솜씨이다. 어느 날인가는 6시 내 고향 방송 프로에서 공주에서 묵을 가장 잘 쑤는 아주머니로 소개되는 것을 보았는데 마음이 흐뭇했다. 장날에 가면 도토리묵뿐만 아니라 직접 농사지은 배, 결명자, 땅콩, 청국장, 파 등을 팔기도 하는데 인심도 후하다. 그런데 이날은 도토리묵도 없고 좌판도 썰렁했다.

"오늘 도토리묵 벌써 다 파셨어요?"

"아니, 묵 못 팔아유. 내가 몸이 아프고 힘이 없어서 할 수가 없어. 서울 병원에 가서 치료받고 와서 힘이 조금 생기면 그때나 묵을 쑬 수가 있을 것 같아유."

"저런! 얼른 잘 치료받고 나으시면 좋겠네요. 올가을에도 아주머니가 만드신 도토리묵하고 청국장을 꼭 먹고 싶어요."

"고마워유. 몸이 좀 나으면 도토리는 주운 게 있으니께 만들어서 가져 올게유."

힘든 농사일 하시느라 손이 모두 갈라지고 주름이 많이 진 까칠해진 얼굴을 보면서 세월의 흐름이 새삼 실감이 난다. 아주머니 얼굴에 병색이 완연한 것이 마음이 아프다.

흐르는 세월을 누가 어떻게 막을 수가 있을까? 내가 새댁이었을 때 처음 만나 오랜 세월이 흘렀으니 그분이 느끼기엔 나도 똑같을 것 같다. 평소에 나는 장돌뱅이에 가까운데 시장에서 좌판을 놓고 파는 할머니들이 어느 날 안 보이면 걱정이 된다. 이분도 요양원에 가신 것은 아닐까 하고.

80년대 초반, 남편이 공주에 있는 대학으로 발령받았다. 그래서 첫아이를 낳고부터 연고도 없는 공주에 살게 되었는데 처음에는 외롭기도 했지만, 살다 보니 정이 들어 지금은 공주가 고향처럼 되었다.

내가 처음 왔을 때만 해도 공주는 교육도시로 매우 활기찬 곳이었다. 거리는 학생들로 넘쳐났고 장사도 잘되었다. 그러나 오랜 세월이 흐른 지금은 인구 고령화로 인해 학생보다는 노인들이 더 많다. 세월은 정말 빠르게 흘러가고, 가끔은 인생의 허무함에 마음이 우울해질 때도 있다.

세계적인 어느 위인은 '인생에서 가장 확실한 것은 누구나 죽는다는 것이다. 그러니 일부러 죽음을 맞이하러 갈 필요는 없다.'고 말했다. 이것은 나이는 먹어가도 되도록 낙천적으로 살라는 뜻이 아닐까? 그저 흐르는 세월에 순응하면서 생로병사의 길을 자연스레 받아들이는 삶을 살아야 할 것 같다.

오늘 만난 이 단골 아주머니의 병이 어서 나아 늦게라도 맛있는 도토리묵을 꼭 사 먹었으면 하는 작은 바람을 가져본다.

재혼

삼십 년 전의 일이다. 유난스럽게도 그날은 염라대왕이 이승으로 유람을 나오셨는지 아니면 저승사자들이 출두했는지 상喪을 당한 집들이 많았다. 특히 사람이 살다 보면 어떤 일들을 당할지 몰라 만들었던 친목 모임에서 하필이면 같은 날 아침저녁의 시간 차이로 잇달아 두 분이 돌아가셨다.

우리는 아침부터 밤늦게까지 거의 팔십 여리나 차이 나는 양쪽 상가를 오가며 일을 도와주느라 나흘 동안 그야말로 눈코 뜰 새가 없었다. 내가 초상 치르는 집안들을 처음부터 끝까지 보기도 그때가 난생처음이었다.

지금은 장례식장이 있어 쉽지만, 장례식장이 생기기 전에 집에서 치르는 초상이란 참으로 보통 일이 아니었다. 남은 가족마저 초주검을 만드는 일이라고 표현하고 싶다. 그 많은 문상객을 사나흘씩이나 맞이하는 것을 보면서 고쳐야 할 문제점들이 한둘이 아니라는 것도 알았다. 가장 힘든 음식 접대 문제에서 간단히 차 한 잔 대접하는 정도로 바뀐다면 얼마나 좋을까? 또 초상집에서 밤을 새우는 것도 여러 가지 면에서 고려해 볼 문제이다.

남편이나 아니면 부인을 잃은 배우자도 상을 치르는 동안은 얼떨떨해서 그래도 슬픔을 모른다고 한다. 그러나 모두가 떠나가고 혼자 덩그러니 남겨졌을 때 남겨진 사람의 슬픔은 정작 그때부터라고 했다. 아들이나 딸네 가족들과 사는 경우에는 좀 덜할지는 모르겠지만 악처가 효자보다 낫다는 옛말이 있듯이 어찌 배우자에 비길 수 있겠는가! 더구나 요즈음에는 부모님을 모시고 살려고 하는 자식들도, 자식들과 더불어 살려고 하는 부모님도 적어졌다.

문득 얼마 전에 들었던 이웃 친구의 이야기가 생각난다.

그녀는 자기 친정어머니가 육십 대 초반에 돌아가셨다. 그녀의 아버지는 어머니를 잃은 슬픔에 너무나 괴로워하셨다. 식사도 거의 못하고 괴로워하시는 모습을 보면서 저러다가는 아버지마저 돌아가실 것 같아 자신이 재혼시켜드려야겠다고 마음먹었다.

어느 정도 세월이 흐른 후 그녀는 아버지께 재혼 이야기를 조심스럽게 꺼냈다. 아버지는 처음에는 펄쩍 뛰었으나 차차로 그녀의 의견에 동의하셨다. 아버지의 승낙을 얻은 그녀는 자기 아버지와 비슷한 처지의 할머니를 물색했는데 마침내 자기 아버지와 비슷한 처지의 할머니를 찾았다. 그녀는 그 할머니의 아들을 만나 재혼에 따르는 문제점들을 상의했다. 자식들이 재혼을 반대하는 가장 큰 이유가 재산 문제 때문이라는데 그 문제도 재혼과는 완전히 별개로 했고, 함께 사시다가 두 분 중 한 분이 먼저 돌아가실 경우 남은 분은 원래 자식들이 모셔가기로 했다고 한다.

재혼의 의미를 외로운 노년에 다만 서로가 의지하고 지낼 수 있는 하나의 순수함만을 택하기로 했다고 그녀는 말했다. 그렇게 재혼한 두 분은 화목하게 오순도순 잘 사신다고 했다.

현대판 재혼 방식이지만 난 동감을 한다. 혹자는 '부모님이 무슨 물건이냐? 합했다 모셔갔다 하게.' 하고 퉁명스럽게 반문할지 모르겠지만 두 분의 의향이 일치한다면 원하시는 대로 해드리는 것도 현대의 효도 방식 중 하나라고 생각한다.

언젠가 세계 최장수촌 중의 한 곳이라는 브라질의 한 산골 마을에 사는 105세 된 할아버지가 93세인 사랑하는 할머니에게 예쁘게 포장된 선물을 사랑스러운 눈길로 바라보며 건네는 것을 TV에서 보고 미소 지었던 적이 있다. 우리의 마음이 항상 젊음에 머물러 있듯이 노인들의 감정도 마찬가지 아닐까?

젊어서 혼자된 분들은 아이들 문제 때문에 오히려 여러 가지 어려움이 따르겠지만, 자식들을 모두 결혼시키고 홀로 외롭게 사는 분들이 많은 현실이다.

이제 사람들의 인식도 많이 바뀌어서 재혼을 권유하는 시대가 되었다. 다만 어떤 사람을 만나느냐가 더 중요하다.

황혼 무렵, 퇴근한 남편의 옷을 받아 걸며

"이 다음 아이들 모두 결혼시키고, 더 늙어서 멀리 가게 될 때 당신과 차이가 나는 만큼 난 꼭 그만큼만 덜 살게."

하니 처음에는 이 여자가 느닷없이 웬일인가 하는 표정이더니 이내 싱긋 웃는다.

세상에서 가장 착한 사람

밤에 곤히 자고 있는데 전화벨이 울린다. 깜짝 놀라 시간을 보니 새벽 세 시가 가까워져 오고 있는 시각이다. 전화는 불길한 예감대로 오빠의 전화였는데 '지금 아버지가 숨을 못 쉬고 이상하니 올 수 있겠느냐?'는 것이다.

남편과 나는 정신없이 옷을 입고 아버지 집엘 갔다. 아버지는 숨 쉬기가 얼마나 고통스러운지 진땀을 흘리고 계셨다. 그동안 협심증으로 고생하셨는데 이제 아버지마저 가시는구나! 하는 생각에 가슴이 덜덜 떨렸다. 그러나 다행스럽게도 병원 응급실로 모시려고 준비를 하는 사이 점점 괜찮아지는가 싶더니 편안한 상태로 돌아왔다. 우린 살얼음판을 걷는 마음이었지만, 그날은 그냥 집으로 돌아왔다.

이튿날 좀 더 정밀한 진단을 받기 위해 대학병원에 모시고 갔다. 담당의는 막힌 곳을 다시 뚫어야 할 것 같다면서 입원하라고 했다. 입원 다음 날 재수술을 받았는데 금방 끝날 줄 안 수술이 한 시간 반이 지나서야 끝났다. 옷은 피로 범벅이 되어 있었지만, 그래도 무사히 끝나서 얼마나 다행이던지.

퇴원 후, 혼자 계신 아버지가 걱정스러워 남편과 상의 후 당분간만이라도 아예 집으로 모셔 왔다. 텅 빈 아파트에서 외롭게 계시다가 딸네 집이라도 오셔서 마음이 편안한지 곤히 주무신다.

사람이 아주 늙으면 예전의 경력이 화려했든지, 보잘것 없었든지 간에 모두 어디로 가고 초라해지기 마련인가! 힘이 넘치는 것 같던 아버지도 이제는 내가 보살펴 드리지 않으면 안 되는 가엾은 노인이 된 모습에 마음이 아려온다.

어렸을 적 아침에 엄마가 아무리 일어나라고 해도 버티던 우리 형제들도 대문간에서 아버지의 기침 소리만 나면 벌떡 일어나곤 했었다. 아버지는 별로 살갑게 해준 적도 없지만, 엄하게도 하지 않았는데 내게 있어 아버지란 존재는 늘 어렵기만 했다. 그런 아버지가 지금 당신의 육신을 내게 의탁하고 계신 것이다.

나와 남편은 이상하게도 양쪽 부모님을 모시게 태어났나 보다. 시부모와 친정 부모 모두의 노년을 책임지게 된 자식. 그게 바로 나와 남편의 운명인가 보다. 객관적으로 보면 남편은 구 남매의 막내이고, 난 사 남매의 셋째인데 어떻게 네 분 모두 우리의 책임이 된 것일까?

지금은 대학 4학년인 큰아이의 첫돌이 막 지난 80년대 초반, 시어머니께서는 우리와 함께 살기를 간절히 원하셨다. 시아버지께서 반대하셨지만 막무가내였다. 그렇게 해서 모시기 시작한 시부모님. 아버님은 인자하고 아주 좋으신 분이었지만, 어머님은 잘해 주다가도 가끔 억지를 부려서 내 가슴을 아프게 했었다.

그렇게 두 분 모시기에도 힘들었던 내게 이번에는 친정 부모님마저 우리 곁으로 오셨다. 집은 달랐지만 동시에 네 분을 모시게 된 나의 생활이 너무나도 힘겨워 주저앉고 싶었지만, 그때마다 내 처지보다 어려운 사람들을 생각했다. 내 부모도 아닌 노인 분들과 함께 살면서 봉사하는 사람들을.

그러다가 설상가상으로 시어머니가 치매에 걸리셨다. 난 치매에 걸린 시어머니를 보살피면서도 친정 부모님께도 최선을 다하려 노력했다. 다행히 친정 부모님은 정신이 맑아서 음식을 해드리는 것 외에는 많은 신경을 쓰지 않아도 되었다.

그러다가 하필이면 설 전날에 시어머니가 돌아가셨는데 정신없이 장례를 치르고 나니 그동안 잘해드린 것은 전혀 생각이 안 나고, 못해 드린 것만 가슴에 남아서 오랫동안 마음이 아팠다. 이때부터 앞으로 내가 후회하지 않으려면 남은 분들한테 좀 더 잘해드리는 길밖에 없겠구나 싶어 힘들게 생각하지 않기로 했다.

그 후 시아버지께서 거동을 못 하셔서 몇 년간 대소변 수발을 해야 했었는데 그때도 지겹다는 생각을 한 적은 없었다. 시아버지께서는 내게 늘 미안해하셨기 때문에 오히려 내가 더 죄송했다.

어느 날 아버님이 평소와 다르게 이상했다. 내가 걱정으로 가득 차 있을 때 마침 시누이 2명이 아버지를 뵈러 왔다. 우린 아버지가 돌아가실 것 같은 예감에 직장에 있는 남편을 급히 불렀다. 남편이 직장에서 돌아와 문을 열고 "아버지"하고 부르자 시아버님은 남편을 보자마자 아는 체를 하시고는 그대로 눈을 감으셨다.

마지막 가시는 날, 막내아들 얼굴을 꼭 보고 싶으셨는가 보았다. 나는 지금도 아들을 보자마자 눈을 감으시던 시아버님의 모습이 어제 일처럼 생생히 기억난다. 아버님의 장례식이 끝났어도 하염없이 눈물이 흘러내렸다.

한 번 가시면 다시 올 수도 없는 머나먼 저승길. 그래, 이제 남으신 친정 부모님께 최선을 다하자고 다짐했다. 친정어머니는 반찬을 만들어 가지고 오는 우리 내외를 늘 고마워하셨다.

"우리 때문에 네가 너무 고생이 많구나. 너 가졌을 때 하늘에서 비행기가 멈추더니 어떤 사람이 내려와 토끼 한 쌍을 주면서 잘 키우면 평생 먹고살 수 있을 거라고 했지. 그런데 말이 씨 된다고 정말로 늙어서 너한테 신세를 질 줄은 몰랐지 뭐냐. 그래도 네 덕분에 이렇게 말년을 편히 보내게 돼서 다행이구나."

"그런 말씀 마시고 오래오래 사세요. 시부모님 가시고 나니까 잘못한 일들만 생각나던데, 저 힘들지 않게 하려면 건강하게만 사세요."

"넌 나 죽어도 절대 후회하지 마라. 엄마는 너희 내외가 부모한테 이보다 더 잘할 수는 없다고 늘 생각 혀. 내 말 진짜다."

잘해드리지도 못하건만 딸의 신세를 지는 것이 너무나 미안했던
지 늘 그렇게 말씀하셨던 어머니도 암으로 갑작스럽게 지난해에
돌아가셨다. 여든넷의 연세임에도 돌아가시기 몇 시간 전에 병원
응급실에 누워서 하신 말을 난 평생 못 잊고 있다.

"젊은 시절 고생만 하다가 이제 살만하니까 죽을라는 게비다."

생에 대한 강한 애착의 말씀이 지금도 내 귓가를 맴돌고 있다.
그동안 어머니가 건강검진만 하셨더라면 더 오래 살 수 있었는데
하는 죄책감이 가슴을 때렸다.

이제 남은 분은 아버지 한 분. 남편은 이 세상에 한 분뿐이신 아
버지께 잘해드리라고 말한다. 돈으로 따지면 많은 액수가 아니지
만, 음식과 과일 등을 십 년이 넘도록 갖다 드리면서도 얼굴 한 번
찡그린 적 없었던 남편. 그런 남편이 고맙기만 하다.

아버지 또한 둘째 사위를 늘 고맙게 생각하시는지 남편 생일날
은 꼭 금일봉으로 마음을 표시하곤 하셨다.

수술 후 딸의 집에서 처음 주무신 아버지. 아버지는 식사하면서
나를 가리키며 남편에게 말씀하시기를

"내가 이 나이 되도록 이 세상에서 가장 착한 사람을 두 명 보았
는데 하나는 고향에서 본 유 씨 네 며느리이고, 또 하나는 저 애야."

남편은 아버지의 말씀에 긍정도 부정도 하지 않고 빙그레 웃는다. 그러나 나는 안다. 내가 별로 착한 사람이 아니라는 것을. 그러나 당신의 믿음만은 깨고 싶지 않다. 어쩌면 끝까지 그렇게 알고 계신 것이 가장 행복할지도 모르기 때문에.

오늘도 나는 아버지 앞에서만이라도 세상에서 가장 착한 사람, 착한 딸로 살아가려 한다.

친정어머니의 자존심

내가 친정집에 가 부엌에서 일하고 있을 때였다.

"딩동, 딩동."

"누구시우?"

친정어머니가 문을 열었다.

"할머니, 아무도 안 계세요?"

"무슨 일인지 나한테 얘기해 봐요."

"아무 일도 아니에요."

목소리로 보아 삼십 대 후반은 되었음 직한 여인은 그대로 나가 버렸다.

"늙은이는 사람 취급도 안 혀. 나는 사람 아니 간 아무도 안 계시냐고 헌다. 참 늙으면 사람으로도 안 뵈는 게비다. 하긴 이런 일이 어디 한두 번이 간다."

어머니는 여인이 상대도 해주지 않은 것에 대해 자존심이 구겨져 서글픔이 밀려오는가 보다. 친정어머니는 올해 83세인데다가 허리까지 굽었지만, 지금도 살림을 직접하고 있고, 집주인이다. 그런데 젊은 사람들은 용건조차 말하려 하지 않으니 서글퍼지는 것은 당연할 것 같다는 생각이 들었다. 지난 지방 선거 때도 어머니는 매우 화가 나서 결국은 투표조차 하지 않으신 적이 있다.

사연은 이렇다. 어머니가 아파트 벤치에 앉아 있을 때 선거운동원들이 온 모양이었다. 그들은 주위에 있던 사람들에게는 명함을 다 돌리면서 당신만 빼놓았다고 한다. 아마 파파 할머니라 글자를 모르겠지 생각했거나 얘기해도 못 알아들을 것 같아 그랬는지는 모르겠다. 그러나 사실 어머니는 처녀 시절, 대전에서 가정교사까지 두고 공부를 해서 상당히 유식하다.

마침 그때도 내가 친정에 가 있을 때였는데 어머니는 여럿 있는 데서 당한 자존심 때문인지 그때도 늙은이는 사람 취급도 안 한다고 속상해하셨다. 그러면서 투표는 절대 하지 않겠다고 하더니 결국 안 하셨다.

어머니는 예전에 살던 곳의 친구분들이 오라고 해도 만나러 가지 않는다. 살던 곳이 부여라서 차로 한 시간이면 닿는 거리인데 모시고 가려고 해도 절대 안 가신다.

"야 이렇게 지팡이 짚고 다니고, 허리는 다 꼬부라졌는디 이 몰골로 어떻게 가냐. 난 절대 안 갈란다."

"엄마 친구분들도 똑같으셔. 돌아가시기 전에 예전 살던 집도 보고 이웃들도 만나보셔요. 다 돌아가고 몇 분 남지도 않았는데 그분들이라도 만나보시지. 제가 모두 모시고 가서 친구분들 점심 살게요."

"네 말은 고마운디 난 안 만날란다. 너 저번에 갔다 왔다며? 그
래 우리 집은 아직 허물어지지는 안혔디?"

어머니는 많이 변했을 고향과 오랫동안 살았던 집을 보고 싶어
하면서도 지금까지 가지 않고 계시다. 그분들한테 늙어버린 모습
을 보이고 싶어 하지 않는 어머니가 처음에는 참으로 쓸데없는 자
존심이라고 생각했는데 그 마음이 점차 이해되었다. 그래서 이제
는 가시자고 권하지 않는다.

지금은 오래된 추억으로만 기억되는 1970년대 중반까지만 해도
이처럼 노인들의 자리와 권위가 실추되지는 않았었다. 명절에 고
향에 가면 젊은 사람들은 이웃 어른들을 찾아뵀었고, 그분들의 말
씀은 힘이 있어 거역하기가 어려웠다.

수십 년이 흐른 지금은 문명의 놀라운 발전은 있었지만, 웃어른
에 대한 공경심은 찾아보기 힘들다.

영상매체에서나 사회적으로도 대부분 젊은이 차지가 되어 중장
년이 되면 벌써 밀려나기 시작한다. 노인이 되면 그분들의 입지는
대우는커녕 어디에도 설 곳이 없다. 허물어지는 속도가 너무나 빠
른 것이 그저 안타까울 뿐이다.

오늘 늙은이는 사람으로 보지도 않는다며 서글퍼하는 어머니께
오해하는 거라고 위로는 해드렸지만, 이십 년 후쯤이면 나의 자화

상일 것 같은 마음에 친정집을 나서는 발걸음이 내내 무겁기만 한 하루였다.

마지막에 남는 사람

　사회운동가인 고 함석헌 선생이 쓰신 「그대는 그런 사람을 가졌는가」라는 시에 이런 내용이 있다.

　'온 세상이 다 나를 버려 마음이 외로울 때도 '저 마음이야.' 하고 믿어지는 그 사람을 그대는 가졌는가.'

　나는 이 시를 외우기도 하지만, 가끔 이 구절을 생각할 때가 많다. 내게도 이런 사람이 있을까 하고. 그래도 마지막에 누군가 내 곁에 남아 있다면 얼마나 좋을까 생각하고 나도 누군가에게 그런 사람이 되고 싶다고 생각한다. 나뿐만 아니라 대부분이 비슷한 생각일 것이다.

　사람이 젊을 때는 그런 생각이 별로 들지 않지만, 나이를 먹고 나서 특히 몸이 매우 아플 때 그런 생각이 많이 난다. 나도 이번에 그런 경험을 톡톡히 했다.

　전국이 메르스로 홍역을 치르던 지난여름에 대상포진을 무척 심하게 앓았다. 얼마나 고통스러운지 말로 표현할 수가 없었다. 특히 새벽이 더 심했다. 처음에는 발진이 생기지 않아 대상포진인 줄도 몰랐었다. 병원에 갔더니 의사가 오십 견이라고 해서 그런 줄로만 알았다. 그래서 그 치료만 3일을 받았다.

4일째 되는 날에 오른팔 전체에 두드러기처럼 붉은 발진이 생기고, 일부분은 물집이 잡혔다. 나는 그것도 찜질을 뜨겁게 해서 생긴 것인 줄 알았다. 그래도 걱정이 되어 피부과에 갔더니 대상포진이라고 하는 것이 아닌가! 대상포진은 면역력이 약해졌을 때 나타나는 병이라는데 나이가 드니 이런 것도 찾아오는구나 싶어 서글퍼졌다. 보통 때 건강하다고 생각했던 것이 얼마나 오판이었는지.

내가 극심한 고통에 시달리며 잠도 제대로 자지 못하는 동안 곁에 있는 남편이 얼마나 걱정하던지 고맙게 느껴졌다. 평소 부엌일을 하지도 않던 사람이 열심히 도와주었다. 서울에 있는 애들에게는 걱정할까 봐 알리지도 않았다. 다행히 처방전에 따라 주사도 맞고 약을 먹었더니 고통이 덜해서 아픈 몸을 가지고 미국 여행을 떠났다.

여행을 함께 한 부부 중에 삼십 년 넘게 대학병원에 근무하고 있는 선배가 있는데 팔 전체에 난 붉은 반점을 보고는 '이렇게 대상포진을 심하게 앓는 사람은 처음 본다.'라며 놀랐다. 나는 무엇보다도 8일간의 여행 일정을 잘 소화할는지가 걱정되었다. 불행 중 다행이라고 하던가. 다행히 병세가 더 심해지지는 않아서 그런대로 여행을 무사히 마쳤다.

이번에 크게 아프면서 마지막까지 내 곁에 남을 사람은 배우자 뿐이라는 생각을 많이 했다. 그러나 부부도 운명이 똑같을 수는 없는 것이 인생이다. 자식들은 든든한 면은 있겠지만, 긴 병에 효자 없다고 자꾸 아프면 귀찮아 할 것이 뻔하다.

어느 젊은 며느리의 말이다. 시어머니가 혼자 사시는데 아프다고 아들한테만 전화하신다며 짜증이 난다고 말한다. 내 생각에는 며느리가 어려워서 핏줄인 아들한테 하는 것일 텐데 그마저도 이해를 못 하는구나 싶었다.

사십 대에 혼자되어 육십이 넘을 때까지 씩씩하게 산 한 여성분이 '사는 것이 너무 외롭다'라고 말하며 부부처럼 의지할 남자친구가 있으면 좋겠다고 솔직한 심정을 털어놓는다. 특히 몸이 여기저기 아프기 시작하니까 아픔을 서로 보듬어줄 사람이 있었으면 하는 바람이 많다고 한다. '딸이 가까이 있는데도 그런 생각이 드느냐?'고 하니까 딸은 딸일 뿐이란다. 능력이 있는 남자는 어린 여자들만 바라고, 능력 없는 남자만 남아 있는데 서로의 능력도 비슷하고, 나머지 인생을 같이 갈 사람이면 좋겠다고 말한다. 그녀의 말에 동감하면서 주변에 좋은 사람이 있으면 소개해주고 싶지만, 그마저도 여간 어려운 것이 아니다.

사람의 나이가 70대 중반을 넘어가면 왕년에 무엇을 했든지 간에 그저 노인일 뿐인 것 같다. 그리고 얼마 안 가 生老病死의 인생길은 누구에게나 닥쳐온다. 우리의 삶에서 80대 중반까지는 그래도 친구가 좀 있지만 90대가 넘어가면 찾아오는 친구도 없다. 앞으로 인생 백세라는데 그것이 얼마나 행복할지는 잘 모르겠다. 백살까지 건강하게 사는 사람은 아마 0.1%도 되지 않는 것 같다.

친정아버지도 올해 98세인데 가엾기 짝이 없다. 찾아오는 친구도 없고, 걷지도 못하신다. 일어나서 마음대로 움직일 수도 없는 것이 아버지의 남은 인생이다. 같은 방에 4명의 노인이 있지만, 방은 고요만이 흐른다. 종일 침대에 누워 서로 말 한마디가 없다. 이 방의 고요를 깨는 사람은 요양보호사와 가끔 찾아오는 자녀들뿐이다.

아버지 옆에 있는 할아버지는 80세인데 70세인 부인도 다른 층에 입원해 있다. 70세는 요즘은 한창나이인데 몸이 불편해서 요양원에 부부가 있으니 기막힌 일이다. 그분들에게는 다행히 효녀 딸이 있어서 거의 매일 두 분을 만나러 오니 그나마 불행 중 다행이다.

친정아버지도 별반 다를 게 없다. 친정어머니는 세상을 뜬 지 십년이 넘었다. 아버지는 찾아가면 반가워하고, 헤어질 때면 고맙다고 말씀하신다. 나는 그 말씀에 가슴이 저려온다. 아버지를 뵙고 오는 날은 한동안 마음이 아프다.

함석헌 선생의 시처럼, 마지막 이 세상을 떠나려 할 때 저 하나 있으니! 하고 빙그레 웃으며 눈감을 그 사람이 한 명쯤 있다면 얼마나 좋을까!

오늘도 저녁 무렵 아버지를 뵙고 오면서 요양원 옆으로 흐르는 금강을 혼자서 한참 바라보다가 해탈시解脫詩의 한 부분을 가만히 읊어보았다.

生也一片浮雲氣   삶은 한 조각 구름이 일어남이요
死也一片浮雲滅   죽음은 한 조각 구름이 스러짐이라
浮雲自體本無實   구름은 본래 실체가 없으니
生死去來亦如然   살고 죽고 오고 감이 모두 그와 같도다

어머니의 마지막 소원

아직은 따사롭게 느껴지는 햇살과 아름다운 단풍이 조화를 이루고 있는 지난 토요일. 친정어머니를 모시고 언니와 함께 공주 근처에 있는 성곡사를 가기로 했다.

성곡사는 자그마치 삼십삼만삼천삼백삼십삼이나 되는 불상이 모셔져 있어 불상이 많기로 전국적으로 이름난 절이다.

공주에 이십 년 가까이 살면서도 올여름에서야 성곡사를 처음으로 가보았다. 성곡사를 갔을 때 첫 느낌은 아직 완벽하게 이루어진 절이 아니어서 그런지 불상이 매우 많은 절이라는 것 외에는 별로 감동이 없었다.

이번에 내가 어머니를 모시고 간 이유는 연세가 많으셔서 지팡이에 의지해야만 겨우 걸으실 수 있어 일부러 모시고 가지 않으면 가을 단풍을 보기 어렵기 때문이다. 언니가 부처님을 좋아하는 어머니를 위해 엄청난 불상을 구경시켜 드릴 겸 부처님께 소원을 빌 기회를 드리고 싶다고 해서 성곡사로 결정했다.

"애야, 벌써 서리가 다 왔구나."

시골에서 오랫동안 사신 어머니는 차창 밖으로 보이는 김장 채

소밭이며 고추밭을 보시고는 서리가 온 걸 그제야 아신 것 같다. 우린 나들이를 나선 길이라 천천히 갔는데 저수지에 핀 억새꽃과 길 숲의 단풍이 아름답기 그지없어 낭만을 느끼기에도 충분했다.

우리가 간 날은 마침 성곡사에는 사람들도 별로 없고, 한적한 느낌이 들어 기분이 좋았다. 어머니는 엄청나게 많은 불상 숫자에 놀라셨다. 그중 가장 큰 부처님 앞에서 지극정성으로 절을 하셨다.

"부처님, 우리 손자 손녀가 다 대학교에 합격하도록 해주십시오. 부처님! 우리 집이 다 무고하도록 해주십시오."

어머니의 기원을 겉으로 들어서는 흔한 기원쯤으로 들릴 수도 있다. 그러나 나는 안다. 뒤에 빈 어머니의 말씀 속에는 어머니의 맺히고 맺힌 아픔이 들어있다는 것을. 어머니의 그 기원은 바로 외아들에 대한 간절한 소망이다.

오빠는 보증을 서준 것이 잘못되어 지난 외환위기 때 집을 날리는 엄청난(?) 일을 겪었다. 그때부터 어머니의 큰 아픔은 시작되었고, 언니와 난 본격적으로 부모님을 돌봐 드려야 할 처지가 되었다.

그래도 다행스럽게 오빠는 절약에 절약을 거듭한 끝에 경제적으로 어느 정도 회복을 해서 그나마 다행이다.

언젠가 친한 친구가 '함께 봉사하고 살면 어떻겠느냐?'라고 물었다. 그것도 좋지만, 지금은 할 처지가 못 되어서 하지 못하겠노라고 말했다. 난 부모님 살아생전에 잘해드리는 것이 다른 사람에게 봉사하는 것 못지않게 중요하다고 생각한다.

가끔 주변에서 자신에게 주어진 의무는 소홀히 하고, 또 그것을 지겹게 생각하면서 다른 봉사에는 열심인 사람들을 본다. 물론 그런 사람들도 나름대로 잘하고 사는 삶이겠지만 내 지론은 먼저 자신에게 주어진 의무를 충실히 하는 일이다.

시부모님을 맏이도 아닌 막내가 모셨다고 집안 어른들에게 칭찬을 들을 때가 많이 있었다. 그런 말씀을 들을 때 난 정말 부끄러웠다. 시부모님이 막상 세상을 뜨신 뒤 남는 것은 못한 것만 생각나지, 잘해 드린 기억은 나지 않아서 좀 더 잘해드릴 걸 하는 후회를 지금도 한다.

이제 친정 부모님한테까지 잘못하면 더 후회될 것 같아 되도록 잘해드리려고 노력한다. 내가 친정엘 자주 가는 것에 대해 남편도 매우 호의적이다. 이제 남으신 분은 두 분뿐이니 돌아가시기 전까지 성의를 다해서 돌봐 드리라고 그가 말할 때 얼마나 고마운지.

어머니는 내가 이것저것 가지고 가면 딸자식이라도 미안하다고 늘 말씀하신다. 되도록 신세를 안지고 살고자 하는 어머니의 마음은 알지만, 신체적으로 불편하다 보니 어쩔 수 없으신가 보다.

오늘도 어머니는 괜찮다고 하면서 거절하셨는데 우리가 막 우겨서 겨우 가기로 한 것이다. 어머닌들 바깥 구경이 하고 싶지 않으실 리가 있겠는가!

어머니는 성곡사에서 중앙에 계신 부처님을 오래오래 바라보셨다. 미소를 머금고 있는 그분이 당신의 소원을 꼭 들어주실 것만 같았는지.

어머니를 부축하고 내려오는 길에 내 키의 5분의 4 정도로 줄어버린 모습에 나는 또 마음이 아프다. 젊었을 적 소문난 팔방미인이고, 작은 키가 아니었는데. 인생의 길은 누구도 막을 장사가 없음을 어머니의 모습을 보며 새삼 생각한다.

천천히 내려오는 우리 세 모녀의 등 뒤로 부처님의 인자한 미소는 가을 단풍과 함께 우리를 감싸고 있었다. 마치 어머니의 마지막 소원을 들어주실 것처럼.

아름다운 부부

내 주변에 있는 M은 참으로 사랑받는 아내다. 말하는 것에서부터 행동하는 것까지 가냘파서 언제나 남자의 보호 본능을 일깨운다. 실제로도 그렇다. 그녀의 남편은 언제나 아이처럼 보호해 주려고 한단다. 내가 볼 때는 기사도 정신을 발휘하는 멋진 남편을 둔그녀다.

난 그녀가 부러우면서도 그렇질 못하다. 내가 생각하기에도 나는 언제나 너무 씩씩하다. 남편의 보호 본능을 적당히 자극하면 좋으련만 행동이 앞서 나가서 남편이 도와줄 새가 없다. 40킬로그램짜리 쌀이 두어 포대 있어도 남편이 퇴근 전이면 어떻게든 끌어다가 뒤 베란다에 놓아야 후련하다. 생선 다듬는데도 펄펄 뛰는 메기나 붕어 등도 도마 위에 올려놓고 단칼에 내리친다. 남자들이 볼때는 매력이 없을 만큼 용감하다. 단독주택에 살 때 쥐가 나타나도 그가 없으면 방망이로 내가 잡았었다. 남편이 안 해주려고 하는 것도 아니련만 웬만한 일들은 말조차 하지 않고 혼자 해결한다. 그러니 무슨 매력이 있겠는가! 난 스스로 자립형 아내라고 말한다.

주변의 아내들을 보면 대체로 두 가지 유형이 있다. M과 같은

형 아니면 나 같은 유형이다. 사랑을 주고받는 것이 눈으로 보이게 살뜰한 보살핌을 받으면서 살아가는 아내가 있고, 나같이 그저 그 자리에 있으려니 하고 멋없게 살아가는 아내도 있다. 부부라는 존재가 살다 보면 제각각의 방식으로 맞춰서 살기 때문에 어느 한쪽이 사랑을 더 주고받는다고 꼭 단정할 수는 없지만, 전자의 유형을 보면 부럽기는 하다.

이렇게 씩씩한 내가 올여름엔 남편에게 '사랑하는 당신께', '그리운 당신에게', 로 시작되는 따끈따끈한 메일을 한 달 동안이나 하루가 멀다고 주고받았다. 서로가 마음속으로는 가장 소중하게 여기면서도 겉으로 표현을 잘 못 했던 우리 부부에게는 획기적인 발전(?)이다. 사람은 그 사람이 없어 봐야 비로소 알게 되듯이 내게 있어 그가 얼마나 큰 비중을 차지했었는지를 절절히 느낀 여름이었다. 연구 때문에 외국으로 떠나는 그에게 문제없다고 호언장담했었는데.

평소에 자립형 아내라고 생각했던 나였지만 허전함을 메우기는 힘들었다. 밤 열두 시가 넘어 새벽에 들어오더라도 누군가 들어오는 것과 아무도 오지 않는 것과는 천지 차이다. 애들이라도 있으면 좋으련만 혼자 있으니 집에는 정적만이 흐른다. 겨우 한 달인데도 이 모양이니 과부와 홀아비의 심정은 오죽할까?

몇 년 전 재혼한 동서와 통화 중에 혼자 살기는 참으로 힘들겠다고 했더니 '이제 내 심정 알겠지?' 한다. 동서는 남편과 사별한 지 칠 년 만에 역시 사별한 시숙님과 재혼했는데 모범적이라 할 만큼 행복하게 잘 사는 부부다.

부부는 나이를 먹어가면서 서로의 소중함을 더 느끼곤 하는데 좋을 때보다도 힘들 때 진심으로 상대방을 위해 노력하는 것이 진정한 모습이 아닐까 싶다. 매스컴에서나 주변에서도 그런 아름다운 모습들이 종종 눈에 띄곤 하는데 난 지난 봄날에 칠갑산에서 보았던 한 노부부의 모습이 지금도 눈에 선하다.

사진에 취미가 있는 남편을 따라 철쭉이 한창인 무렵에 칠갑산을 오른 적이 있었다. 우린 연인처럼 올라가면서 계속 사진을 찍고, 그 자리에서 확인해보고 하면서 느릿느릿 경치를 즐기며 올라가고 있었다.

얼마쯤 올라가니 60대 중반으로 보이는 한 부부의 모습이 눈에 띈다. 부인은 체격도 왜소하고 키도 작은 편이었는데 남편은 몸집도 거대하고 키도 무척 컸다. 그러나 남편은 걸음도 몸 반쪽도 부자유스러웠다. 한눈에 보기에도 중풍에 걸린 것 같았다. 그런 거구의 남편을 가냘픈 부인이 부축하면서 걸음 연습을 시키는 것 같았다. 매우 힘겨워 보였지만 그래도 그 모습은 참으로 아름다웠다.

우리가 그분들을 앞질러 올라갔다가 내려올 때 다시 만났다. 그 부부는 아직도 열심히 오르는 중이었다. 아마 중턱에 있는 전망대까지는 가려는 모양이다. 여전히 부축해주면서 아주 느리고 힘들게 가는 부부의 모습에 남편도 나도 뭉클한 그 무엇이 훑고 지나갔다.

진정한 부부란 바로 저런 모습이지 않을까?

그것은 누구의 잘못도 아니다

오십 대 후반인 아들은 미리 내려와서 차를 닦기 시작한다. 조금 지나서 팔십 초반인 그의 어머니가 옷을 제법 깨끗하게 차려입고, 아들이 차를 닦는 옆으로 가려고 하다가 차마 가까이 가지 못한다.

할머니는 조금 떨어진 화단에 앉아서 아들의 모습만 바라보고 있다. 바싹 마른 몸, 새우등처럼 굽은 등허리, 할머니의 서글픈 세월이 묻어난다.

아들은 출고된 지 얼마 되지 않아 윤이 나는 차를 정성으로 닦으며 누군가를 기다린다. 이윽고 남편이 차를 다 닦았을 즈음, 산뜻하게 차려입은 부인이 내려온다. 부인은 차 옆에 웅크리고 앉은 할머니를 발견한다. 할머니는 며느리에게 함께 가고 싶다는 말을 차마 하지 못한 채 며느리의 눈치만 살피고 있는 듯하다. 이윽고 며느리의 말이 시작된다.

"어머니, 날씨도 쌀쌀한데 왜 여기 나와 계세요. 어서 집으로 들어가세요. 산소에는 저하고 애비하고 갔다 올게요."

아마 산소에 벌초하러 가는 모양이었다. 할머니는 며느리의 말에 아무런 응대가 없다. 이윽고 차는 할머니를 남겨 둔 채 부웅 떠나고 만다. 할머니는 못내 아쉬운 듯 차가 사라진 곳을 멍한 시선으로 바라보며 움직일 줄을 모른다.

아까부터 베란다에서 그것을 바라보고 있던 이웃집 아낙은 혀를 끌끌 차며 며느리의 행동에 분노마저 느낀다.

'어쩌면 저럴 수가 있담.'

그 광경을 보았던 이웃집 아낙은 내가 그 집에 차를 마시러 간 날, 내게 그 이야기를 했다. 평소에 인정 많은 그 며느리가 왜 그리 시어머니에게는 매몰찬지 모르겠다며 할머니가 참으로 가엾게 느껴졌노라고 말하는 것이었다.

나는 그녀의 사정을 잘 알고 있다. 그래서 이웃집 아낙에게 시어머니와 며느리 모두가 가여운 사람들이라고 말했다. 일방적으로 볼 땐 분명 며느리의 행동에 잘못이 있다. 그러나 내가 판단할 때 며느리 역시 가여운 사람이다.

결혼해서부터 지금까지 시어머니를 모셔 온 그녀. 어느 날 그녀가 자기의 삶을 내게 하소연했다. 결혼해서 어디 하나 마음 둘 곳 없었노라고. 걸핏하면 잘못했다고 야단맞기 일쑤이고, 모든 것이 눈치가 보이는 생활. 스물네 시간 한 공간에서 함께 호흡하며 생활해야 한다는 것, 그것은 사람을 숨이 막히게 했다.

그렇게 잘못 물려서 돌아가기 시작한 톱니바퀴는 계속 어긋나기만 했다. 때로는 풀어보려고 노력해 보았지만, 그럴수록 골은 깊어만 갔다. 그러면서도 어쩔 수 없는 생활, 그렇게 수십 년의 세월이 흘러갔다.

이제는 같이 늙어가는 처지, 그러나 할머니는 변할 줄을 모른다. 아직도 쟁쟁하다. 손주며느리나 다른 사람에게는 그렇게 잘해 주면서도 자신에게는 한 치의 이해라곤 없다. 다른 형제들은 행여 자기 집에 오신다고 할까 봐 전전긍긍이다. 정해진 시간이라도 있다면 얼마나 좋을까?

며느리는 이 지겨운 생활에서 벗어나는 길은 시어머니가 돌아가시는 길밖에는 없다고 생각하다가도 그것은 벼락 맞을 소리라고 자신의 못된 심성을 스스로 질책해보기도 한다. 보육원이나 양로원에서 불쌍한 사람들을 돌보고 있는 착한 사람들도 생각해 본다. 그래 그것보다야 내 처지가 나을 것 아닌가. 그러나 상상만으로도 마음이 개운해지지 않는다. 이십 대, 삼십 대가 그냥 훌쩍 지나가 버리고 어느 사이 몸도 마음도 늙어버린 그녀. 그냥 흘러버린 세월에 혼자 있을 때는 속절없이 눈물이 주르르 흐른다. 유행가 가사는 어쩌면 그렇게 그녀의 마음을 잘 표현해 놓았는지 그것을 들을 때도 눈물이 주책없이 나온다고 했다.

내가 생각하기에 그녀는 결코 마음이 독하거나 나쁜 여자는 아니다. 다만 천사가 되지 못한 것이다. 아침에 눈을 뜨면서부터 함께하는 생활. 이제 며느리는 잠시라도 시어머니의 시야에서 벗어나고 싶다. 오랜만에 남편과 함께해보는 외출. 그 작은 자유와 시간조차도 시어머니와 함께하고 싶지 않았을 것이다.

이것은 결코 못된 며느리의 행동이 아니다. 특히 오랜 세월 시부모님과 함께 살아온 며느리들 대부분의 심정일 것이다. 주위의 객관적인 시선은 며느리들에게 효를 주로 강요하지 그녀들의 생각은 받아들여지기가 힘들었다. 자신의 심정을 토로할라치면 그것은 곧바로 못된 며느리로 찍히는 것이다. 끙끙 안으로만 삭이는 그녀들에게 돌아오는 것이라곤 신경성 위염과 장염, 그런 병들이었다.

나는 이러한 문제가 무엇보다도 같은 공간에서 스물네 시간 공존하는 데서 오는 것이라고 생각한다. 가까이에 산다고 해도 한 공간에서 서로 함께 있지 않다면 서로에게 잘해 주고 싶은 마음이 생기지 않을까?

이런 글을 쓰는 나를 어느 사람은 비판할지도 모른다. 요즈음에도 부모에게 효도하고, 오순도순 사는 사람이 얼마나 많은데 성급히 그런 결론을 내려서 효 자체를 오도하려는가 하고. 물론 그런 사람에게는 해당되지 않는 말이다. 그러나 그런 사람보다는 내면 깊숙이 들어갔을 때 위에 쓴 이웃 며느리의 마음과 같은 사람들이 더 많다는 점이다.

나는 이제 '孝' 자체가 달라져야 한다고 생각한다. 무조건 집안에서 함께 생활하며 모시는 것이 능사는 아니다. 어느 한 자식에게 전적으로 부담을 지우는 것도 있어서는 안 된다. 장남이라서, 아니면 이왕 모셨으니까. 그것도 모시지 않은 사람들의 지극히 이기적인 말이다.

부모님도 마찬가지다. 요즈음은 인식이 많이 달라져서 되도록 의지를 하지 않으려고 한다. 하지만 어쩔 수 없이 의지하게 될 때는 한 자식에게 일방적인 책임을 지우지 말기를 권하고 싶다. 모든 자식에게 똑같이 책임을 나누어지도록 해야만 한다.

자식들도 마찬가지다. 자신만 피해 가려고 하는 그런 자식은 이미 부모의 재산을 나눠 가질 권리도 없을뿐더러 좀 더 심하게 표현한다면 이미 자식의 자격도 없다. 자기 자식에게는 지극정성을 다하고, 부모는 모른 척하는 못된 아들과 며느리들이 얼마나 많은가.

젊음은 결코 다시 오지 않는다. 누구나 흐르는 세월을 역행할 수는 없다. 生老病死. 누구나 피해 갈 수 없는 인생의 길.

나는 맨 처음에 이야기한 그 며느리를 비판할 수 없다. 또한 할머니도 마찬가지다. 며느리도 할머니도 모두가 불쌍한 사람들이다.

나는 그 며느리를 비판한 이웃집 아낙에게도 그렇게 말해주었다. 그녀도 내 말에 고개를 끄덕였다.

산다는 것, 그리고 아픔

어느 날 부부 모임을 마치고 오는 차 안에서 함께 있던 한 부인이 내게 말한다.

"사모님은 참 좋으실 것 같아요. 언제나 생각이 낙천적이고 명랑해서요. 난 그렇지 못해서 정말 부러워요."

"제가 정말 그렇게 보여요? 그렇다면 다행이네요. 전 다른 사람에게 명랑한 모습으로 비치는 것이 좋아요. 상대방이 우울하면 그냥 좀 그렇잖아요. 그래서 다른 사람에게는 활기찬 사람으로 보이고 싶어요. 그런데 사실은 전 그다지 낙천적인 성격은 아니랍니다. 혹시 신경림 시인의 시「갈대」를 아시나요? 그 시가 제 마음을 표현한 것 같아 가끔 생각나는걸요."

"그 시는 들어본 것 같은데 내용이 지금 기억나지는 않네요. 전 볼 때마다 명랑하신 것 같아서 아주 낙천적인 줄 알았어요."

"가끔 우울해지면 좋은 생각만 하려고 노력해요. 그리고 마지막에는 행복의 최종 기준을 건강에 맞추지요. 그러면 기분이 조금 나아져요."

"맞아요. 그렇게 살아가는 것이 좋겠지요."

난 그날 타인의 눈에 명랑하고 활기찬 사람으로 보인다는 것이 다행이라고 생각했다. 그분이 아니더라도 사람들은 내가 별로 부러운 것이 없겠다고 하는 말을 가끔 한다. 그냥 지나치는 인사겠지만 그래도 가엾은 사람으로 보이지 않으니 이 또한 다행이다. 그리고 그렇게 말해주는 사람이 고맙다. 그러나 실상 가슴속에는 인생에서 내가 꿈꾸었던 것을 늘 채우지 못한 아쉬움으로 가끔 마음 아파하며 사는 보통 중년 여자 중의 한 명이다.

내 주변에는 사회적인 지위나 경제적으로 어느 정도 성공한 삶을 살아가는 분들이 많이 있다. 어쩌면 내가 느끼는 아픔 중의 하나가 내 욕심과 타인과의 비교의식에서 비롯되고 있는 것인지도 모른다. 때론 이런 생각이 들어 마음이 아파질 때마다 나에게 스스로 최면을 건다.

'너 무슨 생각을 하는 거야? 어차피 인생은 짧은데 자신이 즐거우면 되잖아? 건강하고 착한 남편이 있고, 바르게 자라주는 애들이 있는데 또 욕심을 부리고 있네. 그러다 벌 받으면 어쩌려고 그러누.'

이렇게 생각하고 나면 난 또다시 명랑한 중년 여자가 되어 언제나 활기차게 살아가는 사람이 된다.

얼마 전에는 여성들 몇이 모여 저녁을 같이 먹었다. 그곳에 모인 사람들 모두 남들이 보면 부러울 것이 없는 가정을 가진 여인들이

다. 대화는 즐거운 이야기부터 시작되었는데 나중에는 마음속 이
야기까지 나누게 되었다. 그런데 속내를 나누어보니 대부분이 속
상한 마음에 우울하다고 했다. 어떤 이는 건강 때문에 혹은 남편의
독선 때문에. 어떤 이는 자식들 때문에 내용은 다르지만, 모두가
크고 작은 것들에 대한 아픔을 겪고 있었다.

　나이가 들면 들수록 사람들은 세월의 흐름을 점점 더 인식한다.
벽에 걸린 달력을 한 장 한 장 뜯어낼 때마다 '아니 벌써 올해도 이
렇게 흘러가 버렸네.' 하고 스스로 인생을 생각할 때가 많다.

　일 년을 시속으로 비유하면 나이 숫자만큼의 속도로 빠르게 흘
러간다고 하지 않던가! 이것은 우리가 이 세상에 좀 더 오래 살고
싶다는 욕망이 많다는 것을 의미한다.

　넓은 의미에서 생각하면 인생은 참 짧다. 기껏해야 백 년도 살기
힘든데 사람들은 그 속에서 온갖 일을 겪으며 살아간다.

　그리고 제 생각대로 되지 않으면 또 우울해지고. 너무나 힘들어
타인에게 속내를 말한다 해도 정말 마음속 깊은 내용이나 아픔은
누구에게도 말하지 않는다. 그것이 그 사람의 마지막 자존심일 수
도 있고, 소문이 나서는 안 되는 것일 수도 있다. 너무 마음이 아프
면 그저 혼자 꺼이꺼이 울거나 주르르 눈물을 흘리는 것으로 대부
분 자신의 아픔을 삭이고 있다.

　신경림 시인은 시 「갈대」를 통해 '산다는 것은 조용히 울고 있는

것'이라고 표현했다. 내가 이 시를 처음 접했을 때 '아!'하는 느낌을 받았었다. 그리고 순간에 그 시는 내 가슴에 들어와 앉았다. 지금도 가끔 울적할 때 그 시가 생각난다.

그날 내게 낙천적인 것 같다고 말한 그분도 인생에서 더 이상 큰 아픔을 겪을 수 없을 만큼의 고통스러운 일을 겪었다. 그래도 다행히 겉으로나마 슬픔을 딛고 일어선 모습을 생각하면 언제나 마음이 아프다.

난 환경이 좋든 안 좋든 그들 나름대로 모두에게 아픔이 있다고 생각한다. 어떤 사람은 이것을 약물에 의존해 치료하려고도 한다. 그러나 난 근본적인 치료는 결국 본인의 의지에 달려 있다고 생각하는 쪽이다.

사람의 인생에서 우리는 무대 위의 단역 배우라는 생각이 든다. 그 속에서 관리, 부자, 아니면 서민 등 모두가 웃고 우는 자신의 역할을 하다가 한 막이 끝나면 사라져 버리는 삶들. 어떻게 보면 그리 서글플 것도 없는 것이 우리네 인생이다.

비가 오고 난 뒤 파란 하늘을 보며 느끼는 청명함처럼 내가 지금 바라보고 있는 하늘이 어제 죽어간 이가 그토록 보고 싶어 하던 하늘이라는 것을 늘 인식하고 살아갈 때, 사람들의 우울한 마음도 조금은 줄어들지 않을까?

5부
정으로 사는 공주

정으로 사는 공주

지난 10월, 백제 문화제가 열리기 전날의 오후였다. 나태주 시인이 전화를 하셨다. 지금 나를 만나러 공산성으로 오시겠다는 것이다. 난 그 시간에 너무 바빠서 나 시인님을 기다릴 수가 없었다. 역사 해설을 듣고자 하는 사람들이 기다리고 있었기 때문이다. 나는 어쩔 수 없이 백여 명이 넘는 사람들을 안내하며 공산성을 올라갔다.

내가 공산성에서 1시간 해설을 마치고 내려와 보니 나 시인은 이미 다녀가셨고, 대신 동료가 시인이 놓고 가신 책이라며 건네주었다.

제목은 『공주 – 멀리서도 보이는 풍경』이었다. 이 책을 주기 위해 시인은 자전거를 타고 내게로 오신 것이다. 그분의 따스한 정에 가슴이 뭉클해졌다. 난 서둘러 책을 읽어 내려가기 시작했다.

이 책은 시인의 역사 수필집이다. 공주시 전역을 발품 팔아가며 눈으로 본 것들을 시인이 아니면 쓸 수 없는 혜안으로 써 내려갔다.

첫 장은 공주라는 곳과 공주사람들에 대한 정의를 내리고 있다.

공주는 자연이라 하더라도 쓸쓸히 홀로 있는 자연이 아니라 서로 어울리고 짝지어 의초로운 자연이요, 자연과 산천을 이야기하면서도 인생과 철학에 바탕을 두고 사는 사람들이 바로 공주사람들이다.

또한 시인은 계룡산을 '아버지 같은 산'이라고 표현하고 있다. 계룡산에 있는 전통 종교들이 한데 모여 정답게 어울리는 산. 자애롭고 품이 넓은 산이라고 정의한다. 우리나라 산 중에서 계룡산만큼 굿 당이 많은 곳이 또 있을까? 법의 잣대로 보면 제거되어야 할 불법시설이지만 시인의 눈은 정답게 어울리고 있다고 표현한다.

나 시인은 공산성을 돌아보며 과거로의 시간 여행을 떠난다. 공산성을 두 시간에 걸쳐 도보로 다니면서 유적과 함께 이름 없는 풀꽃에도 눈길을 주고 있다. 공산성에 남아 있는 백제의 유적에서부터 조선시대의 유적에 이르기까지 시인은 어느 것 하나 소중하지 않은 게 없는 것이다.

시인은 공산성이야말로 공주사람에겐 추억의 장소요, 현재 진행형으로 살아 움직이는 가장 정다운 장소라고 말한다. 나는 이 책을 읽으며 그동안 역사 해설을 해 온 사람으로서 많은 것을 느꼈다.

내가 공주로 이사 온 지도 벌써 25년이 넘었다. 아무도 알지 못

하는 이곳 공주에 처음 왔을 때 나는 별로 정을 느끼지 못했었다. 아는 사람이 없으니 대화를 나눌 수도 없었다. 옆집에 사는 민이 엄마만이 나의 유일한 말벗이었다.

그 후 얼마간의 세월이 흘러 딸아이가 네 살이 되었을 때 공주 도서관을 알았다. 그리고 어머니 독서회에 가입해서 사람들과 어울리게 되면서부터 공주라는 도시에 정을 붙이기 시작했다. 빨리 떠나고 싶었던 공주가 점점 정이 가는 도시로 변모해 갔다. 이제 공주는 아는 사람 하나도 없던 곳이 아니라 지금 내게는 소중한 도시로 변모해 있다. 좋은 사람들도 많이 알게 되었는데 그중의 한 분이 나태주 시인이다.

작년 봄에 나 시인은 거의 사경을 헤맸었다. 병원에서 장례 준비를 하라고 했다고 해서 너무 놀라 몇몇 문학인들과 밤중에 병원을 찾아갔다. 나 시인 부인께서는 우리를 보더니 '나 저 사람 이대로 보낼 수 없다.'라며 눈물을 철철 흘렸다. 우리도 너나 할 것 없이 모두 울었다. 그동안 쌓인 정들이 너무나 많아서이다. 친척 어른이 돌아가셨을 때도 아주 가까운 분이 아니면 별로 눈물을 흘리지 않았는데 어찌 된 일인지 저절로 눈물이 줄줄 나왔다. 알게 모르게 정말 많은 정이 쌓여 있었구나! 하는 것을 그때 느꼈다. 그 후 놀랍게도 기적이 찾아와 나 시인은 회복되었고, 지금은 건강하게 잘 다니셔서 이런 소중한 책을 낸 것이다.

나 시인도 정으로 사는 분이다. 시인이 죽음에서 벗어난 뒤 우연히 거리에서 만났을 때 내가 사드렸던 **빵**에 대한 고마움을 지금도 잊지 못하고 있다. 나도 가끔 주위 사람들이 고구마나 밤 등을 줄 때 감동하곤 한다.

정은 거창한 것이 아닌 것 같다. 따뜻한 말 한마디로도 그 사람은 오래오래 훈훈한 마음을 가지고 살 수도 있다고 본다. 우리가 무심코 하는 한 마디가 상대에게 상처가 될 수도 있는데 할 수만 있다면 다른 이에게 위로를 많이 주는 사람으로 살고 싶다.

세상이 각박해질수록 정이 그리운 사람들이 많다. 시인은 그가 가장 좋아하는 금강에 대한 자신의 마음을 다음과 같이 표현하고 있다.

'금강은 지극히 개인적이고, 정서적이고, 생활적인 강이다. 오래 사귀어 온 애인이거나 정다운 이웃이거나 친구와 같은 강이다. 살가운 누이와 같은 강이다. 이름 부르면 금방이라도 대답해 줄 것만 같은 금강이다. 이름 부르면 금방이라도 고개 끄덕여 대답해 줄 것만 같은 금강이고, 손을 뻗으면 잡힐 것만 같은 금강이다.'

이 구절을 읽으며 매일 바라보는 금강이 새롭게 느껴졌다. 말없이 조용히 흐르기만 하는 금강. 공주는 어떻게 보면 조금 답답하기도 한 곳이다. 시원스레 뻗을 곳이 없는 산으로 둘러싸인 분지라서 더 답답함을 느낄 때가 있다. 많은 사람이 공주를 떠난다. 내 주변 친구의 아이들도, 내 아이들도 모두 떠나갔다. 젊은이들이 많이 떠나가고 나니 공주는 더욱 쓸쓸하다.

어느덧 내 나이도 오십 대. 이 나이에 다른 지역에 가서 또다시 좋은 사람들을 만나기는 정말 어려운 나이다. 이곳 공주에는 내가 좋아하는 사람들이 많고, 또 나를 좋아하는 분들도 있다. 서로 정으로 얽힌 공주이기에 나는 공주를 떠나기가 쉽지 않을 것 같다.

나 시인은 공주에 앞으로도 오래오래 살고 싶어 하신다. 나도 그분이 오래 사셨으면 좋겠다. 외지인들이 보기에는 답답해 보일지 몰라도 공주사람들은 외롭지 않다.

사람과 사람 사이에 금강 물처럼 조용한 정이 흐르고 있으니.

마곡사와 백범 김구

 나는 공주의 마곡사와 태화산 산책하는 것을 좋아한다. 푸른 산과 어우러진 산사와 적송이 빼곡하게 들어찬 산책로, 흐르는 계곡물은 번뇌에 가득 찬 내 마음을 편안하게 해준다. 그러나 일상이 바쁘다 보니 자주 가지는 못하는데 가끔 관광 해설 요청이 들어오면 즐거운 마음으로 안내한다.

 지난여름 어느 날, 꽤 높은 수준으로 마곡사 해설을 해야 할 일이 생겼다. 보통은 안내문보다 조금 자세한 정도의 수준으로 하는데 이날은 신경이 많이 쓰였다. 그래서 절에 관한 심도 있는 내용을 꼼꼼히 메모했다. 간혹 들어올지 모르는 돌발 질문에 대처하기 위해서이다.

 그동안 해설을 한 경험으로 보면 일반인들은 많이 설명하는 것을 원치 않는다. 내용을 즐겁게 표현해서 해설하면 만족한다. 그러나 각계각층의 권위자(?)들이 모이는 단체는 가끔 까다로운 질문이 들어오는 경우가 있다. 이런 때는 오랜 경험의 노하우가 필요하다. 나는『백범일지』도 전체를 다시 읽어보았다.

 『백범일지』에는 마곡사로 오기 직전의 일들이 재미있게 쓰여 있다. 많은 사람이 알고 있듯이 백범 선생은 21세 때인 1896년에 황해도 안악 치하포 나루에 있는 주막집에서 한 집에 투숙한 일본인을 죽인다. 그 사람의 복장이 수상했던 것이다.

이 사람이 속에 일본 옷을 입고, 칼을 찼는데 겉에는 한복을 입은 것을 보고, 처음에는 명성황후 시해 사건 주모자인 미우라가 아닐까 생각했다. 백범은 설사 그가 아니라 하더라도 일본에 대한 미움이 가득 차 있을 때였다. 선생은 일본인을 죽이기로 결심하고 기회를 틈타 공격해서 잔인하게 살해한다. 같이 있던 사람들이 무서워서 벌벌 떨었다고 하는데 일지에는 살해하는 과정이 아주 적나라하게 쓰여 있다.

선생은 나중에 왜인의 신분증을 보니 '쓰치다 중위'라고 쓰여 있는 것을 보았다고 일지에는 기록하고 있다. 그러나 일본 외무성에는 '대마도에 거주하는 상인'이라고 기록되어 있다고 한다.

어느 것이 맞는 것인지 진위는 모르겠지만 이 일로 인해 선생은 감옥에 갇히게 되고, 사형선고까지 받는다. 그러나 사형집행일에 궁궐에 있는 한 승지의 지혜로 고종이 사형 집행을 보류하는 기적 같은 일이 일어나 선생은 죽음을 면하게 된다.

이후 선생은 23세 때인 1898년 3월에 과감하게 탈옥해서 전국을 떠돌게 된다. 그러다가 그해 늦가을에 갑사에 오게 되는데 절에서 이 서방이라는 한 사람을 만나게 된다. 이 서방은 신분을 숨기고 있는 선생에게 마곡사에 가자고 한다. 『백범일지』에는 스님이 되는 과정과 은사인 하은당에게 구박을 당하는 이야기, 6개월 후인 이듬해 봄에 절을 떠나는 과정까지 상세하게 쓰여 있다.

이후 세월이 흘러 광복 이듬해인 1946년 4월에 이시영 박사와 함께 공주에 들른 후 마곡사에 와서 '영원히 잊지 않는다.'라는 뜻으로 무궁화와 향나무 한그루를 심고 떠난다.

나는 마곡사로 오기 전에 버스에서 이곳에 쓴 이야기보다 훨씬 더 많은 내용을 이분들에게 설명했다. 내 감정을 넣지 않은 『백범일지』의 내용 그대로 전달한 것이다. 마곡사 해설이 모두 끝나고 여성 한 분이 내게 다가와 물었다.

"『백범일지』를 누가 쓴지 아시나요?"

"제가 알기로는 춘원 이광수 선생이 도와주신 거로 알고 있어요."

"도와준 것이 아니라 거의 춘원 선생이 쓰셨다고 그분 따님이 이야기하는 것을 들었어요. 백범 선생이 무엇인가를 들고 아버지를 많이 만나러 오셨다고요. 그리고 얼마 후에 『백범일지』가 나왔다고요."

그녀는 백범 선생이 김일성을 만난 일과 이승만 대통령과의 정치적인 견해차에서 오는 갈등, 중국 상해에서의 생활상에 대해 꽤 비판적인 시각으로 설명을 계속했다. 아마 백범 선생에 대한 부정적인 견해를 많이 갖고 있는듯했다.

나는 그녀의 이야기를 다 듣고 나서 이렇게 말했다.

"저는 그 책의 내용에 어떤 문제가 있는지는 모르지만, 제가 해설할 때는 책 내용 그대로 가감 없이 설명하고 있습니다. 그리고 마곡사와 관련된 이야기만 하지 광복 후 정치적인 내용 같은 것에 대해서 전혀 설명하지 않습니다. 그 면에서는 후세에 정확한 판단이 내려지겠지요."

우리의 대화는 이렇게 끝났다. 백범 선생에 대한 평가와『백범일지』에 대한 진실성과 미화된 부분이 얼마나 있는지는 잘 모르겠다. 정치적인 면에서는 어느 시대나 늘 상대편과는 투쟁의 대상이 아니던가.

나는 적어도 그분이 일제강점기에 평범한 사람들이 결코 행할 수 없는 일들을 해낸 것에 대해 존경한다. 고문을 당하고, 죽을 고비를 넘기는 일들을 셀 수 없이 당한 것 하나만으로도 백범 선생이 위대하다고 생각하는 사람이다. 물론 선생도 인간이기에 실수도 있었을 것이다. 그러나 그 면만을 부각하고 싶지는 않다.

우린 살면서 내가 가지고 있는 시각으로 세상을 바라보는 경우가 참으로 많다. 이것을 나쁘다고 할 수는 없다. 서로 보는 시각이 다를 뿐이다.

그날은 이 문제로 더 이상 논쟁하지는 않았다. 나 스스로 먼저 그분의 말을 이해해주기로 했다. 백범 선생의 문제는 사가史家들이 판단할 일이다.

백제문화제를 보며 유적을 답사하는 1박 2일 투어에 참석한 사람들은 공주와 마곡사가 너무 좋다며 나중에 지인들과 다시 오고 싶다고 하며 떠났다.

이제 가을이 깊어지면 아름다운 단풍과 어우러진 고즈넉한 사찰의 모습이 일상에 지친 사람들의 마음을 더욱 편안하게 해줄 것이다.

갑사 이야기

코로나19로 사람들의 활동이 뜸해진 요즘, 오랜만에 계룡산 갑사를 찾았다. 갑사로 들어가는 길은 코로나 영향 때문인지 우리를 포함해 몇 명의 등산객 외에는 거의 없었다. 사람들의 마음은 코로나 때문에 꽁꽁 언 겨울인데 산천초목들은 반갑게 맞이해주고 있었다. 갑사 입구의 울창한 오리 숲길을 걸으며 어둡던 마음이 조금은 나아지는 것 같았다.

오늘은 고즈넉한 산사를 거니는 일보다는 문화유산 보존 관리와 상태를 조사하려는 목적이 있다. 문화유산을 오래 보존하기 위해 선조들의 건축 공법과 지혜를 찾아보는 일이다. 불교 문화유산 분야의 전문가와 함께하는 시간이라서 그런지 매우 유익했다. 이 중에 가장 특이한 것은 갑사 당간의 기단부에서 은장을 발견한 일이다. '은장'이란 세월이 지나 변형이 와도 건축물이 무너지지 않게 받쳐주는 역할을 하는 기술의 하나이다. 아주 오랜 옛날에 이런 장치를 해 놓았다니 그저 놀랍기만 하였다. 그동안은 역사에만 신경 썼지, 이런 부분을 세심하게 본 적이 없는데 아는 만큼 보인다고 설명을 들으며 자세히 보니 감탄이 절로 나왔다. 조상님들의 현명

함 덕분에 통일신라시대에 만든 철 당간이 그대로 유지되는 것에 감사했다.

당간 가까이에는 아름다운 고려시대 승탑도 있는데 보물인 이 탑이 비바람에 닳아가는 모습이 안타깝다. 나는 갑사 경내에서 당간과 승탑이 있는 이곳을 매우 좋아한다. 호젓하고 경치도 아름다워 사색하기에는 참 좋은 장소다. 오랜만에 듣는 물소리와 새소리도 함께 어우러져 마음에 위안을 주고 있다.

갑사는 어느 곳을 거닐어도 좋다. 대웅전의 부처님을 바라보는 것도 좋고, 계곡에 모셔져 있는 약사여래 부처님도 내 소원을 들어줄 것만 같아 좋다.

갑사가 대중들에게 많이 알려진 이유 중의 하나는 이상보 님의 수필 「갑사 가는 길」도 일조를 했다고 본다. 교과서에 실리기도 했고, 명수필로 평가받는 글인데 남매탑 이야기가 주를 이루는 비교적 짧은 수필이다. 언제부턴가 이 글이 유명해져서 60대 이후의 사람들은 이 수필 제목을 모르는 사람이 별로 없을 정도다.

나는 지난가을에 모 잡지사의 홍보 모델이 되어 갑사에서 템플스테이를 직접 경험하면서 절의 진가를 다시 보게 되었다. 당시에는 촬영이 목적이었지만 그날의 하룻밤은 내게 잊지 못할 추억이 되었다.

고즈넉한 산사에서 밤에 별을 보는 것도 매우 아름다웠고, 종을 직접 타종해보는 의식이 있었는데 밤에 듣는 종소리는 마음속 번뇌를 잊게 할 정도로 깊은 울림을 주었다. 또 새벽에 일어나 용문폭포까지 걷는 길도 바쁘게만 살아왔던 나를 다시 돌아보게 하는 시간이 되었다. 특히 두 사람이 한 조가 되어 한 명은 안대를 하고 산길을 오르는 코스가 있었는데 서로의 도움이 얼마나 중요한 것인지를 깨닫게 해주는 체험이었다. 눈이 안 보인다는 것처럼 슬픈 일이 또 어디 있을까!

아침 공양 후 오전에는 수십 년을 갑사와 마곡사에서 지냈다는 스님과 차 한 잔을 마시며 갑사와 불교에 관한 대화를 나누었는데 그동안 알지 못했던 숨겨진 이야기들을 많이 알게 되었다.

갑사는 백제 시대에 지은 사찰로도 유명하지만, 임진왜란 때의 명장 영규 대사 이야기로도 유명한 절이다. 그런데 이분 외에도 두 명의 애국자 이야기를 빼놓을 수 없다. 먼저 애국자로서 김구 선생을 들 수 있다. 『백범일지』에 보면 김구 선생은 스물세 살 때인 1898년 가을에 갑사에 찾아온다. 이때 이분은 탈옥수 신세였다. 선생은 이곳에서 이 서방이라는 사람을 만나 그의 권유로 둘이 하루를 걸어 마곡사에 가서 원종이라는 법명으로 스님이 되셨다. 선생이 돌아가신 뒤 사십구재를 지낸 곳도 마곡사인데 갑사는 마곡사의 말사이다.

이 두 분 외에도 애국자가 있는데 〈계룡갑사鷄龍岬寺〉라는 강당 편액을 쓴 사람이 충청 병마절도사를 지낸 홍계훈이다. 일반인들에게는 잘 알려지지 않은 인물이지만 임오군란 때 명성황후를 죽음의 위기에서 살린 분이다.

홍계훈이 궁궐의 수문장으로 있을 때인 1882년에 임오군란이 일어났다. 이때 대원군을 따라 궁에 들어온 부대부인이 사태의 위험을 알고 명성황후를 자신이 타고 온 가마 속에 숨겨 놓았다고 한다. 그런데 궁인들이 이를 보고 난병들에게 일러바쳤다. 난병들은 사인교의 포장을 잘라내고 명성황후를 죽이려 했다. 이때 홍계훈이

"그 여인은 상궁으로 있는 내 누이다. 오인하지 마라."

라고 소리 지르고는 명성황후를 둘러업고 궁 밖을 빠져나와 황후의 생명을 구했다. 홍계훈은 이 공으로 출세를 하게 되었다. 그러나 결국 을미사변 때 궁의 훈련대장으로서 명성황후를 지키려다가 낭인들 총에 맞아 죽었는데, 이 편액을 볼 때마다 나라에 충성을 다한 그분이 생각난다.

갑사에는 매국노의 흔적도 있다. 계곡과 붙어있는 간성장이라는 건물이 한 때 매국노 윤덕영의 별장으로 쓰였다. 윤덕영은 조선의 마지막 왕 순종비의 큰아버지다. 1910년에 일제가 한일합병을 하

려 하자 순정 효 황후가 옥새를 치마 속에 감추었다고 한다. 그런데 윤덕영이 협박하여 옥새를 빼앗아 가는 바람에 한일합병이 더 빨리 이루어지게 되었다. 이 공로로 인해 윤덕영은 일제로부터 자작 작위까지 받았다.

이 별장은 공주의 어느 부자가 지어서 윤덕영에게 바친 건물인데 윤덕영은 이 집에 머물면서 계곡을 따라 올라가며 절경이라고 생각되는 곳의 바위에 큼지막하게 글자를 새겨놓았다. 이것을 오늘날 '갑사구곡'이라고 한다. 간성장은 현재 템플스테이 용도로 사용되고 있다.

이처럼 갑사는 그 오랜 역사만큼이나 많은 이야기가 들어있는 사찰이다. 역사는 좋은 것도 치욕적인 것도 모두 우리가 알아야 한다고 생각한다. 간혹 치욕적인 것들을 숨기려고 하는데 난 이것도 잘못된 것이라고 본다. 후손들이 역사를 통해 과거를 알고 미래에 어떻게 해야 하는가에 대한 방향을 잡을 수 있다고 보기 때문이다.

갑사를 나오기 전, 계곡에 모셔진 약사여래 부처님께 간절히 기도했다.

'부처님, 지금 많은 중생이 질병으로 고통 받고 있습니다. 특히 가난한 사람들이 더 힘들지요. 제발 중생들이 이 고통에서 벗어나게 해주십시오.'

은혼식에 떠난 여행

안동 하회 마을에 가기 위해 내린 주차장에서 남편이 내게 물었다. "여보! 우리는 저 사람들처럼 버스를 타지 말고 천천히 걸어갈까? 오늘은 그냥 당신과 저 강물을 바라보면서 걷고 싶어. 가을 햇볕이 따사롭기도 하고."

"당신이 원하면 그렇게 할게요. 조금 힘은 들겠지만."

내가 금방 대답해서인지 카메라 장비를 둘러맨 그의 입가에 해맑은 미소가 번진다. 그럴 때 남편의 모습은 희끗희끗한 머리에 어울리지 않게 마치 소년 같다. 저 미소에 반해 결혼도 했고 벌써 이십오 년이 되었다. 오늘이 바로 결혼한 날이다.

걸어가는 동안, 가을 햇볕이 참으로 따사롭게 느껴졌다. 단풍은 또 얼마나 곱던지. 마을을 돌아가는 강과 어우러진 자연이 그려내는 한 폭의 동양화가 말로는 형언키 어려웠다.

나는 여러 번 단체로 이 마을을 왔었지만, 남편은 하회 마을 방문이 오늘 처음이다. 그는 자신의 성도 류 씨여서 그런지 25주년 결혼 기념 여행으로 안동을 가자고 했다. 우린 천천히 걸어가면서 아름다운 풍광도 카메라에 담고, 조용히 흐르는 강을 바라보며 잠시 쉬기도 했다. 걸어가자는 그의 제안에 즉답한 것이 참으로 잘한 것 같다. 이십여 분을 걸어가자 마을이 나온다.

하회 마을은 고즈넉한 마을을 낙동강이 부드럽게 감싸며 흐르고 있고, 또 솔숲이 무척이나 아름다운 곳이며, 600여 년 전통의 마을이다. 전통이 있고, 가장 한국적인 것이 바로 세계화가 아니던가! 마을 고유의 '하회별신굿탈놀이'로도 유명한 마을이자 영국 엘리자베스 여왕이 다녀가 더 유명한 곳이기도 한 하회 마을.

우린 마을 안으로 들어섰다. 하회 마을의 집들은 삼신당 신목을 중심으로 강을 향해 배치되어 있어서 좌향이 일정하지 않은 것이 특징이라고 들었는데 정말 그렇다는 것을 마을을 다니면서 느낄 수 있었다.

우리는 정 중앙에 있다는 삼신당 신목에 갔다. 수령이 600년이 넘었으니 신령스러운 기운이 감도는 나무다. 사람들이, 자신의 소원을 비는 종이를 매단 양 또한 엄청나다. 나도 애들을 위한 소원을 써서 매달았다. 종이를 달면서 자식들이 건강하고, 원하는 일을 할 수 있다면 얼마나 좋을까를 다시 생각했다.

우린 마을을 나와 솔숲에 있는 의자에 앉았다. 솔바람이 시원하게 불어온다. 푸른 강이 눈앞에 보이고 강 건너엔 기암절벽인 부용대가 보인다. 오랜만의 여유로움이 너무나 좋다. 여행은 누구와 가느냐가 중요하다더니 남편과의 여행은 그 어느 곳에서도 느끼지 못하는 감정을 내게 주었다. 서로가 별로 건네는 말이 없어도 우린 외롭지 않다. 삼십 분 정도 앉아 있었을까? 그가 가을 해는 짧다며, 그만 일어서서 퇴계 선생의 서원으로 유명한 도산서원으로 가자고 재촉했다.

산촌의 가을 해는 아주 짧아서 5시가 채 되지 않았는데도 해가 지려 한다. 우린 서둘러 서원을 둘러보며, 훌륭한 성리학자인 이황 선생을 생각했다. 마지막으로 퇴계의 유품과 사상을 정리해 놓은 전시관에 들어섰다. 선생의 일대기를 적어놓은 글 중 과거에 세 번 떨어지고 나서야 급제를 했다는 글귀가 눈에 띈다.

"여보! 퇴계 선생은 세 번이나 떨어졌는데도 한 번에 장원한 사람보다 더 훌륭한 사람이 되었네."

서원을 나와 다음 목표지인 주왕산 근처에서 숙박하기로 했다. 캄캄한 밤중에 구불구불 산길을 꽤 가니 주왕산이 나타난다. 우린 사람들에게 물어 아담한 산장에서 하룻밤을 묵었다.

우리 부부는 서로에게 미안한 사람들이다. 결혼생활 25년 동안 우린 시부모님과 친정 부모를 동시에 모셨는데 그 긴(?) 세월 동안 서로에게 탓을 해 본 적이 없다. 상처를 주기 싫어서였다. 그 면에서 서로가 고맙고 미안한 마음이다. 그 힘든 과정이 우리 부부를 마음으로 더 단단하게 엮이게 했는지도 모른다.

이튿날 아침에 주왕산에 올랐다. 산은 단풍이 기가 막히게 절정을 이루고 있었다. 이른 아침이라 호젓하게 사진도 찍고, 빼어난 경치에 감탄사를 연발하며, 산에 올랐다. 제3폭포를 향해 가는 동안 하늘을 향해 뻗어있는 기암들이 왜 주왕산이 유명한가를 절로 느끼게 해주었다. 또한 주왕산은 사람들을 위한 배려를 아주 많이 해 놓았다. 곳곳에 팻말을 붙여 산을 이해하고, 동물과 식물을 잘 이해할 수 있도록 해 놓은 것을 보며, 이것이 바로 관광객을 위한 배려이구나 싶었다.

주왕산을 뒤로하고 우린 주산지를 찾아가기로 했다. 이곳은 영화 촬영지로도 유명하고, 사진작가들이 왕 버드나무를 찍기로 유명한 곳이다. 주산지를 찾아가는 길가 곳곳에는 빨갛게 익은 탐스러운 사과가 아름답게 주렁주렁 매달려 있다. 주민들은 사과를 따서 길가에 나와 팔고 있었다. 사과나무 사이를 지나가는 그 자체만으로도 너무나 좋다.

주산지에는 물속에서 자란다는 왕 버드나무들이 관운장 수염처럼 길게 뿌리를 내린 채 들어서 있다. 6천 평의 작은 저수지이지만 숲의 경치가 정말 아름다웠다. 아침에 물안개가 피어오르는 모습이 더 장관이라는데 그 풍광을 보지 못하는 것이 못내 아쉬웠다.

그날 저녁에 우린 동해안 도로를 타고 올라가다가, 응봉산 속에 있는 덕구 온천에서 온천욕을 하면서 이틀간 발길 닿은 곳을 더듬어 보았다.

기품이 흐르는 하회 마을과 도산서원, 신비를 간직한 주왕산의 기암들, 인고의 세월을 견뎌 낸 듯한 주산지 왕 버들의 모습을 어떻게 잊을 수 있을까!

이튿날 아름다운 계곡을 빠져나오면서 남편이 내게 말했다.

"여보, 우리가 이곳을 여행지로 잡은 것은 정말 잘한 것 같아. 2박 3일이었지만 난 정말 행복했소. 5년 뒤, 결혼 30주년에도 똑같은 코스로 한 번 와 볼까?"

그의 말에 나도 고개를 끄덕였다.

지난가을, 아주 특별한 날에 부부가 함께했던 여행이기에 지금도 어제 일만 같다.

캄보디아에서 느낀 일

2001년 베트남 호찌민시에 갔을 때 가이드가 말했다.

"베트남은 한국보다 수준이 20여 년 뒤떨어져 있고, 캄보디아는 가보시면 알겠지만, 베트남보다도 10년은 더 뒤떨어져 있습니다."

그의 말을 들으며 나름대로 상상을 해 보았다.

'그래, 베트남 경제의 중심지라는 호찌민시도 차는 별로 없고, 오토바이들이 거리를 메우고 있는데 캄보디아는 오죽할까. 베트남 국제공항도 우리나라 제주 공항 정도 수준에 게다가 문짝마저도 형편없는 화장실 수준하고는. 캄보디아는 안 봐도 뻔하다 뻔해.'

경제적으로 우리보다 형편없다는 은근한 우월감은 그만두고라도 이제는 가서 지낼 일이 오히려 걱정될 정도였다. 드디어 비행기가 캄보디아 씨엠립 국제공항에 도착했다.

내가 상상했던 대로 공항은 우리나라 대도시 버스터미널 수준이었다. 게다가 공항 직원들의 부패가 얼마나 심한지 나이가 지긋하고 지위가 높은 것 같은 관리는 출입국 과정에 공공연하게 급행료를 요구하고 있었는데 막상 당해보니 참으로 어이가 없었다. 그나저나 국민의 월 소득이 삼사십 달러에 불과하다고 하는데 제발 숙

소라도 괜찮아야 할 텐데.

공항에서 나와 대기하고 있는 버스를 타고 이동할 때 거리도 매우 어두웠다. 그렇게 삼십 분 정도 터덜거리며 도착한 리조트 형태의 호텔은 베트남 특급호텔보다 오히려 깨끗하고 좋았다. 걱정됐던 숙소가 훌륭하니 우선 안도감이 들었다.

이튿날 앙코르톰과 앙코르와트를 돌아보고 나서 내 판단이 얼마나 섣부른 오류였나를 느껴야 했다. 이 유적들은 아무리 생각해보고 또 생각해보아도 역시 불가사의였다. 세계 7대 불가사의 유적이라는 말을 실감하고 또 실감하는 날이었다.

많은 나라를 가본 것은 아니지만 중국에 가서 만리장성이나 자금성을 보고 감탄한 적이 있었는데 세계 불가사의라는 만리장성보다 훨씬 더했다. 이곳을 오기 전에 컴퓨터에서 앙코르와트에 대해 찾아보기도 하고, 나름대로 상상을 해 보기도 했지만, 막상 와본 이곳은 상상 이상이었다.

앙코르와트는 서기 889 – 900년대에 앙코르 왕국의 아쇼바르만 2세에 의해서 건립되었다고 하는데 화려하면서도 웅장하고, 전체를 가득 메운 신비의 조각술은 경탄만 나왔다. 이 외에 100여 개가 넘는 사원들도 모두 9세기에서 13세기에 완성된 것이다. 이 사원들은 1858년 프랑스의 자연학자 헨리 모호가 발견해서 세상에 알려지게 되었다. 이 유적을 발견하게 됨으로써 가난한 캄보디아 나라의 경제를 일으키는 데 엄청난 도움이 되었을 것이다.

건축물들은 세월의 흔적으로 곳곳에 균열이 간 곳이 많아 지금도 보수 작업을 하고 있었다. 이 복원 작업에 일본의 기술력이 들어와 참여하고 있다는 것에 대해 질투 섞인 부러움이 생겼다. 만약에 이런 위대한 건축물이 발견되지 않고 그대로 사라졌더라면 세계적으로도 엄청난 손실이 아닐 수 없었을 것이다.

또 하나 특이한 것은 앙코르에서 발견된 많은 사원이 모두 동쪽을 향하고 있다고 하는데 그중에서 앙코르와트만 서쪽을 향하고 있다고 한다. '사원의 도읍'이라는 뜻이 있는 앙코르와트가 서쪽에 있는 이유는 아마도 해가 지는 서쪽에 사후 세계가 있다고 보고, 왕의 사후 세계를 위한 고려를 한 것이 아닌가? 추측하고 있다고 가이드가 말했다. 저녁때 사원 전체가 붉은 저녁노을에 타는 모습은 무어라 형언키 어려운 신비로움이 있었다. 아! 우리한테도 저런 사원이 하나 있다면.

삼십 도가 넘는 온도에 땡볕이 내리쬐고, 온종일 다리가 빠지게 돌아다녔어도 너무나도 위대한 건축물을 보게 돼서 그런지 지루한 줄도 몰랐다. 게다가 이 모두를 구경하는 데 불과 이십 달러라니. 아마 백 달러를 받아도 아깝지 않을 것 같았다. 한 번 다녀온 사람들의 입을 통해 외국 관광객들은 엄청나게 몰려들 것이고, 캄보디아는 이 관광자원만 개발해도 적어도 수백 년간은 엄청난 수입원이 될 수 있을 것이라는 생각이 들었다.

저녁 무렵, 노을을 안고 사원을 나서는데 지뢰 때문인지 발을 완전히 잃었는데도 불구하고, 놀랍게도 발목만으로 잘 걸어가는 초로의 한 부인이 눈에 띈다. 구걸을 하다 집으로 가는 것인지 옷은 남루하기 짝이 없고, 가슴에 안은 아기의 모습도 벌써 가난에 찌든 모습이 가슴을 아리게 한다. 또한 종일 구걸을 하다 집으로 돌아가는 아이들의 행색도 내가 어릴 적 보았던 거지들의 모습과 다를 바 없어 화려한 사원과 너무나 대비되고 있었다.

이튿날 톤레샵 호수로 가는 도중에 본 캄보디아인들의 사는 모습은 아프리카나 다름없다고 해도 과언이 아닐 것 같았다. 풀과 나무로 만든 두 평도 안 되는 초라한 집 속에 아이들은 왜 그리도 많은지. 흙먼지가 풀풀 날리는 길가에 온 식구들이 앉아 있는 모습은 차마 인간의 생활이라고는 표현할 수가 없을 정도였다.

옛날에 그렇게 화려한 영화가 있었던 왕조의 후손들이라고는 믿어지지 않는다. 그러나 어느 사람도 캄보디아를 무시할 수는 결코 없을 것 같다. 그들은 어느 선진국에 뒤지지 않을 역사와 유산을 가지고 있는 민족이기 때문에. 다만 화려했던 영화가 이어지지 못하고, 지금의 후손들이 저렇게 최저의 궁핍한 삶을 살아간다는 것이 가슴 아프다.

귀국길, 비행기에 오르면서 외국인들이 과연 우리나라에 와서 보고 놀랄 만한 유적들이 있을 것인지를 생각해보았는데 언뜻 떠오르는 것들이 거의 없었다.

물론 나라마다 그 들만의 문화가 다르기에 획일적으로 말할 수는 없겠지만, 그처럼 불가사의한 유적은 없는 것 같다.

우리보다 경제가 삼십 년이나 뒤떨어졌다는 캄보디아를 보면서도 그들의 엄청난 문화유산에 압도되어 버린 나. 기껏 생각해낸다는 것이 우리 역사에는 그렇게 백성을 쥐어짜는 지독한 왕이 없었다는 것을 위안 삼기로 했는데 다시 생각해보아도 정말 그런 것 같기는 하다.

아이러니하게도 폭군(?) 때문에 덕을 보게 되는 후손들. 중국의 어마어마한 크기의 건축물이나 만리장성을 볼 때도 이름 없는 백성들의 희생이 얼마나 많았을까를 생각해보면 예나 지금이나 불쌍하기는 힘없는 백성들이다.

이번 캄보디아 여행을 하면서 무엇보다 그런 훌륭한 유산들을 보게 된 것이 가장 기쁜 수확이었지만, 내가 우물 안 개구리였다는 것을 깨닫게 된 계기도 되었다.

이번 여행을 계기로 다시는 그 나라가 경제적으로 후진국이라하더라도 미리 얕보는 어리석음은 범하지 않을 것 같다.

속리산 법주사에서

　무더위가 어느 정도 가신 8월 말, 내가 속한 단체에서 1박 2일로 속리산 법주사를 가게 되었다. 우리는 이 절에서 템플스테이를 하게 되어 있다. 법주사는 내가 가고 싶은 절이었지만, 템플스테이는 별로 하고 싶지 않았다. 템플스테이를 해인사에서 경험해 본 적이 있는데 절 생활에 맞추는 것들이 내게는 별로 맞지 않았기 때문이다. 이번 여행도 별로 내키지 않는 여행이었다.

　우리는 청남대를 거쳐서 저녁때 법주사에 갔다. 산문에 들어서니 먼저 엄청난 크기의 청동 미륵 대불이 눈에 들어온다. 법주사의 규모는 마곡사보다 훨씬 크다. 두 사찰은 충청도에서 각각 유일하게 2018년에 세계유산으로 등재되었다.

　법주사는 와 본 지가 수십 년이 지나서인지 예전의 모습은 전혀 기억이 나지 않는데 속리산을 배경으로 한 산사는 매우 아늑해 보였다.

　사천왕문을 지나자 팔상전이 눈에 들어왔다. 국보인 법주사 팔상전은 꼭 한 번 다시 보고 싶었던 건물이다. 이 전각은 석가모니 부처님의 일대기를 8개로 나누어 그려놓은 팔상도와 부처님을 모셔놓은 곳이다.

팔상전 안에 들어가 천천히 둘러보았다. 유서 깊은 건물이 주는 장중한 느낌이 마음을 안정시켜준다. 예전에는 불교에 대해서 잘 몰랐기 때문에 별생각 없이 구경했었다. 그런데 지금은 불교와 전각에 대해 나름대로 열심히 공부한 뒤에 보아서 그런지 아는 만큼 보였다.

법주사는 중요한 문화유산이 많은 곳이다. 국보로는 팔상전, 석련지, 쌍사자 석등이 있고, 12점의 보물이 있는 큰 절이다. 조선시대에는 약 삼천 명의 승려들이 있었다고 하니 그 규모가 엄청났을 것 같다. 이를 증명하듯 절에는 우리나라에서 제일 큰 솥이 있다. 무쇠로 만든 솥으로 장국을 끓이는 데 사용했다고 하는 데 실제로 사용했는지는 분명하지 않다고 한다.

저녁때는 젊은 스님 두 분이 나와 법고와 동종 등 사물四物을 차례로 치기 시작했는데 그 모습이 참으로 아름다웠다. 특히 지는 해를 배경으로 번갈아 가며 법고를 치는 모습은 예술이었다. 나는 사물을 다 치는 것은 처음 보았는데 마음속에 깊은 울림으로 다가왔다. 마치 내게 얹혀있는 모든 번뇌를 잊으라는 소리로 들려 마음이 평온해짐을 느꼈다.

요즘의 템플스테이는 비교적 자유롭다. 절의 의식을 따라 하는 것도 있지만 그냥 편안하게 쉬어가는 휴식형도 있어 불편함이 느꺼지지 않았다. 방마다 에어컨이 있고, 한 방에 네 명 정도 잔다.

저녁에는 큰 스님의 말씀을 듣는 시간이 있었다. 나는 큰스님을 기다리며 무슨 말씀을 하실까 하는 궁금증이 일었다. 잠시 후에 스님이 오셨는데 우리를 편안하게 대하고 말씀도 재미있게 하셨다.

그분의 말씀에 의하면 부처님은 하나라고 한다. 우리가 어디에서는 고모라고 불리고, 이모라고 불리는 것일 뿐이지 한 분이라는 것이다.

그리고 부처님 앞에 불을 켜는 것은 지혜를 상징하고, 물을 올리는 것은 청정심을 의미하며, 향을 태우는 것은 명예를 의미한다고 하신다. 왜냐하면 향은 탄 뒤에도 향내가 남기 때문이다. 그리고 명상을 많이 하는 시대가 되어야 한다고 하며, 명상하면 지혜가 저절로 생긴다고 하셨다.

스님의 말씀이 재미없을 것이라는 선입견과 달리 불교에 대해 쉽고 간결하게 표현해주셔서 시간 가는 줄 모를 만큼 심취했다. 간간이 하는 유머도 재미있었다.

특히 큰 스님의 말씀 중에 희견 보살상에 관한 이야기가 마음을 사로잡았다. 희견보살에 대해서는 나로서 처음 듣는 보살 이름이었다.

희견 보살에 대해 간단히 설명하면, 희견 보살은 법화경을 들어 깨닫고 나서 부처님께 공양하기로 마음먹고, 처음에는 사바세계에서 모든 보물을 가져다 공양했는데 자기 몸으로 공양하는 것이 더 좋다고 판단하였다. 이 보살은 온갖 향료를 마시고, 몸에 바른 후 자신을 태워 공양하였다. 이런 공양이 1,200년 동안 이뤄진 후 이 공덕으로 약왕보살로 다시 태어났다고 한다.

이튿날 아침, 절 마당에 있는 희견 보살을 다시 보러 갔다. 전날 이 보살상을 볼 때는 그냥 보살 조각상으로 보았으나, 의미를 알고 보니 다시 보인다. 보살상은 무거운 향로를 힘겹게 들고 있는 모습이었는데 마모가 많이 되어 윤곽도 희미해졌다. 자신을 천 년이 넘도록 태우며 공양했다는 것이 놀랍다. 나는 이 보살상을 경애하는 마음으로 오래도록 바라보았다.

이번 법주사에서의 템플스테이는 많은 의미가 있었다. 나이를 먹어서일까? 푸른 숲속을 거니는 아침 산책도 좋았고, 시간에 쫓기지 않고 여유롭게 보내는 시간이 좋았다.

절에 와서 부처님을 만나면 늘 고민하며 초조해하는 욕망과 번뇌를 모두 내려놓으라고 가르쳐준다. 나는 종교가 천주교지만 절에서 느끼는 감정도 좋다. 모든 종교라는 것은 인간이 나약하기 때문에 만들어진 의식이 아닐까?

이번에는 많은 사람과 왔지만, 다시 한번 호젓하게 법주사를 찾고 싶다.

이틀간의 동행에서 얻은 것들

올가을 우리 집에 귀한 손님으로 일본인 교수 부부가 오셨다. 2
박 3일간의 짧은 일정이다. 우린 어떻게 안내할 것인가를 곰곰이
생각하다가 한국이 처음인 부인을 위해 첫 밤은 서울 시내를 안내
하기로 했다. 그리고 저녁에는 인사동 거리와 이튿날 오전에는 고
궁에 가기로 정했다. 지난번에 교수님이 혼자 공주를 방문했을 때
도 우리나라의 역사나 민속에 대해 유난히 관심을 나타내는 것을
보았기 때문이다.

남편과 서울에서의 하루 관광이 끝난 뒤 공주에서 처음으로 부
인과 인사를 나눴다. 밝은 미소를 머금은 부인은 의외로 수수한 모
습이다. 좀 화려할 것으로 생각했었는데 소박한 모습이 마음에 들
었다.

대학교에서 예정된 교수님의 특강이 끝나고 나니 짧은 가을 해
가 얼마 남지 않았다. 난 부인에게 가까운 거리에 무령왕릉과 공산
성이 있는데 이 중에서 어느 곳이 더 보고 싶으시냐고 물었다. 그
녀는 무령왕릉이 보고 싶다고 한다. 그곳은 왕릉이 있는 곳이지만,
내부는 들어갈 수가 없어 전시관으로 가서 구경했는데 매우 꼼꼼

하게 내부를 관찰하고 있었다. 왕의 신발과 왕비의 귀걸이, 목걸이, 등잔에 이르기까지 이 물건들이 어디에 쓰이는 것인가를 계속 질문했다. 청동거울을 보고는 감탄사를 연발한다.

"백제 문화는 우리와 아주 가깝습니다. 백제 시대 사람들이 우리나라에 건너와서 문화를 전해주었지요."

그분의 말씀에 난 우리가 배웠던 역사와 일본인이 알고 있는 역사가 정확히 일치함에 기분이 좋았다.

이튿날 부여박물관을 구경하고 있을 때 갑자기 남편분이 아내를 불렀다. 그분은 한국과 일본의 역사 시기를 비교해 놓은 도표 앞에서 부인에게 일본과 한국 역사의 시점 일치에 대해 손으로 가리키며 설명을 열심히 하고 있다. 나는 그것이 그렇게 관심을 끄는 것인 줄 미처 몰랐다.

마지막으로 박물관 유물 사진이 들어있는 책자를 선물하고 싶어서 내부에 있는 선물 가게에 들렀다. 마침 일본어로 쓰인 책자가 있어 선물하니 무척 좋아하신다.

이틀간의 일정이 끝나고 헤어질 시간이 되었다. 나는 부인에게 폐백 때 쓰는 견과류들이 예쁘게 담겨있는 구절판과 김치를 선물했다.

우리는 부여에서 출발하는 공항버스를 노상 정류장에서 기다렸는데 버스는 정시보다 이십 분이나 지나서야 도착했다. 후에 사람들 이야기를 들어보니 이십 분은 기본이라고 해서 깜짝 놀랐다. 한국을 판단할 수 있는 중요한 이미지의 역할도 될 수 있는 공항버스가 시간관념이 그렇다니 그저 놀라울 뿐이다. 경영자가 조금이라도 의식이 있는 자세를 가지고 있다면 이십 분이라는 시간을 연체시키지는 않을 것이다.

이틀간의 짧은 동행에서 난 무엇보다도 남편 못지않게 철저한 부인의 관광 자세가 놀라웠다.

점심에도 숯불갈비를 먹을 때 숯불에 굽는 것은 처음 본다며 갑자기 일어나더니 사진을 찍는 것이 아닌가! 그리고 흥미 위주가 아닌 철저한 역사 정신을 바탕으로 한 관광 태도와 유창한 부인의 영어 실력은 수수한 모습과 대비되어 그녀가 떠난 뒤에도 내게 많은 것을 생각하게 했다.

이틀날 이메일이 왔다.

'이번 여행에서 한국의 역사를 보게 되어 기뻤습니다. 친절함에 감사드리면서 다음에는 가족 모두 교토에 오시기를 바랍니다. 그리고 주신 선물은 너무 예뻐서 장식장에 넣어 놓았습니다.'

이런 요지의 편지는 어느새 두 장을 넘어가고 있었다.

모항에서

창을 열었다. 멀리 보일 때는 푸르게 보이던 바다가 탁한 물결만이 출렁인다. 출발할 때부터 왔던 비가 이제는 거센 비바람으로 변해 수면을 거칠게 때린다. 답답한 가슴이 시원해지는 느낌이다. 어쩌면 마음속 깊은 곳에서 맑은 하늘보다 오늘처럼 거친 날씨를 더 원했는지도 모른다.

난 지난겨울에 보았던 모항 바다를 떠올렸다. 그날은 거친 눈보라가 날렸었지. 그날 일행 중의 하나가 말했다.

"이 방갈로에서 바라보는 경치는 우리나라에서 몇째 안가는 절경 중의 하나야."

내가 보기에는 바다의 경치가 아름답다기보다는 멀리서 바라보는 방갈로의 경치가 더 아름다웠다. 한 번도 가본 적은 없지만, 사진에서 보았던 세계적인 휴양지와 비슷한 멋진 집들. 절벽 위에 아슬아슬하게 지어진 몇 채의 집은 보는 사람이 그 집에 한 번 머물러 보고 싶다는 욕망을 느끼게 했다.

그날은 날리는 눈을 바라보며 겨울 회를 먹었었지. 지난겨울엔 한 끼 식사하는 것으로 이곳을 그냥 지나쳤었고, 이번 여름엔 문학회 회원들과 여장을 풀었다.

저녁 무렵의 바다는 해가 비치면서도 비바람은 그치지 않는 묘한 날씨를 나타내고 있었다. 해가 비칠 때마다 사이사이로 얼핏 비치는 수평선. 어릴 적이나 중년이 된 지금이나 수평선은 그 너머에 무엇인가 있을 것 같은 호기심과 희망을 준다.

수평선을 바라보며 난 왜 이제는 몰락해 너무나 초라해져 버린 한 영화인의 모습이 생각났을까? 죽음의 문턱에 바짝 다가선 그의 모습에서 무어라 형언하기 어려운 감정을 느꼈었다. 그는 속초 바다가 보고 싶다고 그랬다. 먼 곳을 응시하는 듯한 그의 시선에서 바다는 그를 감싸 안을 것 같은 눈빛이었다. 그것이 내 가슴에 찌르르한 아픔으로 다가왔다. 그를 평소에 생각해서도 아니었다. 그냥 내 마음과 한 곳이 일치함을 느꼈을 뿐이다.

이튿날은 일찍 일어나 모항의 해변을 걸었다. 인적이 많지 않고 자그마한 해수욕장이라 그런지 번잡한 것을 싫어하는 내 성격으로는 딱 좋았다. 엊저녁의 엄청난 비와 거센 비바람은 언제였느냐는 듯 날씨가 맑게 개어 있다.

바람은 아직 제법 불고 있었다. 아무도 밟지 않은 바닷가 모래 위를 걸어서 바위에 앉았다. 파도는 철썩이며 내게 다가왔다가 떠나간다. 이렇게 이른 아침 호젓하게 앉아보는 것이 얼마 만인가.

이번에 함께 오지 못한 문학회 친구가 생각난다. 그녀와 같이 바위에서 달려오는 파도와 부딪혀 일어나는 물보라도 같이 보고 싶고, 먼 수평선도 같이 바라보고 싶다. 몸이 매우 아픈 그녀. 그러나 그녀는 우리에게 오히려 희망을 주는 편지를 써서 주었었다. 작은 여행비도 함께 보내면서 내년에 꼭 같이 가서 즐기겠노라고. 자신이 아프고 보니까 예전에 자신이 고민하고 괴로워했던 일들이 정말 아무것도 아니었으며, 왜 그까짓 하찮은 일로 힘들어했었는지 모르겠다는 그녀.

나도 성당에 가면 제일 먼저 그녀를 위해 기도했다. 이제는 점점 좋아지는 것 같아 마음이 기쁘다. 내년에 이런 기회가 온다면 제일 먼저 바다에 뛰어들 사람은 그녀겠지.

나의 고민도 어쩌면 더 큰 고민이 없어서 오는 행복한 일인지도 모르겠다. 설령 아니라 하더라도 오늘만이라도 그렇게 생각하고 싶다. 최저의 생활도 할 수 없어 거리로 나선 사람들에 비한다면 난 배부른 고민일 수도 있다. 외국의 어느 회사에서는 실수를 한 사람을 오히려 뽑는다지 않던가? 나의 실수도 내가 얼마를 더 살지는 모르겠지만 살아가는 동안 그런 실수는 다신 하지 않으리라.

어젯밤에 묵었던 모항 레저타운을 다시 한번 바라보았다. 아침 햇빛을 받아 더욱더 집이 멋있게 보인다. 방갈로 안에 있을 때보다 멀리 보는 것이 훨씬 아름답다. 인생도 그러하리라. 안주해 있는 동안 그것의 고마움을 몰랐을 뿐일 테니까.

속초 바다가 보고 싶다던 그분에게 누군가가 살아 있을 때 보여주었으면 좋겠다.

함께 온 동료들이 나를 부른다. '빨리 아침 먹고 내소사를 향해서 떠나야 한다'고. 이 바닷가를 떠나기는 싫지만 그래도 가야 한다. 그러나 나의 눈빛만은 이곳에 두고 가고 싶다.

내년에는 꼭 바다에 오겠다는 그녀와 속초 바다가 보고 싶다던 그의 간절한 눈빛도 함께 가져오고. 또 이곳을 보고 싶어 할 이름 모를 눈빛들 모두를.

몇 달 후 그 영화인은 그가 생전에 원했던 속초 바다의 품에 영원히 잠들었다. 그러나 나와 내 친구는 건강한 몸과 마음으로 오게 될 것이라고 믿고 싶다.

슬픈 이별도 필연이 된다

나는 지난해부터 올 초까지 몇 개월 동안에 너무나 사랑하는 두 사람과 영원한 이별을 했다. 한 분은 친정아버지이고, 또 한 분은 수십 년 동안 믿고 의지했던 이웃 형님이다.

친정아버지는 101세로 돌아가셨으니 오늘날의 수명으로 쳐도 장수하셨다. 이런 경우에 사람들은 '호상'이라고 말을 한다. 그런데 내가 생각하기에는 호상은 없는 것 같다. 아버지께서 많이 고생하다 돌아가셨는데 가슴이 너무 아파 한동안 힘들었다. 그리고 못 해 드린 것만 생각나서 괴로웠다.

아버지가 돌아가신 후 몇 달 안 지나서 설상가상으로 수십 년 동안 희로애락을 같이 했던 이웃 형님이 불치병으로 돌아가셨다. 독실한 천주교 신자였고, 어려운 사람들에게 좋은 일을 많이 했던 분이었는데 정말 하느님이 계신다면 이러면 안 되시지, 싶었다. 하느님이 원망스럽고 종교에 대한 회의까지 들었다. 친척분들 돌아가셨을 때도 별로 울지 않았는데 정말 많이 울었다. 멀리 있는 친척보다 이웃사촌이 더 가깝다는 말이 가슴으로 다가왔다. 그분과 추억이 쌓인 만큼 이별도 힘들었다.

우리 아파트 앞에는 그분의 피나는 노력이 들어가서 지어진 성당이 있는데 바라볼 때마다 내 이름을 부르면서 손짓하는 것만 같아 지금도 힘들 때가 종종 있다.

우리는 살아가면서 누구나가 이별을 한다. 이별하고 싶은 사람이 누가 있으랴마는 슬픈 이별도 필연이 된다. 특히 장수하는 분들은 친구들이 세상을 떠날 때 참으로 힘들다고 한다. 친정아버지도 구십 세가 넘어서는 친구가 한 명도 없었다. 찾아오는 사람이라고는 자식뿐이었다. 아버지도 정말로 쓸쓸한 인생을 십 년 넘게 사시다 가셨다.

지난봄에 아침 산책을 하는데 잘 아는 교수님이 당신의 장인어른 이야기를 들려주셨다. 장인께서 95세인데 해마다 동창회를 가신다는 것이었다. 그래서 친구들이 살아계시나 생각했는데 그것이 아니었다고 한다. 친구들과 동창회를 하던 날짜에 맞춰 그들과 함께했던 그 식당에 가서 혼자 음식을 드시며 먼저 간 친구들을 추억하는 것이 이분의 동창회였다고 한다. 그 얘기를 듣고 깜짝 놀랐다.

장수하는 것은 고독한 삶을 견뎌야만 하는 일이기도 하다. 백세가 넘으신 김형석 교수님은 백 년을 살고 보니 내 인생의 황금기는 60세에서 75세까지더라고 말씀하시며 다시 젊어진다면 이 나이로 돌아가고 싶다고 하셨다. 교수님은 '인생은 늙어가는 것이 아니라 성숙되어 가는 과정이라'고 말씀하신다. 그분처럼 건강하고 왕성하게 활동하시는 분이라도 TV에서 먼저 떠난 부인에 대한 그리움이 절절한 것 같았다.

앞으로는 90세가 기본이 되는 시대가 오는 것 같다. 살다 보니 어느덧 나도 이별을 많이 생각해야 하는 나이가 되었다. 내 곁의 따스한 사람들과 이별하고 싶지는 않지만, 세월이 흐를수록 어쩔 수가 없는 필연이 된다.

벌써 뜨겁던 여름이 가고 아름다운 단풍이 드는 가을이 왔다. 아직은 건강할 때 내가 사랑하는 사람들과 아름다운 숲속 길을 더 많이 산책하고 싶다.

충청인의 어머니, 계룡산

가을이 익어가는 지난 일요일에 계룡산을 찾았다. 단풍이 한창은 아니었지만, 녹색의 잎 사이로 붉은색과 노란색의 조화가 참으로 아름다웠다. 그런데 나이가 들다 보니 단풍의 아름다움에 취하기보다는 또 한 해가 가고 있다는 생각이 먼저 든다. 그리고 왠지 쓸쓸해지는 마음은 어쩔 수가 없다.

산은 늘 같은 곳에서 초목을 통해 변함없이 계절이 지나가고 있음을 우리에게 알리고 있다. 봄에는 푸른 융단을 깔아놓은 것처럼 싱그러움으로, 여름에는 짙푸른 녹음으로 더위에 지친 우리에게 청량감을 느끼게 해준다.

나는 등산을 위해 주로 계룡산을 오르는데 수십 번을 올라도 산이 주는 포근함은 이루 말할 수가 없다. 산이 나이고, 내가 산인 것 같다. 그래서 짧은 식견이지만 계룡산에 대해 써보기로 했다.

계룡산은 백제 시대부터 중국의 역사서에 나올 만큼 우리나라를 대표하는 명산으로 널리 알려져 있다. 해발 845m인 이 산은 공주시와 대전광역시, 그리고 논산시, 계룡시에 걸쳐 있다.

계룡산의 산 이름은 '산봉우리와 줄기가 마치 닭의 볏을 머리에 단 용처럼 생겼다.'라고 해서 붙여진 이름이라고 한다. 계룡산에 대한 기록은 당나라 장초금의 저서『한원翰苑에서 '계람산' 혹은 '계산'이라는 이름이 나오는데 이는 백제 시대부터 이미 외국에 알려졌다는 것을 추정하게 한다. '계룡'이라는 이름은『삼국사기』의 통일신라기 편에도 나오고 있다.

계룡산은 주봉인 천황봉을 비롯해 연천봉, 삼불봉 등 크고 작은 봉우리들이 연봉으로 이루어져 있다. 봉우리 사이에는 7개의 아름다운 계곡과 3개의 폭포가 있어 이들이 어우러져 비경을 자아내고 있는 것이다.

조선시대의 유명한 문인인 서거정이 '층층 절벽 우뚝하게 솟아있는 계룡산은 맑은 기상 장백산에서 이어져 온 것이라.'라고 표현하고 있는 것처럼 계룡산이 갖는 의미는 나라의 정기와도 관련이 있다고 보여진다.

나라 제사 처로서의 계룡산에 대한 직접적인 언급은『삼국사기』의 통일신라기 편에 처음 나온다. 통일신라 때 명산名山을 오악五嶽으로 나누었는데 계룡산은 이미 서악을 대표하는 산으로 나오고 있다.

계룡산을 신라의 서악으로 지정한 것은 백제 세력에 대한 진압과 회유책이 남아 있다고 볼 수 있다. 오악 신앙에 의한 국가적 제사 전통은 고려시대를 거쳐 조선시대에도 이어진다. 조선의 태종은 계룡산을 호국백護國伯에 봉했다.

그러면 국가적 제사 처가 있는 곳의 위치는 과연 어디였을까? 조선조 후기의 읍지를 보면 계룡산 제사처의 위치는 공주의 남쪽 40리 지점이라고 쓰여 있다. 이곳은 신원사가 자리하고 있는 곳이다. 지금도 이곳에는 계룡산신의 제사 처로 알려진 중악단이 있다.

계룡산이 불교의 성지로서 그 성격이 주목받은 것은 통일신라 때의 일이다. 신라 조정에서는 불교를 통한 정신적 통일과 화합을 꾀했던 것으로 추정한다. 지금 계룡산에 남아 있는 대표적인 사찰을 들자면 동쪽에 동학사, 서쪽에 갑사, 남쪽에 신원사가 있고, 북쪽에는 구룡사가 있었으나 구룡사는 현재 터로 비정되는 곳만 남아 있다.

이 중 통일신라 때 정통 화엄종 사찰로 이름을 떨친 곳은 갑사이다. 갑사는 위치가 웅천주와 가장 가깝게 있어 통일신라가 불교를 통한 사상 통일을 시도하는 데 중요한 역할을 했을 것으로 비정한다. 현재도 통일신라 때 번영했던 모습을 금당지의 초석과 철 당간 등이 입증하고 있다.

계룡산에서 가장 큰 절은 북쪽에 있는 구룡사로 비정하는데 현재 이 절은 존재하지 않기 때문에 정확하게 알 수가 없다. 구룡사는 고려 말이나 조선 초에 폐사된 것으로 알려졌지만, 배경이나 폐사 이유 등은 아직도 수수께끼로 남아 있다.

　동학사는 계룡산 동쪽의 수려한 산세를 따라 조영된 절로, 정통 사찰보다는 유교적인 성격이 강한 곳이다. 이 절의 대표적인 유적으로는 동계사, 삼은각, 초혼각(현재 숙모전) 등이 있는데 이중 동계사는 신라 충신 박제상과 류차달을 모신 곳이고, 삼은각은 고려 말의 충신인 정몽주, 이색, 길재 등을 모시고 있는 곳이다.

　초혼각은 생육신 김시습과 관련이 있는 곳이다. 김시습은 세조가 단종을 폐위시킨 것에 분노하여 승려가 되어 세상을 떠돌아다니다가 우연히 이 절에 오게 되었다고 한다. 그는 삼은각을 보고 이분들을 추모하고, 한양에 올라갔는데 사육신의 시체가 방치된 모습을 안타깝게 여긴 나머지 밤을 틈타 몰래 노량진에 묻고, 동학사에 와서 이분들을 위한 제사를 지내게 되었다. 또한, 숙모전은 단종임금 부부를 모신 곳이다. 나중에 동학사에 온 세조는 억울하게 죽은 사람들의 이름 280여 위를 직접 써서 주고 제사를 지내도록 토지를 내려주었다. 그 제사가 지금까지도 이어지고 있는 것이다.

　또한 동학사는 비구니들의 승가대학인 동학 강원이 있는 곳으로도 유명하다. 여름이 끝나가는 저녁 무렵에 동학사 경내 사진을 찍으러 혼자 카메라를 메고 간 적이 있다. 그런데 그 시간이 마침 승가대학생들이 저녁 식사를 하러 이동하는 시간이었다. 학생들은 혼자 혹은 둘, 셋이 짝을 지어 조용히 이동하고 있었는데 하나같이 젊고 예뻐 보였다. 그녀들을 바라보는 순간 왜 스님이 되려 했을까? 무슨 사연이 있는 것일까? 하는 속된 생각을 잠시 했다가 이내 지워버렸다. 그녀들 역시 계룡산의 품속에서 수행을 거듭해 훌륭한 비구니 스님으로 성장해 갈 것이다.

계룡산 남쪽에 자리하고 있는 신원사는 예로부터 국가의 제사처와 민간 신앙이 들어있는 곳으로 유명하다. 이 절은 처음에는 신원사神院寺였으나 조선시대 고종 때 새로운 제국을 연다는 의미인 신원사新元寺로 바뀌었다.

현재 신원사에 남아 있는 제사 처 유적으로는 중악단을 들 수 있다. 조선시대 국가의 산악 제사 처로 묘향산의 상악단과 계룡산의 중악단, 지리산의 하악단이 있었다. 이 중 상악단은 북한에 있어 현재 알 수 없고, 하악단은 없어지고, 중악단만이 남아 있다. 이 중악단은 명성황후가 경복궁을 지은 목수를 데려다가 짓게 했다는 이야기가 있다. 실제로 중악단 지붕 위에는 궁궐 건물에서 볼 수 있는 잡상이 놓여있다.

계룡산은 고대 이래 산악신앙, 불교문화 중심처로서의 역할을 해왔으며, 풍수지리설, 도참설과 같은 내용도 있어 계룡산만의 독특한 특성과 이미지를 형성하게 된다. 실제로 조선을 개국한 이성계는 즉위 이듬해인 1393년 정월 계룡산을 찾았는데, 이후 신도공사가 1년 동안 지속되었다. 비록 하륜 등 신하들의 반대로 정지되었지만, 이후 이 지역은 신도안으로 불리게 된다. 현재의 계룡시이다.

계룡산의 산세는 남쪽 덕유산에서 분기, 북쪽으로 질주하여 공주 동쪽에 이르러 돌아보는 형국이라 하여 '회룡고조' 또는 '산태극'이라고 한다.

조선시대에 계룡산은 17세기에 나온 『정감록』으로 인해 왕실의 주목을 더 받게 된다. 이 책의 내용에서 '송도 오백 년에 이 씨가 나라를 빼앗아 한양에 천도하였다. 한양은 사백 년에 정 씨가 국권을 빼앗아 계룡산에 도읍한다.'이다.

『정감록』의 예언은 계룡산 연천봉 강선대에 참위적인 석각 문자가 새겨지게도 했다. 이곳에는 방백마각 구혹화생方百馬角 口或禾生이라는 글자가 새겨져 있는데 이를 해석하면 '482년에 나라가 이전한다.'라는 뜻이다.

계룡산은 이런 이도설 이외에도 당시 왕실이 각별한 관심을 가진 곳이다. 명성황후가 비밀리에 연천봉 등운암의 옛터에 '압정사壓鄭寺'라는 절을 세워 정 씨의 왕기를 누르는 기원소로 삼기도 했다. 또한 궁중의 여자 관리를 보내 연천봉 아래 샘에서 몸을 씻고 기도를 해서 아들 이척을 낳았다는 일화도 전해진다.

백제 시대로 올라가면 의자왕의 아들 융이 와서 머물렀다는 고왕암의 전설이 남아 있고, 융이 떠나자 그의 말이 슬피 울다가 죽었다는 전설이 있는 마명암이 있었는데 현재는 고왕암만이 남아 있다.

이처럼 계룡산은 역사적으로 백제 이후 오늘에 이르기까지 중부
지역은 물론 우리나라 정신문화의 소중한 원천으로 자리매김하고
있다. 이와 동시에 현대인들의 미래에 대한 염원을 거는 공간으로
도 매우 소중한 역할을 하는 곳이다.

요즘에도 계룡산 골짜기를 따라 많은 굿당이 있다. 그리고 그곳
에는 많은 사람이 찾아와 자신의 소원을 빌고, 굿을 하고 있다. 나
도 십년 전에 계룡산 굿당을 조사할 일이 있어 각 골짜기를 많이
누비고 다닌 적이 있다. 그곳에서 굿당의 주인들과 그리고 무속인
들을 여러 명 만나서 그들의 이야기를 듣기도 하고, 그리고 굿을
하는 광경도 보았다. 그들을 만나고 나서 무속인들과 그것을 믿고
따르는 사람들을 한낱 미신적인 행위라고 치부해 버릴 수는 없는
그 무엇이 있다는 것을 그때 느꼈었다.

사람들은 살다가 지치고 누군가에게 기대고 싶을 때 최종적으로
종교에 의존한다. 그것이 우리가 흔히 정교라고 믿는 불교나 기독
교, 가톨릭이 아니라고 해서 그들을 배척해야 한다는 생각에 나는
동의하기 어렵다. 비록 소수일지라도 그들이 간절히 믿는 그들만
의 방식도 인정해주어야 한다고 생각한다.

계룡산은 특히 가을이 아름답기로 소문이 나 있다. 또한 길짐승
과 날짐승, 곤충의 종류가 수백 종에 이른다. 봄에서 가을에 이르

기까지 수많은 꽃이 피고 지는 곳. 이처럼 계룡산이 주는 신비로운 힘은 현실에 지친 이들이 기대고 싶은 마지막 휴식처가 되는 곳이라면 지나친 말일까?

자연을 떠나서는 살 수 없는 것이 인간이라고 생각한다. 지금도 계룡산 주변 곳곳에서는 개발이라는 미명 아래 산을 야금야금 훼손시켜 가고 있다. 개발이 주는 이익보다는 영원한 안식처로서 계룡산만큼은 자연 그대로 보존되어야 한다.

충청인의 자존심이자 한국의 명산인 계룡산은, 인생의 여정에서 지친 많은 사람을 향해 '너무 힘들게 살지 말라.'고 오늘도 조용히 안아주고 있다.

아름다운 세상을 향한 꿈

조동길 소설가, 공주대명예교수

|해설| 아름다운 세상을 향한 꿈

조 동 길 소설가, 공주대명예교수

1. 수필 양식의 본질과 지향

'붓 가는 대로 쓴 글', '무형식의 형식', '형식에 구애되지 않고 자유롭게 쓴 짧은 산문'. 수필이란 단어를 들으면 아마도 많은 사람들이 자연스럽게 이런 말을 떠올릴 것이다. 예전 학창 시절에 그렇게 배웠고, 문학 이론 책에도 그렇게 나와 있기 때문이다. 그런데 수필에 관한 이런 설명들을 과연 그대로 믿어도 괜찮을까.

주지하듯 수필은 문학의 한 양식이다. 즉 엄연한 문학 작품에 속한다. 그럼에도 불구하고 많은 사람들이 수필은 쉽게 쓸 수 있다고 생각한다. 시나 소설, 희곡 같은 문학 작품은 오랜 수련과 준비 과정을 거쳐야 창작할 수 있는 전문 분야라는 걸 의심하지 않으면서, 수필은 누구나(혹은 아무나) 종이와 펜만 있으면(요즘은 컴퓨터로 대체되었지만) 쓸 수 있다고 생각한다. 이런 오해가 널리 확산된 데는 수필에 관한 위와 같은 선입견이 뿌리 깊게 각인되어 작용했기 때문일 것이다.

'무형식의 형식'이나 '자유롭게 쓴 글'이란 말의 요체는 다른 장르의 글처럼 일정하게 정해진 형식이 없다는 뜻이지 결코 '아무렇게나' 써도 된다는 의미가 아니다. 왜 그런가. 자유라는 말을 생각해보면 쉽게 이해가 될 것이다. 잘 알고 있듯이 자유라는 말은 아무렇게나 하고 싶은 대로 해도 된다는 방임의 뜻으로 해석해서는 안된다. 진정한 자유에는 엄격한 책임과 한계가 전제되어 있다. 그래서 자유를 두려워하고 거기서 도피하고자 하는 심리가 생긴다고 주장하는 학자도 있다.

글을 쓰는 것 또한 마찬가지다. 자유롭게 쓸 수 있다는 말은 아무렇게나 써도 된다는 의미가 아니다. 또한 그것은 창작의 자유와 등치될 수 있는 개념도 아니다. 모든 글에는 그 나름의 규칙과 원리가 있다. 글쓰기 훈련과 연습은 결국 이 원리와 규칙을 익히는 과정이다. 글을 쓰는 사람들은 이런 규칙과 원리를 지키지 않으면 안 된다. 그것을 벗어나면 선배들로부터 질책을 받는 게 바로 문학수련 과정이다. 수필도 여기에서 예외가 될 수 없다.

그렇다고 하여 선행하는 원리와 규칙을 무조건 고수하는 것만이 능사는 아니다. 그렇게 해서는 발전이 없다. 모든 위대한 예술은 항상 기존의 작품들을 부정하고 파괴하는 데서 출현한다. 여기서 부정되고 파괴되는 대상은 그 내용일 수도 있지만 대체로 원리와 규칙의 비중이 훨씬 크다. 예술의 본질적 속성 가운데 기존의 질서와 인습을 파괴하려는 성질을 저항성이라 한다. 이 저항성이 모든 예술 창작의 기본 동력으로 작용한다.

선행하는 작품 창작의 규칙과 원리 준수, 그리고 기존 질서의 과감한 파괴와 저항, 이 두 가지 모순과 대립 양상이 바로 모든 예술사의 발전 과정 그 자체다. 수필이란 문학 또한 마찬가지다. '무형식의 형식'이라는 자유로움과 편리함, 그리고 그 나름의 엄격한 질서와 규칙, 이 두 가지가 상호 길항하면서 긴장감을 유지하고 있는 게 바로 수필 양식의 존재 양상이자 본질이다.

거듭 말하지만 어떤 장르가 되었든 문학 작품을 쓰는 작가들 그 누구도 아무렇게나 쓰는 경우는 없다. 그런 것은 문학이라 할 수도 없고, 또 문학으로 살아남지도 못한다. 어쭙잖은 글을 써 놓고, 자유롭게 쓴 글이니, 무형식의 형식이니 운위하는 것은 치졸한 변명에 불과하다. 치열하게 공부하지 않았다는 부끄러운 자기 고백이나 다름없다. 이런 사람들은 진정한 작가가 아니라 사기꾼에 가깝다고 할 수 있다.

수필이 '무형식의 형식'의 글이라는 말은 단순히 형식이 없다는 게 아니라 '무형식의 형식'이라는 독특한 형식을 갖고 있다는 뜻이다. 수필에도 분명 형식이 있다, 그것도 아주 엄격한 '무형식의 형식'이라는 수필 고유의 형식이 있다. 그것을 제대로 갖추지 못한 글은 수필이라 할 수 없고, 나아가 좋은 문학 작품이 될 수도 없다. 따라서 수필은 절대로 누구나 쉽게 쓸 있는 글이 아니다. 다른 장르의 문학처럼 반드시 오래 연습하고 훈련해서 내공을 닦아야 좋은 수필을 쓸 수 있다.

그렇다면 수필이란 문학은 왜 생겨났고, 또 그것이 지향하는 궁극적 목표는 무엇일까. 이 쉽지 않은 질문에는 문학의 본질 및 존재 이유와 더불어 각 장르의 발생과 존속 근거가 뒤섞여 있다. 그래서 더욱 복잡하고 난해한 문제로 인식된다. 그런데 이에 대해 아주 편히 접근할 수 있는 하나의 작은 통로가 있다. 바로 20세기 국문학 연구 성과 가운데 가장 탁월한 것으로 꼽히는 4분법 장르 이론이다.

조동일 교수에 따르면, 수천 년에 걸쳐 이루어진 우리 민족의 다양한 문학 작품들을 네 개의 장르(정확히 말하면 장르종Art이 아니라 장르류Gattung)로 분류할 수 있다 한다. 일본을 통해 유입된 서구 문학 장르 이론으로 분류할 때 해결이 안 되던 여러 문제점들이 이 4분법 이론으로 깔끔하게 해결될 수 있게 되었다. 이 이론의 정립은 그 스스로 '천고의 의문이 풀렸다'고 자평할 정도로 자부심을 가질만한 하나의 '국문학적 사건'이라 할 수 있다.

그가 설정한 4분법 갈래는 '서정, 서사, 극, 교술'이다. 향가나 고려속요, 시조 등은 서정에 속하고, 신화 전설, 민담, 전기, 소설 등은 서사에 속한다. 가사라는 독특한 우리 고유의 문학 양식은 서정과 서사, 운문과 산문의 성격이 혼재되어 있어 분류할 때 가장 골칫거리에 속했었다. 이를 두고 학자들 사이에 이견이 분분하여 갈등이 촉발되기도 했다. 그런데 그는 교술이라는 갈래를 설정하여 이를 말 그대로 '한 방'에 해결해 버렸다.

그뿐 아니다. 그는 네 개의 갈래를 설정한 근거와 이유를 우리 철학인 이기론, 생극론에 의해 튼튼하게 뒷받침했다. 그야말로 자주적이고 자생적인 문학 이론을 정립한 것이다. 복잡한 설명은 생략하고 그가 정리한 핵심적 요점만 보면, 서정은 '세계의 자아화', 교술은 '자아의 세계화', 서사와 극은 작품 외적 자아의 개입 유무에 따른 '자아와 세계의 대결'이다.

여기서 우리기 주목해야 할 대상은 교술이다. 수필은 교술에 속하는 대표적인 양식이기 때문이다. 그런데 교술은 그 본질적 정체성, 혹은 성격이 '자아의 세계화'라고 했다. 이 말은 무슨 뜻인가. 이는 한 마디로 세상사에 대한 자기의 생각, 의견, 태도 등을 다른 사람들에게 밝히고 전달해서 동감과 동의를 하도록 만들려는 행위라고 할 수 있다. 그래서 그 이름이 '가르칠 敎, 지을 述'이다. 말 그대로 가르치기 위해 짓는다는 뜻이다.

그렇다고 하여 가르치고 배우는 일을 수직적, 일방적 관계로 인식해서는 안 된다. 그것은 예전 중세 이전 교육의 몫이고, 근대 이후에는 교수권과 학습권이 대등하게 존중받는 시대로 바뀌었다. 따라서 가르친다는 행위는 우월적 지위에서 베푸는 시혜가 아니라 존중 속에 소통과 공감을 바탕으로 이루어지는 상호작용이라 할 수 있다. 이렇게 본다면 교술(수필)은 가르치기 위해 쓰는 글이되, 일방적 시혜가 아니라 상호작용의 입장에서 창작되는 글이라고 할 수 있다.

수필은 이처럼 교육적 효과를 기저基底로 하여 존립한다. 그러므로 수필을 쓴다는 것은 세상을 향해 자기만의 깨달음과 좋은 생각을 널리 퍼지게 하려는 의도를 실현하는 행위이고, 수필을 읽는 것은 그런 생각을 수용하고 현실에 적용 실천하여 보다 나은 미래를 만들려는 노력이라 할 수 있다. 진실이 이럴진대 그 누가 수필을 가볍게 쓴 글, 누구나 쓸 수 있는 글, 아무렇게나 써도 되는 글이라 말할 수 있겠나.

그래서 누군가 이렇게 말했다. 열정이 흘러넘치는 젊은 시절에는 시를 쓰고, 온갖 갈등이 난무하는 사회의 중심축인 중년에는 소설을 쓰고, 갖은 풍파를 다 이겨낸 노년에는 수필을 쓴다. 그렇다. 모진 풍파와 고초를 겪은 후에야 지혜가 터득된다. 그 지혜를 담고 있는 글이 바로 수필이다. 이래도 수필을 누구나 쉽게 쓸 수 있는 글이라고 고집할 것인가.

2. 자기고백의 진정성

조옥순의 수필은 요란하지 않다. 화려하지도 않다. 수수하고 조촐하고 단아하다. 꽃으로 비유하자면, 강렬한 색감의 모란이 아니라 사람들 눈에 잘 안 띄는 산기슭에 수줍게 피어 있는 쑥부쟁이, 혹은 매혹적인 향기를 풍겨 사람을 홀리는 장미보다는 장독대 틈에 저절로 나서 몰래 피어 있는 채송화에 가깝다고 할 것이요, 음식으로 치자면 만반진수가 차려진 흐드러진 밥상이 아니라 꼭 필요한 것만 골라 단출하게 차려진 깔끔한 오첩반상의 담백한 음식이라 할 수 있겠다. 글은 그 글을 쓴 사람을 넘어설 수 없다는 말이 있다. 애초 조옥순의 삶과 인격이 요란하거나 야단스럽지 않고, 또 언행이 늘 겸손하고 온화하기에 그가 쓴 글의 내용이 이렇게 된 것은 너무도 당연한 일이라 할 것이다.

이 책에는 조옥순의 수필 56편이 수록되어 있다. 그 주요 내용은 아버지와 남편을 비롯한 가족들의 이야기, 공주의 문화유산 해설을 하며 만난 사람들의 이야기, 다문화 가정의 주부들에게 한국어와 문화를 가르친 이야기, 연세 많이 드신 어르신들에게 한글 문해 수업을 한 이야기, 종교와 문학 활동 이야기, 그리고 유년 시절의 추억과 객지였던 공주에 정착하여 만난 사람들 이야기 등이 중심을 이룬다. 말하자면 조옥순의 평생 살아온 삶의 궤적과 현재 살아가고 있는 이야기들이 압축되어 있다고 할 수 있다.

우리는 수필이란 단어 하나로 통용하고 있지만 서양에서는 깊이 있는 철학적 사유를 담은 논리적인 글(에세이)과 글 쓴 사람의 신변잡기를 감정과 정서 중심으로 가볍게 쓴 글(미셀러니)을 엄격히 구분하고 있다. 그래서 그 단어조차 전혀 다르게 사용한다. 이를 중수필, 경수필로 번역하여 사용하는 경우도 있으나, 그것은 이론적일 것일 뿐이고 현실에서는 거의 구분 없이 통용한다.

그런데 서양에서는 수필이라 하면 당연히 에세이가 중심인데, 우리는 신변잡기를 수필로 인식하는 경향이 압도적이다. 수필가라는 사람들이 영어로 자기 소개할 때는 에세이스트라 하면서 실제로는 미셀러니를 쓰고 있는 것에 문제를 제기하는 사람 또한 거의 없다. 우리나라의 수많은 수필가 중 진정한 에세이스트는 손에 꼽을 정도로 얼마 되지 않을 것이다.

이런 점에 비추어보면 조옥순의 수필은 에세이라기보다 미셀러니에 속한다고 볼 수 있다. 물론 이런 점이 글의 가치 판단에 영향을 미친다고 볼 수는 없다. 글의 가치 판단에는 그 형식이나 표현보다는 그 내용이 더 크게 작용한다. 따라서 에세이가 더 훌륭하고 미셀러니가 덜 훌륭하다는 말은 마치 시가 더 훌륭하고 소설이 덜 훌륭하다는 식의 망언이나 다름없다. 어떤 글이 훌륭하다는 평가를 받으려면 그것이 에세이여서가 아니라 그 내용이 공감을 바탕으로 한 감동을 선사할 때 비로소 가능할 것이다.

미셀러니는 글을 쓴 사람의 개인적인 체험과 그 주변 사람들의 얘기가 주요 소재가 된다. 이 때문에 자연스럽게 자기고백적인 성격을 가질 수밖에 없다. 이는 수필문학의 중심을 이루는 주요 특성의 하나이기도 하다. 자기고백이란 자기 스스로를 가감 없이 글의 소재로 삼는다는 뜻이다. 즉 그 내용에 거짓이 없고 솔직하고 진정성 있게 진실을 말하고 있다는 선언이라 할 수 있다.

이 자기고백은 두 가지의 중요한 의미를 갖는다. 하나는 고백하는 사람의 진정성 있는 삶의 성찰이요, 또 하나는 읽는 사람의 공감과 추체험의 공유다. 이를 통해 고백하는 사람은 본인의 삶을 되돌아보며 더 가치 있는 삶을 재구조화할 수 있고, 읽는 사람은 추체험을 바탕으로 자신의 생각과 삶의 방향을 점검하는 계기를 만들 수 있다.

사실 글 쓰는 사람을 포함하여 이 세상 모든 사람들은 이런 자기고백의 의미와 가치를 잘 알고 있으면서도 선뜻 고백에 나서지 못한다. 왜 그런가. 본인의 과거에는 널리 알리고 싶은 자랑스러운 부분도 있지만 감추고 싶은 부끄러운 부분도 있기 마련이다. 자랑스러운 부분만 쏙 빼서 고백하고, 부끄러운 부분은 숨긴다면 이는 진정한 자기고백이라 할 수 없다. 그것은 위선이고 가장假裝이다. 그런 글은 공감을 줄 수도 없고, 감동을 줄 수도 없다. 오직 진정한 자기고백일 경우에만 독자들은 그 글에 공감을 보낸다. 진정성에는 사람을 움직일만한 그만한 힘이 있기 때문이다.

　허위와 가식적인 고백에는 일시적인 마취 효과는 있을지 몰라도 곧 썩은 냄새가 진동하기 마련이다. 독자들을 무시하면 안 된다. 독자들 중에는 글 쓴 사람보다 더 깊이 있는 실력자도 있다는 사실을 잊지 말아야 한다. 글 한 줄 쓰는 일도 두려워하는 마음으로 해야 할 이유가 여기에 있다.

　조옥순의 글에는 부끄러운 과거, 감추고 싶은 집안 얘기, 평생 가슴 깊이 간직하고만 있어야 할 내밀한 비밀, 그런 것들이 숨김없이 드러나 있다. 부끄러운 일을 글로 쓸 것인가 말 것인가. 쓴다면 어디까지, 어느 수위까지 써야 할까. 혹시 쓰고 나서 무슨 문제가 생기지는 않을까. 다른 사람들이 글을 읽고 나를 대하는 태도가 변하지는 않을까. 이런 수많은 고민 끝에 있는 그대로 고백하기로 마음먹은 데는 대단한 '용기'가 필요했을 것이다. 나를 '제물'로 삼아 내 삶을 성찰하고 다른 사람에게 작으나마 변화의 계기를 만들어 주려는 배려와 희생심이 그런 결단을 가능케 했을 것이기 때문이다.

조옥순의 수필은 이처럼 진솔하고 진정성이 있다. 부끄러운 일을 숨기지 않고 고백할 수 있는 용기, 읽는 사람의 마음을 꽉 붙잡아 둘 수 있는 진정성. 이것이 바로 조옥순의 수필이 지닌 주요한 특성이자 힘이라고 생각한다. 진리라는 건 까마득한 다른 세계에 있는 게 아니다. 평범하고 사소한 일상속에 보편적인 삶의 원리가 녹아 있는 것처럼 위대한 진리 또한 우리의 다반사 속에 들어 있다. 조옥순의 수필은 바로 이런 점을 가장 확실하고 명징하게 보여주고 있다. 비유하자면 우리 곁에서 함께 숨 쉬고 있는 귀중한 보물을 우리만 잊고 산다고나 할까.

3. 끝없는 물음, 그리고 꿈

조옥순의 수필은 자기고백적인 경험과 현재 삶으로 구성되어 있다. 만약 그런 개인의 신변 얘기들이 그 자체로만 제시되고 그친다면 문학 작품으로서 가치를 부여하기 어려울 것이다. 사적인 체험 내용이 개인적인 차원을 떠나 가치를 지니려면 공동체적인 시각의 분석과 접근이 필요하다. 이는 개인적인 일을 사회적 차원의 문제로 확장하여 문제의식을 제기하고 그 해결점을 모색하려는 시도를 말한다. 실제 인류 역사는 이런 시도가 축적되어 내려온 것이나 다름없다고 할 수 있다.

조옥순은 자신의 얘기를 기반으로 하여 끊임없이 독자들에게 질
문을 던진다. 그 질문은 때로 스스로에게 향하는 자문自問일 수도
있고, 답을 이미 알고 있는 문제에 대한 반어적 질문일 수도 있고,
질문의 형태를 갖추지 않았으나 내용적으로 문제의식을 함유한 진
술일 수도 있다. 또한 그 질문들은 처음 하는 게 아니라 이미 수많
은 사람들이 해 왔던 것들이고, 또 나름대로 그 답이 뻔히 나와 있
는, 어찌 보면 좀 식상한 그런 것들도 있다. 그러나 그 질문의 질
적 수준으로 따지자면 이보다 더 절실하고 절박한 것들도 찾기 어
려울 것이다. 구체적으로 이를 몇 가지 사례를 통해 확인해 보기로
하자.

지난 7월에는 아버지의 백세 생신이 돌아왔다. 우리 형제들은 아버
지의 생신에 고민이 많았다. 음식을 한다 해도 본인이 전혀 드실 수가
없으니 무슨 의미가 있을 것인가! 그렇다고 다른 사람들에게만 음식
을 제공한다는 것도 서글픈 일이었다. 우리는 고심 끝에 생신을 하지
않기로 했다. 나는 그래도 많이 서운했다.

아버지의 생신날, 쇠고기를 잘게 다져서 육전을 만들었다. 소화를
못 시킬까 봐 육전 세 점을 들고 아버지를 찾아갔다. 그리고는 잘게
이겨서 몰래 드렸다. 아버지께서는 맛있게 드셨다. 거의 다 드셨을 때

간호하는 분이 어느 사이 보았는지 말한다.

"아니! 그걸 드리면 어떻게 해요?"

"그냥 아주 조금만 드렸어요. 다음에는 안 드릴게요."

그분한테는 오늘이 아버지의 생신이라고 말하지는 않았다. 그 말도 한낱 헛된 말일 뿐인 것 같았다. 육전 세 점이나마 맛있게 잡수신 아버지의 손을 꼭 잡아드렸다. 아버지께서는 내 손을 꼭 잡으며 말씀하신다.

"네가 찾아와서 고마워."

가슴이 미어진다. 매일 찾아오는 딸도 아닌데. 바쁘다는 핑계로 며칠에 한 번씩 가뵙는 것이 고작 내가 하는 효도(?) 방법이다. 이런 딸이 고맙다니 죄송하기가 짝이 없다.

아버지는 약간의 치매만 빼고는 정신이 멀쩡하다. 우리 애들이 다니는 직장도 알고, 직책까지 알고 계시다. 갈 때마다 물어보셔서 매번 대답해야 하지만 이런 기억력이나마 지금까지 유지되고 있다는 것이 얼마나 다행인지 모른다.

아버지의 다리는 앙상하기가 짝이 없다. 걷지 못하니 근육이 다 빠져나가고 없는 것이다. 나는 아버지를 뵐 때마다 사람들이 흔히 말하는 100세 인생을 생각한다. 장수가 축복인가를

—「육전 세 점」부분

사람의 나이가 70대 중반을 넘어가면 왕년에 무엇을 했든지 간에 그저 노인일 뿐인 것 같다. 그리고 얼마 안 가 生老病死의 인생길은 누구에게나 닥쳐온다. 우리의 삶에서 80대 중반까지는 그래도 친구가 좀 있지만 90대가 넘어가면 찾아오는 친구도 없다. 앞으로 인생 백세라는데 그것이 얼마나 행복할지는 잘 모르겠다. 백 살까지 건강하게 사는 사람은 아마 0.1%도 되지 않는 것 같다.

— 「마지막에 남는 사람」 부분

요양원에 모신 백 세 되신 아버지 생신을 맞아 육전 세 점을 대접해 드리는 얘기가 가슴을 뭉클하게 한다. 어쩔 수 없는 상황에서 불가피하게 선택한 일이지만 아버지를 요양원에 모신 딸로서의 죄책감, 그 하찮은 음식을 마치 죄인처럼 눈치를 살피며 몰래 드려야 했던 안타까움, 그런 딸에게 고맙다고 말하는 늙은 아버지. 요즘 세상에 이런 풍경은 낯설지 않다. 예전보다 경제적으로 월등하게 살기 좋아진 시대가 되었지만, 대가족 속에 어른들이 대접 받던 시대는 다시 돌아올 수 없게 되었다. 씁쓸하지만 어쩔 수 없는 일이다. 그게 거스를 수 없는 이 시대의 풍속이고 문화이기 때문이다.

그럼에도 조옥순은 이런 상황에 의문을 제기한다. 이게 과연 옳은 일인가. 불가피한 일이라고 모든 것을 그대로 수용하고 나면 더 이상 긍정적인 변화는 기대할 수 없다. 누군가는 문제를 제기해야 한다. 그래야 이 문제를 다시 생각하고 해결책을 모색할 수 있는 기회라도 가질 수 있다. 그런 역할을 조옥순은 회피하지 않고 기꺼이 담당한다. '장수는 축복인가', '백 살까지 건강하게 사는 사람은 0.1%도 되지 않을 것' 이 질문은 무서운 진실을 담고 있다. 조옥순만의 문제가 아니고 바로 나와 우리가 직면한 현실적인 문제이기 때문이다. 고로 이는 조옥순이 내려치는 이 시대의 죽비이자 경종이라 아니할 수 없다.

2000년 이후에는 변화가 더 빨라 식구마다 차 있는 집이 많아지고, 어린아이들까지 휴대폰이 있고, 웬만한 쇼핑도 컴퓨터 속에서 이루어진다. 나부터도 컴퓨터 속에서 혼자 이곳저곳을 탐색하다 보면 시간 가는 줄 모른다. 옷도 거의 온라인 몰에서 사고 있다. 나는 너무나 빠르게 변화하는 문명이 두려워 때로는 그만 멈추었으면 좋겠다는 생각이 들 때가 있다. 자연과 더 친했던 베이비붐 세대들은 따라가기가 여간 벅찬 것이 아니다. 그래도 따라가지 않으면 문맹자 취급을 받게 되니 열심히 적응하려고 노력할 수밖에. 친구한테 또 카카오톡이 온다.

'가끔 힘들면 한숨 한 번 쉬고 하늘을 보세요. 멈추면 보이는 것이 참 많습니다.'

—「현대판 문맹자들」 부분

이 글에는 급격하게 변해 버린 현대인의 삶에 대한 냉철한 관찰과 반성이 담겨 있다. 자동차와 컴퓨터, 스마트폰 등 전자기기들이 생활의 필수품이 되고, 그런 것들의 사용법을 모르면 마치 문자를 모르는 문맹자처럼 취급받는 시대가 되어 버렸다. 나이 많은 사람들은 뒤따라가기도 벅찰 만큼 그 변화의 속도가 어지러울 정도다. 그런데 이런 변화는 정말 사람들을 행복하게 만드는가. 아니다. 그 반대다. 생활이 좀 편리하게 되기는 했지만 사람들은 점점 고립되고, 주류에서 도태되어 소외되고, 정보에서조차 부익부 빈익빈 현상이 심화되는 등 점점 불행 속으로 빠져들고 있다. 행복하고자 만든 것들이 오히려 사람들을 불행하게 만드는 이 가혹한 역설. 조옥순은 이에 대해 심각하게 질문을 던진다. 현대인들이여, 그 질주를 좀 멈추는 여유를 가지면 어떻겠는가. 그렇게 되면 어느 스님의 말처럼 안 보이던 것이 보이고, 또 무조건 달려만 오던 삶이 어느새 더 깊어지고 가치 있게 변화될 수 있을 테니 말이다.

요즘 들어 인생의 욕망도 이런 경우가 아닐까 하는 생각이 들 때가 많다. 살면서 욕망이 없는 사람이 누가 있으랴마는 인생은 참으로 마음대로 되는 일이 없는 것 같다. 내가 열심히 잃어버린 물건을 찾는 것처럼, 내 인생에서 언제나 욕망을 찾는 것도 그와 같다는 생각이 든다. 찾다가 포기하면 찾던 물건이 나오는 것처럼, 욕망을 포기하면 또

다른 좋은 일이 생길 것만 같은 예감이 든다.(중략)

'욕망'과 '욕심'은 단어의 뜻부터가 분명 다르다. '욕망'은 부족을 느껴 무엇을 가지거나 누리고자 탐하는 것이고, '욕심'은 분수에 넘치게 무엇을 탐내거나 누리고자 하는 마음이다. 사람들이 가끔 상대방에게 '욕심을 버려라.'라고 말을 하는 것을 종종 본다. 나는 이 말을 하는 사람을 보면 씁쓸할 때가 있다. 그렇게 말하는 본인은 무엇을 얼마나 버리고 사는가에 관해 묻고 싶은 마음이 든다.

요즈음도 혼자 있을 때 스스로 욕망을 버리는 일을 한다. 그렇게 하다 보면 쓸데없는 것들이 점차 줄어들 것이고, 언젠가는 내가 생각하지 못한 행복이란 것이 나머지 부분을 채워 주리라고 믿으며 살아간다.

— 「욕망」 부분

사람들은 때로 마음과 행동이 일치하지 않는 것에 대해 고민하고 자책할 때가 있다. 마음속으로는 옳다고 생각하면서도 실천에 옮기지 못하고, 해서는 안 된다고 여기면서도 손을 떼지 못하는, 그런 난감한 상황에 직면했던 경험은 누구에게나 있을 것이다. 그게 바로 불완전한 인간존재의 한계이자 본질이라고 말하는 사람도 있다. 따라서 나만 그렇다고 심하게 자책할 일도 아니요, 누구나 그러니까 괜찮다고 안심할 일도 아니다. 다만 어떻게 하면 조금이라도 그 틈을 줄이고, 또 일치에 가깝게 다가갈 수 있을지 고민하

고 노력하는 게 필요하다. 그게 바로 인격 수양의 방책이자 사람의
도리를 실현하는 첩경이기 때문이다. 그렇기에 모든 종교에서는
이 내용을 오래 가르쳐 왔고, 또 동서고금의 교육에서도 이를 핵심
가치로 삼아 온 게 아니겠는가.

이 문제는 종교나 교육을 떠나 일상에서도 종종 조언과 도움의
대상이 되기도 한다. 힘들고 지친 사람에게는 상황에 적절한 말 한
마디가 큰 힘이 될 수도 있다. 조옥순은 욕망에 사로잡혀 앞만 보
고 질주하는 현대인들에게 묻는다. 욕망을 버리는 일을 할 수 없
는가. 행복을 부르는 그 간단한 일을 왜 하지 못하는가. 본인의 경
험을 바탕으로 건네는 이 가벼운 질문은 사실은 평생 수행만 해 온
분들에게도 어려운 엄청나게 무거운 물음이기도 하다.

또한 그녀들은 자녀 때문에도 고민이 아주 많다. 아이들이 어려서
마음 놓고 직장에 나갈 수가 없는 것이 문제이고, 자신의 어설픈(?)
발음 때문에 완벽한 발음을 잘 못 할까 봐 걱정이다. 그래서 나는 일
찍 어린이집에 보내라고 지도한다. 그곳에서 아이들이 올바른 교육도
받고, 사회성을 기를 수 있기 때문이다.

최근 들어 확산하는 문제가 하나 있다. 결혼이민자들이 많이 오다
보니 자국민들로 구성된, 검은 손 때문에 가출로 인한 피해를 보는 가
정이 늘고 있어 참으로 안타까울 때가 있다. 특히 자녀를 둔 경우에는

한국의 남편들이 더 큰 피해자가 된다. 지금까지 사회 인식은 주로 결혼이민자 주부들을 피해자로 인식하고, 남편들의 문제점만을 부각시켰었다. 그러나 앞으로는 양쪽의 측면에서 동등한 시각으로 바라보아야 한다고 생각한다. 그리고 이들 주부들이 자국인들의 꾐에 빠지지 않도록 하는 교육도 꼭 필요하다.

　　　―「솟값 좀 받게 해 주세요」 부분

　다문화가정 주부 교육은 머리가 아닌 가슴으로 가르쳐야 한다고 생각한다. 대부분 어린 나이에 결혼해서 한국 가정에 적응하며 열심히 살아가려고 노력하는 그녀들의 외로운 마음을 포근히 감싸주는 넓은 가슴이어야 한다.

　그런데 한편으로는 어미 새가 새끼를 곱게 기르다가 어느 정도 자라면 둥지 밖으로 냉정하게 쫓아서 새끼 스스로 먹이를 찾아 자립하도록 만들 듯이 웬만한 일은 그녀들 스스로 해결하도록 방법을 제시해 주려고 노력한다. 나는 내가 가르치는 그녀들이 빨리 둥지를 떠나 자신의 힘으로 자립하기를 무엇보다 바라고 있다.

　　　―「둥지 밖으로 날아간 아미」 부분

　글 내용에서 보다시피 조옥순은 다문화가정 주부들을 위한 한국 문화와 한글 교육을 오래 해 왔다. 또한 한글을 모르는 연세 많으신 분들을 위해 한글 문해 교육도 수행해 왔다. 자기희생의 각오, 가족의 양해 없이는 실천하기 어려운 일이라 상찬받아 마땅한 일이라 할 수 있다.

조옥순은 이런 일을 하면서 진정 그들을 위한 일이 무엇일까를 항상 염두에 두고 일에 임했다. 그들을 단순한 교육 대상자로서가 아니라 하나의 독립된 인격체로 대우하면서 그들에게 직면한 어려운 문제들을 해결해 주려고 애를 썼다. 다정다감한 그의 착한 심성이 아니라면 있기 어려운 일이다. 더 중요한 것은 이런 사적인 도움과 문제 해결 노력이 다문화가정 전체의 문제로 확장되고 있다는 점이다. 우리나라는 이미 수많은 외국 사람이 들어와 있고, 결혼 이민자 또한 그 숫자가 폭발적으로 늘어나고 있다. 외국인 노동자가 아니면 농장과 어선과 공장이 멈출 지경이고, 결혼 이민자가 출산한 아이들이 우리나라 미래 인구의 상당수를 채울 것은 명약관화한 일이다. 이런 현실에 대해 조옥순은 경험에서 우러나온 정책적 대안을 제시한다. 그것은 대안 제시이자 동시에 이 사회를 향한 질문이기도 하다.

위에서 확인해 보았듯 조옥순의 수필은 개인의 추억과 소소한 일상, 그리고 우리 사회가 당면하고 있는 여러문제들, 예컨대 심각한 노령화 문제, 행복의 본질을 생각하게 하는 노인의 복지, 폭발적으로 증가한 다문화 가정의 문제, 현대문명의 양면적 문제점, 목적지도 모르고 질주하는 현대인의 삶에 대한 반성적 성찰 등에 대해 나름의 고뇌를 담고 있다. 또한 그 고뇌를 개인적 차원의 울타리 안에 가두어 두지 않고 세상에 드러내어 여러사람들에게 심각하게 묻고 있다. 그 물음에는 스스로에게 던지는 질문 형태도 있고, 이미 답이 나와 있는 것에 대한 반어적 형태로 된 것도 있다. 아예 질문이 아닌 서술로 물음을 대신하는 것도 있다.

어떤 문제에 대한 물음이나 문제 제기는 그 문제가 해소되었을 때의 세계에 대한 갈망을 전제로 한다. 갈망이 없다면 질문 자체도 존재 의미를 상실할 것이다. 그렇다면 이런 물음을 통해 그가 추구하고자 하는 궁극적 지향은 무엇일까. 명시적으로 제시되지는 않았지만 그는 글 곳곳에서 그 꿈을 조금씩 드러내 보이고 있다. 함께 사는 삶, 더불어 살기를 향한 꿈이다. 그는 아마도 공존과 화해라는 이 꿈을 실현하기 위한 수단으로 글쓰기를 선택한 것처럼 보인다.

4. 아름다운 세상을 향하여

수필은 교술 갈래에 속하고, 교술은 그 정체성이 '자아의 세계화'

라 했다. 이 말에 따르면 수필가는 본인의 생각을 세상에 널리 전파하기 위해 글을 쓴다고 할 수 있다. 그런데 그런 점이야 다른 장르 즉 서정이나 서사, 더 나아가 설명문이나 논설문 또한 마찬가지일 것이다. 글을 쓰는 사람 입장에서는 그 형태가 어떤 것이 되었든 당연히 자신의 생각을 세상에 알리고 싶은 욕구 때문에 힘든 일을 하고 있다고 볼 수 있기 때문이다. 따라서 이 말의 참뜻은 상대적으로 보았을 때 그 주요 특성 내지 성격이 그러하다는 데 있을 것이다.

조옥순은 내가 알기에 오래 글을 써 온 사람이다. 그럼에도 그 흔한 등단 절차에 무관심했고, 그동안 다른 책은 몇 권 냈지만 요즘엔 마음만 먹으면 금세 낼 수 있는 작품집 한 권도 출판하지 않았다. 타고난 겸손 때문인지, 아니면 또 다른 혼자만의 말 못할 비밀이 있는지는 모르겠으나 글 쓰는 사람으로서는 매우 보기 드문 경우에 속한다고 할 수 있다.

그런 그가 이번에 공주문화관광재단의 공모에 선정되어 수필집을 내게 되었다. 그 동안 썼던 글 중에서 50여 편을 골라 한 권의 책으로 묶게 된 것이다. 그 글들은 대부분 본인의 가족이나 주변 사람 이야기, 그가 했던 일이나 현재 하고 있는 일 이야기, 세상을 향해 하고 싶은 이야기 등으로 채워져 있다.

그런데 그런 글들이 본인의 사적이고 개인적인 정서 분출, 혹은 묵은 감정 해소 등의 차원에 그치고 만다면 문학적 가치는 현저하게 떨어지고 말 것이다. 그는 그런 개인적 일을 사회적 차원으로 승화시켜 우리 사회가 안고 있는 문제점 확인과 함께 바람직한 미래를 추구하기 위한 멈춤 없는 시도를 보여주고 있다. 이는 글 속에서 다양한 질문 형태로 반복 표출된다. 그 물음들이 글들의 위상 내지 예술적 가치를 한층 높여주는 역할로 작용하고 있다고 할 수 있다.

요즘 젊은 사람들의 글은 그 문체가 매우 현란하다. 비유 또한 파격적이어서 읽는 사람을 현혹시키는 경우가 많다. 그런데 조옥순의 글은 이와 매우 대조적이다. 속도감보다는 느릿느릿 여유가 있고, 자극적인 향신료 없이 만든 것 같은 담백한 맛이 있다. 글 내용 또한 그렇다. 기상천외한 이야기들은 없지만 그가 펼쳐 보이는 평범하고 소소한 일상속에는 그의 웅숭깊은 세상 이치의 깨달음이 숨겨 있다. 가령 다음과 같은 글을 보라.

다시 현재로 돌아와서 보면, 주변 사람 중에 자식 자랑이나 돈 자랑을 많이 하는 사람들을 간혹 보곤 한다. 별로 자랑할 것이 없는 나는 그들이 부럽긴 하다.

그런데 인생 후반기에 들어서고 보니 누구에게 자랑이라는 것을 되도록 하지 않는 것이 좋겠다는 생각이 든다. 나 하나를 놓고 보았을 때 자식이 잘되어 걱정을 덜 하게 되면 그보다 더 좋을 수는 없을 것이다. 그러나 한 치 앞도 알 수 없는 것이 인생이다. 우리는 언제 불행이 닥칠지 아무도 모른다. 몸이 아플 수도 있을 것이고, 불의의 사고가 날 수도 있다.

―「알 수 없는 인생」 부분

넓은 의미에서 생각하면 인생은 참 짧다. 기껏해야 백 년도 살기 힘든데 사람들은 그 속에서 온갖 일을 겪으며 살아간다. 그리고 제 생각대로 되지 않으면 또 우울해지고. 너무나 힘들어 타인에게 속내를 말한다 해도 정말 마음속 깊은 것이나 아픔은 누구에게도 말하지 않는다. 그것이 그 사람의 마지막 자존심일 수도 있고, 소문이 나서는 안 되는 것일 수도 있다. 너무 마음이 아프면 그저 혼자 꺼이꺼이 울거나 주르르 눈물을 흘리는 것으로 대부분 자신의 아픔을 삭이고 있다.

사람의 인생에서 우리는 무대 위의 단역 배우라는 생각이 든다. 그 속에서 관리, 부자, 아니면 서민 등 모두가 웃고 우는 자신의 역할을 하다가 한 막이 끝나면 사라져 버리는 삶들. 어떻게 보면 그리 서글플 것도 없는 것이 우리네 인생이다.

―「산다는 것. 그리고 아픔」 부분

평범한 내용이지만 그 속울림이 대단하지 않은가. 개별성, 구체성, 특수성에서 전체성, 일반성, 보편성이 나온다는 사실을 상기하면 조옥순의 수필은 일종의 그런 전범典範을 보여주고 있다고 볼 수 있다. 이게 바로 조옥순의 글이 가진 미덕이자 이 책의 힘과 가치라고 생각한다.

조옥순은 글쓰기를 통해 아름다운 세상을 꿈꾸고 있다. 모순과 부조리가 사라진 세상, 모든 사람이 차별받지 않고 대등하게 존중받으며 살 수 있는 사회, 금세 사라지고 말 재물과 권력에 욕심부리지 않고 만족하며 사는 시대, 상호 이해를 바탕으로 겸손하게 사는 삶. 그는 이런 세상을 꼭 만들 수 있다고, 아니 반드시 만들어야 한다고 세상을 향해 외치고 있다. 혼자만 잘 사는 게 아니라 모두 함께 더불어 잘 사는 사회, 그의 이 꿈이 실현되는 세상이 바로 우리 모두의 꿈이 이루어지는 세상이 될 것이다. 정진을 빌며 힘찬 응원을 보낸다.

조옥순

충남 부여 출생. 공주대 대학원 국어국문학과 졸업. 수필과 비평으로 등단. 현재 공주문인협회, 금강여성문학, 수필과 비평, 공주시낭송가협회 회원. 공주문화원 부원장 겸 편집장, 충남문화관광해설사와 충남학, (사)한국국가유산안전연구소 강사, 시낭송가 등으로 활동. 제1회 문화관광해설사 전국스토리텔링대회 대상, 전국 다문화 교육 수기대회 대상 등을 수상. 저서로는『날아라, 문화유산답사 자전거』,『엄마가 들려주는 공주 역사 이야기』,『알면 알수록 놀라운 공주 이야기』가 있다.

이메일 silvercho567@naver.com

조옥순 수필집
그래도 넌 열심히 살았어

초판 1쇄   2024년 9월 30일
지은이   조옥순
펴낸이   반송림
펴낸곳   도서출판 지혜
주 소   34624 대전광역시 동구 태전로 57. 2층 (삼성동)
            도서출판 지혜
전 화   042-625-1140
팩 스   042-627-1140
이메일   eji@ji-hye.com
            ejisarang@hanmail.net
애지카페   cafe.daum.net/ejiliterature

발행처   (재)공주문화관광재단

ISBN   979-11-5728-553-2   03810
값   15,000원

* 본 도서는 (재)공주문화관광재단(대표이사:김지광) 사업비로 제작되었으며, 「2024 공주 문학인 출판사업」 '신진 문학인' 선정 작품집입니다.